CIPIO'R
LLYW

Cyflwynedig i anturiaethwyr Cymru –
ddoe, heddiw ac yfory

CIPIO'R LLYW

AWEN SCHIAVONE

y Lolfa

Diolch, yn bennaf, i Owen, am ddeffro'r diddordeb mewn
môr-ladron, ac am fy annog i ysgrifennu;

i Mam a Dad am y straeon amser gwely a'r teithiau di-ri;

i Owain, Gwennan a Gwion am rannu sawl antur;

ac i John a Mary am y mordeithiau cofiadwy!

Diolch hefyd i Gronfa Goffa T. Llew Jones
am gynnal cystadleuaeth ysgrifennu;

i Meinir Wyn Edwards a phawb yn y Lolfa am eu gwaith;

ac i Siwan Rosser am ei pharodrwydd i gynnig dyfyniad.

*Ffuglen hanesyddol yw'r gyfrol hon. Mae llyfryddiaeth ar
ddiwedd y nofel yn nodi'r prif ffynonellau ddefnyddiwyd wrth
ymchwilio ac ysgrifennu. Cafodd ei hysbrydoli gan waith ymchwil
yr awdur ar waith T. Llew Jones ym Mhrifysgol Caerdydd.*

Argraffiad cyntaf: 2017

Dymuna'r cyhoeddwyr gydnabod cymorth ariannol
Cyngor Llyfrau Cymru.

Cynllun y clawr: Sion Ilar

Rhif Llyfr Rhyngwladol: 978 1 78461 435 5

Cyhoeddwyd ac argraffwyd yng Nghymru gan
Y Lolfa Cyf., Talybont, Ceredigion SY24 5HE
gwefan www.ylolfa.com
e-bost ylolfa@ylolfa.com
ffôn 01970 832 304
ffacs 832 782

1
CIPIO'R CYFLE

"Fydd yr angor 'na ddim yn cusanu'r mwd am amser hir iawn eto, Hywel," meddai Prys William wrth iddo ef a Hywel Dafydd wylio'r angor trwm yn cael ei dynnu'n araf o'r dŵr, a'i glymu'n ddestlus ym mol y llong. "Cer di i orffwyso nawr, fachgen. Mae taith hir o'n blaenau ni."

Ychydig a wyddai Hywel na fyddai'n dychwelyd i Gymru fyth eto.

Pe gwyddai hynny, efallai mai neidio i'r dŵr mawr llwyd, a nofio'n wyllt i'r lan fyddai e wedi ei wneud yr eiliad honno. Yn hytrach, pwysodd ei benelinoedd ar reilen bren garw'r llong, a gwylio goleuadau Aberdaugleddau (neu Milffwrt i nifer o'r trigolion lleol) yn mynd ymhellach ac ymhellach oddi wrtho. Roedd hi'n dywyll erbyn hyn. Doedd dim llawer o'r môr i'w weld – dim ond y tonnau o fewn ychydig fetrau i'r llong, a'r rheiny'n cael eu goleuo gan lampau sigledig a oedd yn crogi o bolion crwm. Dal i wylio goleuadau'r dref yn y pellter wnaeth Hywel, gan anwybyddu'r blinder roedd ei gorff yn achwyn amdano. Roedd ei feddwl ar yr hyn roedd yn ei adael ar ôl yng Nghymru – ei rieni, ei gartref cysurus, y caeau a'r ogofâu roedd mor hoff o'u harchwilio gyda'i fêts, y cychod pysgota a'r prydau bwyd o bysgod amrywiol, a'r ferch a oedd yn gwneud iddo deimlo'n gynnes ar y tu mewn – Elen.

Ond hefyd, roedd ei feddwl ar yr antur fawr roedd newydd ei chychwyn. Nid oedd Hywel erioed wedi teimlo cyffro fel hwn o'r blaen, ac roedd yn sicr y byddai'r cyfnod nesaf yn ei fywyd yn pasio ar wib, ac y byddai'n dychwelyd i Gymru cyn pen dim, yn berson hapusach â phrofiadau gwerthfawr dan ei felt.

Anwybyddodd synau'r llong a'i chriw o ddynion cyhyrog, prysur, a dechreuodd feddwl am ddigwyddiadau'r wythnos a aeth heibio – wythnos a benderfynodd ar gwrs gweddill ei fywyd!

Roedd Hywel wedi troi'n bymtheg oed yr wythnos honno, ac wedi blynyddoedd maith o freuddwydio am fynd ar fordaith hir a phell, mentrodd ofyn am ganiatâd ei rieni. Roedd e'n ysu am gael profi i'w ffrindiau ei fod e'n forwr campus, ac i ddangos i Elen ei fod e nawr yn ddyn.

"Pen-blwydd hapus i ti, Hywel Dafydd." Cofiodd lais ei fam y bore hwnnw. "Wel! Pymtheg oed! Mae'r blynyddoedd wedi pasio megis diwrnodau. Dwi'n gallu cofio'n iawn y noson gest ti dy eni – wel, am storom!"

Roedd Hywel wedi hen arfer clywed y geiriau hynny – byddai ei fam yn ailadrodd hanes ei enedigaeth, a'r storm echrydus oedd yn gefndir i'r stori, bob blwyddyn ar ddiwrnod ei ben-blwydd. Rholio'i lygaid ar ei dad wnaeth Hywel, a hwnnw'n rhoi gwên a winc yn ateb iddo.

Wedi llenwi eu boliau â brecwast, a'r sgwrs yn dechrau sychu, mentrodd Hywel ddatgelu ei gynllun mawr.

"Mam, Dad... dwi wedi bod yn meddwl," meddai yn llawn argyhoeddiad – yr oedd wedi paratoi ei araith yn ofalus iawn! "Dwi'n bymtheg oed erbyn hyn, ac yn ddigon hen i ddechrau gofalu amdanaf fy hun..."

Edrychodd o'i gwmpas ar ymateb ei rieni. Roedd y ddau'n edrych yn ddryslyd arno, ond ar yr un pryd yn amlwg yn awchu i gael clywed beth oedd gan eu mab i'w ddweud.

"Wel, dwi wedi bod yn meddwl... ac wedi penderfynu fy mod yn barod i fentro i'r byd mawr," dechreuodd eto, cyn i'w fam dorri ar ei draws.

"Hywel, taw nawr. Rwyt ti'n ddigon ifanc, a dwi a dy dad yn ddigon hapus i dy gadw di yma. Dyw arian ddim yn brin, 'machgen i. Wel, dyw arian ddim mor brin fod angen i ni boeni. Sdim angen i ti fynd mas i weithio'n llawn amser. Mae'n iawn i ti barhau i wneud yr ychydig oriau rwyt ti'n eu gwneud. Dwi am i ti fwynhau bod yn ifanc tra medri di, a..."

Torrodd Hywel ar ei thraws, cyn iddi gamddeall ei gynllun yn llwyr.

"Na, Mam. Nid dyna sydd ar fy meddwl. Dwi wedi bod yn ddigon hapus yn helpu Dad ar y cwch pysgota, ond nid cynnig gwneud hynny bob dydd ydw i. Eisiau mentro allan i'r byd mawr ydw i – mentro go iawn."

Ei dad siaradodd nesaf – am y tro cyntaf y bore hwnnw.

"Hywel, pa fath o fentro wyt ti'n feddwl? Rwyt ti'n ddigon hen i fy helpu i ar y cwch bob dydd erbyn hyn, ond os nad dyna sydd ar dy feddwl di, beth sydd?"

"Eisiau... eisiau... Nid eisiau, ond bwriadu..." edrychodd yn betrus ar ei dad, yna ar ei fam, ac yna'n ôl ar ei dad eto. "Dwi'n bwriadu cael gwaith ar long – gwaith go iawn ar y môr," parablodd ymlaen yn gyflym nawr, cyn i'w rieni gael amser i feddwl am ymateb a thaflu ei gynlluniau i'r llawr. "Dwi am weld y byd. Dwi am weld beth sydd y tu hwnt i Gymru, y tu hwnt i'n harfordir ni. Dwi wedi clywed cymaint o straeon am lefydd anhygoel ar draws y byd, ac am anturiaethau cyffrous, ac am fwydydd rhyfedd, ac am bobl sy'n siarad ieithoedd rhyfedd, ac am anifeiliaid a physgod sy'n blasu'n rhyfedd, ac am gychod a llongau o bob lliw a llun, ac am frwydro trwy stormydd gwallgof ar y môr, ac..."

Yma, torrodd ei fam ar ei draws, wedi deall digon erbyn hyn i wybod nad oedd hi am adael i'w hunig blentyn fentro i fyd peryglus o'r fath.

"Digon!" Doedd Hywel ddim wedi clywed ei fam yn codi ei llais fel hyn ers amser hir, a neidiodd ychydig mewn braw. "Dyna ddigon, Hywel. Ysguba'r syniad o dy feddwl yr eiliad hon." Edrychai'n ddifrifol ar Hywel nawr, ei llygaid yn fawr ac yn sgleiniog. "Fan hyn cest ti dy eni, a fan hyn y byddi di'n byw... ac yn marw. Dwi ddim am adael i stormydd y môr dy gymryd di, wyt ti'n deall? Ein plentyn ni wyt ti, a ni sydd i benderfynu. Dyna ddigon," a chododd o'i sedd gan gario'r llestri brecwast i'w golchi.

Teimlodd Hywel y geiriau yma'n ei daro fel bwled trwy'i frest. Roedd e wedi poeni mai dyma fyddai ymateb ei fam. A dweud y gwir, doedd e ddim yn synnu o gwbl. Roedd ei fam eisoes wedi colli brawd i'r môr mawr, ymhell cyn i Hywel ddod i'r byd. Doedd e'n synnu dim ei bod hi'n petruso am fywyd y mab roedd hi wedi'i ddifetha'n llwyr dros y pymtheg mlynedd diwethaf. Saethodd y siom trwy'i galon, a gadawodd yr ystafell yn frysiog a'i ben yn isel.

Yn nes ymlaen y diwrnod hwnnw, wrth wylio'r môr a'i donnau, a'i galon yn dal yn isel, cafodd ei dad sgwrs dawel gyda Hywel. Sgwrs fer iawn oedd hi – doedd tad Hywel ddim yn un am falu awyr. Fe wnaeth ddatgan yn blwmp ac yn blaen nad oedd syniad ei fab yn un da. Yn ei farn ef, doedd y syniad ddim yn werth ei ystyried am eiliad hyd yn oed – roedd Hywel yn rhy ifanc, a'r byd yn rhy fawr a pheryglus.

"Ond Dad," mentrodd Hywel, "sut ydw i am wella fy sgiliau fel morwr os na chaf i fynd ar long go iawn? Plis gadewch i mi wneud hyn. Rhowch un cyfle i mi, Dad, dim ond un." Oedodd am eiliad cyn penderfynu bod yn rhaid iddo ymdrechu un waith eto i newid meddwl ei dad. "Ofynna i ddim eto os nad eith y daith gyntaf yn dda, neu os ydych chi am i mi aros gartre gyda chi wedyn. Ond rhowch *un* cyfle i mi o leiaf, bydd un fordaith yn ddigon i wireddu fy mreuddwydion i, a bydda i'n dychwelyd i Filffwrt yn forwr profiadol fydd yn gallu gwneud ffortiwn i ni fel teulu. *Un* cyfle, dyna i gyd," erfyniodd.

Syllodd ei dad i lygaid ymbilgar ei fab am eiliadau hirion. Yna, heb siw na miw, na newid ei fynegiant o gwbl, rhoddodd nòd bychan, cyn codi a cherdded yn araf a distaw yn ôl am y tŷ. Gwyliodd Hywel gefn ei dad wrth iddo ddringo'n ôl dros y cerrig breision. Doedd e ddim yn siŵr iawn sut i deimlo. Teimlai ychydig yn euog am erfyn ar ei dad. Teimlai ychydig yn euog am orfodi ei dad i newid ei feddwl. Ond, ar yr un pryd, teimlai orfoledd enfawr – roedd e wedi'i gwneud hi! Roedd y nòd yna'n golygu bod ei dad wedi cytuno i adael iddo fynd ar daith fawr ei fywyd. Dyma'r pen-blwydd gorau erioed!

Pan gyrhaeddodd adref ar ôl prynhawn llawn direidi gyda'i ffrindiau a'i gariad, roedd ei fam wedi edrych arno mewn rhyw ffordd fach ryfedd, ac wedi rhoi cwtsh mawr iddo, heb yngan gair. Doedd e ddim yn cofio pryd oedd y tro diwethaf iddo fod yn barod i adael i'w fam ei gyffwrdd fel hyn, ond roedd rhywbeth yn dweud wrtho mai dyna oedd y peth gorau i'w wneud ar yr eiliad honno. Roedd angen tipyn bach o seboni os oedd e am gael ei ffordd ei hun!

Drannoeth, roedd Hywel ar ben ei ddigon, er iddo fethu cysgu rhyw lawer gan fod ei ben yn llawn anturiaethau morwrol! Roedd e wedi llwyddo i argyhoeddi ei dad, a'i dad wedi llwyddo i argyhoeddi ei fam, ac roedd y cynllunio wedi dechrau. Doedd ganddo ddim syniad sut y llwyddodd ei dad i berswadio'i fam, ond penderfynodd Hywel mai gwell oedd peidio holi am ei dactegau!

Ar ôl llawer o drafod gyda'i rieni, gobeithiai Hywel gael gadael ar long i ben draw'r byd o fewn chwe mis i'w ben-blwydd yn bymtheg oed.

Ond, er mawr syndod i bawb, daeth cyfle yn llawer cynt na hynny.

"Hywel!" galwodd ei dad wrth gamu trwy ddrws y tŷ pan oedd Hywel yn bymtheg blwydd a dau ddiwrnod oed. "Mae gen i newyddion i ti!"

Rhuthrodd Hywel i lawr y grisiau gan gamu ddau neu dri gris ar y tro. Gwelodd ei dad yn aros amdano, a'i fam yn sefyll ar ei bwys, yn edrych yn bryderus.

"Dwi wedi bod yn holi yn y dref heddiw, Hywel," aeth yn ei flaen, "ac mae'n debyg bod cyfle i ti wireddu dy freuddwyd." Daeth gwên i wyneb Hywel a disgleiriai ei lygaid. "Mae dy fam a minnau'n pryderu nad oes llawer o amser i baratoi… Ond, os mai dyma rwyt ti am ei wneud, gorau po gynta y byddi di'n dechrau ar y daith yma, er mwyn i ti gael dod yn ôl aton ni."

Nodiodd Hywel arno, ei geg yn agored wrth aros am glywed mwy.

"Felly, beth ddwedi di, Hywel? Gadael mewn tridiau, neu ddim o gwbl?"

Doedd Hywel ddim wedi cael cyfle i feddwl o ddifrif am fod ar fordaith ei freuddwydion, ac yn sydyn teimlodd bwl o ofn. Ond roedd yr ofn yn gymysg â chyffro, a'r cyffro yn trechu'n braf. Edrychodd yn ôl a blaen i lygaid ei rieni annwyl.

"Wrth gwrs!" dywedodd ymhen ychydig eiliadau, bron yn neidio yn ei unfan, fel pe bai'n sefyll ar dân poeth. "Wrth gwrs! Byddwn wrth fy modd, Dad. Diolch! Diolch yn fawr am adael i hyn ddigwydd i mi – wnewch chi ddim difaru, dwi'n sicr o hynny. Bydda i'n gwneud ffortiwn i ni! Diolch, Dad! Diolch, Mam!" A neidiodd Hywel i roi cwtsh i'w rieni – er mawr syndod iddyn nhw!

A dyna fel y buodd hi. Ymhen tridiau roedd popeth yn barod. Fe ffarweliodd Hywel â'i rieni, ei ffrindiau, a'i ffrind arbennig, Elen, ac fe hwyliodd o dref brysur ei fagwraeth heb wybod beth oedd o'i flaen.

2
PARHAU Â'R ANTUR

Erbyn y bore canlynol, roedd y llong wedi cyrraedd porthladd prysur Bryste, a Hywel wedi cael dwy awr yn unig o gwsg. Oedd, roedd wedi arfer â bod ar y môr, ac wedi treulio noson neu ddwy ar gwch gyda'i dad, ond roedd bod ar long fel hon yn brofiad hollol wahanol. Yn un peth, cafodd hamog i gysgu ynddo, yn hytrach na gweithio drwy'r nos a chael cwsg yn yr awyr agored yn y bore. Yn ail, roedd degau o ddynion ar y llong, a'r rheiny i gyd yn treulio eu nosweithiau mewn ffyrdd amrywiol. Roedd rhai'n rhochian cysgu, rhai'n chwibanu cysgu, ac eraill ar ddihun, un ai'n methu cysgu neu'n un o'r rhai oedd yn gweithio shifft nos. Yn drydydd, roedd bod ar y môr ar long mor fawr yn teimlo'n wahanol – roedd y llong yn symud mewn ffordd anghyfarwydd i Hywel, a'i gorff yn gwrthod derbyn eu bod yn ddiogel yng nghrombil yr anghenfil o gerbyd gyda'i synau rhyfedd. Ar ben hyn oll, roedd meddwl Hywel yn rhy brysur i ymlacio a chysgu. Roedd yn ail-fyw digwyddiadau'r dyddiau diwethaf yn ei ben, bob yn ail â dychmygu digwyddiadau'r wythnosau nesaf. Rhwng yr holl gyffro, roedd hi'n bedwar y bore ar y corff a'r meddwl yn ildio i Siôn Cwsg.

A dweud y gwir, roedd Hywel ychydig yn siomedig eu bod wedi clymu'r llong yn harbwr Bryste mor fuan wedi gadael Aberdaugleddau. Roedd e wedi meddwl y bydden nhw ar y môr mawr am wythnosau cyn dod i dir. Ond dangosai hynny pa mor ddi-glem oedd e! Dysgodd yn fuan iawn mai o Fryste neu Lundain y byddai'r holl fordeithiau yn dechrau go iawn, ac mai dim ond casglu criw fyddai'r llongau'n ei wneud ar hyd arfordir Cymru.

Cawsant ddiwrnod prysur, felly, ym Mryste, yn paratoi'r llong ar gyfer y fordaith fawr. Roedd angen llwytho'r llong â digon o fwyd a diod at y daith; sicrhau bod yr holl raffau mewn cyflwr digon da; plymio i'r dŵr i asesu cyflwr gwaelod y llong; sgrwbio'r lloriau a glanhau'r howld; ac agor yr hwyliau i sicrhau nad oedd unrhyw dyllau na rhwygiadau. Ymddangosai'r rhestr yn ddi-ben-draw i Hywel.

Serch hynny, ychydig a wyddai am yr holl baratoi nad oedd e'n ei weld. Oddi ar y llong roedd yr arweinwyr yn cynnal sgyrsiau pwysig, yn rhoi cyfarwyddiadau, yn gwneud penderfyniadau, ac yn casglu mwy o ddynion cryf i ymuno â'r criw. Tra digwyddai hynny, sgrwbio bwrdd y llong oedd gwaith Hywel y diwrnod hwnnw, a chafodd e ddim cyfle i feddwl llawer oherwydd yr holl waith caled, a'r prysurdeb o'i gwmpas. Cyn iddo allu meddwl mwy am y newid yn ei fywyd ers troi'n bymtheg oed, roedd y llong yn barod i hwylio'n dalog allan o borthladd Bryste, a'r antur fawr ar fin cychwyn!

"Hywel, sut wyt ti erbyn heno?" holodd ei gyfaill, Prys William, wrth ei ddal yn dylyfu gên. Neidiodd Hywel wrth glywed ei lais. Roedd e wedi bod yn pwyso ar reilen y llong unwaith eto, wedi blino'n lân, ac yn myfyrio am ei gartref.

"Prys! Welais i mohonoch chi. Dwi'n dda iawn, diolch am ofyn," atebodd Hywel yn gwrtais. Doedd e ddim yn siŵr eto a ddylai alw ei gyfaill newydd yn 'ti' neu'n 'chi'. Roedd wedi'i gyfarfod o'r blaen, ac wedi sgwrsio am bysgod yn dilyn noson wael o bysgota. Ond, roedd Prys William ryw ddeng mlynedd yn hŷn nag ef, a doedden nhw ddim yn gyfarwydd iawn â'i gilydd. Trodd ei gefn at y môr, a wynebu'r Cymro cyhyrog o'i flaen.

"Gwranda, Hywel," aeth Prys ymlaen, gan roi ei ddwylo ym mhocedi ei drowsus ac edrych i lawr yn garedig ar y bachgen ifanc o'i flaen, "dwi ddim eisie dy ddychryn di, ond mae'n bwysig dy fod ti'n gwybod sut mae pethau... Cafodd dwy long dollau eu chwalu'n rhacs gan y tonnau wrth geg yr afon echnos. Roedd yna storm fawr, a hyd yn hyn, mae'n debyg bod dau ddeg dau o gyrff wedi'u darganfod."

Edrychodd Hywel yn syn arno, ddim yn sicr beth i'w feddwl na'i ddweud.

"Wir?" holodd yn synfyfyriol, a'i lygaid yn crwydro'n ôl a blaen ar hyd y llawr o'i flaen.

"Gwranda," aeth Prys William ymlaen. "Byddai pawb yn deall pe byddet yn penderfynu peidio dod ar y fordaith hon ar ôl yr hyn ddigwyddodd. Fe gei di gyfle eto..."

Cyn i Prys allu parhau â'i gonsŷrn, roedd Hywel wedi torri ar ei draws.

"Prys, diolch am ddweud wrtha i, a diolch am feddwl amdana i, ond wir i ti," sylwodd Hywel yn sydyn ei fod wedi dweud 'ti', ond gwthiodd y peth o'i feddwl – doedd dim amser i boeni am hynny nawr. "Dwi'n fwy parod nag erioed am y daith yma – alla i ddim aros." A phrysurodd i ychwanegu, "Wir i chi!" Dyna ni, roedd e wedi creu balans rhwng y 'ti' a'r 'chi' nawr. Doedd y dyn o'i flaen ddim wedi ymateb o gwbl, felly mae'n rhaid ei fod e ar dir saff!

Daeth gwên lydan i wyneb Prys.

"Da fachgen," atebodd. "Un dewr a balch fuost ti erioed, yn ôl dy dad, ac un dewr a balch fyddi di am byth hefyd, dybiwn i."

Synnodd Hywel o glywed bod ei dad wedi bod yn sgwrsio amdano gyda Prys William. Teimlodd yn ddig am ychydig – mae'n siŵr fod ei fam wedi siarsio ei dad i sicrhau bod rhywun profiadol ar y llong i edrych ar ôl eu mab bach. Gobeithiai mai dim ond brolio'i fab roedd e wedi ei wneud. Pam roedd rhaid i rieni wneud i'w plant deimlo mor chwithig drwy'r amser? Pam roedd rhaid iddyn nhw ymyrryd byth a beunydd, a gwneud i'w plant deimlo fel creaduriaid bach di-glem dro ar ôl tro?

"Wel, sdim llawer o amser nawr." Torrodd Prys ar draws ei feddyliau byrlymus. Yna, camodd yn ôl, a cherdded i ffwrdd yn frysiog tuag at y fynedfa i'r orlop. "Byddwn ar ein ffordd i Farbados o fewn yr awr, ac yn dychwelyd i Fryste gyda chargo llawn siwgr euraidd!"

Gwyliodd Hywel Dafydd y Cymro yn prysuro i ffwrdd, ond ni ddywedodd air. Trodd yn ôl i bwyso ar y rheilen a meddyliodd am yr holl ddynion diniwed oedd wedi colli eu bywydau echnos. Ond hyrddiodd ei deimladau i gefn ei feddwl yn gyflym. Doedd e ddim eisiau teimlo'n negyddol. Roedd ar fin dechrau ar antur, ac roedd angen meddwl cadarn a gobeithiol os oedd e am brofi ei hun a chael amser gorau'i fywyd. Oedd, meddyliodd, roedd e'n benderfynol o gael amser gwerth chweil. Roedd e am gael amser mor felys â'r siwgr roedden nhw'n mynd i'w gludo'n ôl o Farbados!

Pymtheg mis gymerodd y fordaith gyntaf honno, a dychwelodd Hywel yn ôl i Fryste yn ddyn cyhyrog, wedi cael profiadau morwrol anghredadwy, a bywyd y môr yn ddwfn yn ei galon. Er mai dim ond un ar bymtheg oed oedd e, roedd bywyd y môr wedi gadael ei farc eisoes, ac roedd e'n edrych fel dyn ugain oed, o leiaf! Dros y misoedd ar y cefnfor daeth Hywel Dafydd a Prys William yn ffrindiau da iawn, a doedd dim rhaid i Hywel boeni dim am alw 'ti' ar y morwr hŷn.

Ond, yn anffodus, tarodd salwch ar iechyd Prys William ychydig wythnosau cyn iddyn nhw ddychwelyd. Ym Mryste rhaid oedd i'r ddau wahanu wrth i Prys gael ordors i ymlacio a bwyta digon o orenau, ac wrth i Hywel benderfynu neidio'n llon ar ail fordaith.

Do, ymunodd ag ail fordaith er iddo addo i'w rieni y byddai un yn ddigon i'w fodloni! Tarodd nodyn sydyn iddynt yn y post, gan groesi bysedd na fydden nhw'n meindio'n ormodol! Gwnaeth yr un peth i Elen, ond, wrth gwrs, roedd ei neges ati hi'n dweud tipyn mwy na'r un at ei rieni!

Ar yr ail daith honno, gwelodd golli ei ffrind caredig a ffyddlon. Doedd e ddim wedi sylweddoli tan hynny pa mor braf oedd cael cyfaill a oedd yn siarad Cymraeg ar yr un llong ag ef. On'd oedd hi'n rhyfedd nad oedd rhywun yn gwerthfawrogi rhywbeth tra'i fod yno, ac yn difaru wedyn unwaith i'r peth hwnnw ddiflannu?

Wrth i'r misoedd basio, sylweddolodd ei fod yn dyheu fwyfwy am gael siarad ei famiaith, ac am gael trin a thrafod y byd a'i bethau yn yr iaith oedd fwyaf cyffyrddus iddo. Ar y llaw arall, roedd yn sylweddoli mai Saesneg oedd iaith y llong a byd y môr, ac o gofio mai ei ddewis ef oedd y bywyd hwn, doedd ganddo ddim lle i gwyno. Wedi'r cwbl, teimlai'n sicr mai'r fordaith hon fyddai ei fordaith fawr olaf, ac y byddai'n dychwelyd i Gymru ymhen chwinciad chwannen, lle câi siarad dim byd ond Cymraeg! Ond, nid felly y buodd hi. Parhaodd Hywel i neidio ar y fordaith nesaf bob tro.

Roedd y cyfnod rhwng glanio ym Mryste (neu Lundain, weithiau) ar ddiwedd un fordaith, a chyn dechrau ar fordaith arall, yn gyfnod byr a phrysur, a'r morwr ynddo bob tro yn cytuno i barhau â'i yrfa ar y môr yn ddi-ffael.

Ar un o'i ymweliadau 'nôl ym Mryste, cafodd gyfle i holi am hanes Prys William, yn disgwyl clywed ei fod ar fordaith bell, neu'n paratoi llong i hwylio oddi yno. Torrodd ei galon pan glywodd fod Prys wedi marw ychydig wythnosau yn unig wedi iddo fynd dan ofal ym Mryste. Roedd e wedi bod yn dioddef o'r llwg, neu'r *scurvy*. Gwnaeth y salwch ef yn wan, a chwyddodd ei ddeintgig gan achosi iddo golli ei ddannedd. Datblygodd marciau duon dros ei gorff, a chwyddodd ei fol a'i goesau cyn i'r blinder a'r galon wan ei ladd. Roedd Hywel wedi clywed fwy nag unwaith am yr afiechyd hwn a oedd yn cymryd bywydau cymaint o forwyr, ond doedd e erioed wedi teimlo unrhyw beth tuag at yr afiechyd gan nad oedd e erioed wedi effeithio arno. Nawr, a'r salwch wedi cipio bywyd morwr a oedd mor iach a chryf a charedig, dechreuodd Hywel deimlo'n flin gyda'r afiechyd am fodoli. Roedd e'n casáu bod y fath beth yn lladd dynion cyffredin heb iddyn nhw allu gwneud unrhyw beth amdano – roedd hi bob tro yn rhy hwyr i'w hachub.

Gwnaeth y newyddion yma i Hywel Dafydd ailfeddwl am ei ddyfodol ar y môr. Doedd neb yn gwybod eto sut i iacháu dioddefwyr yr afiechyd cas hwn, a gwyddai fod yna siawns y byddai yntau'n dioddef ohono ryw ddydd. Treuliodd sawl noson ar ddihun, yn pendroni am ei ddyfodol a'i opsiynau. Gwyddai Hywel ei fod wedi addo i'w rieni y byddai'n dychwelyd ar ôl un fordaith, ond roedd bywyd y môr wrth ei fodd, a doedd dim angen poeni am ryw afiechyd ymlaen llaw, oedd e?

Fel y tro cyntaf hwnnw, gwnâi'n siŵr ei fod yn anfon llythyr a dogn o'i gyflog at ei rieni rhwng pob mordaith, a gobeithiai fod hynny'n eu plesio. Yn ei lythyrau, ceisiai adrodd am y pethau da (gan beidio cyfeirio at unrhyw straeon drwg na hanes Prys William druan), a byddai'n dymuno'r gorau iddyn nhw bob tro. Gobeithiai fod ei lythyrau at Elen yn ddigon i gadw ei diddordeb ynddo hefyd, a bod ei rieni'n siarad â hi yn ddigon aml iddi glywed mwy am ei anturiaethau a'i ddewrder. Ond gwyddai, yn nwfn ei galon, na allai ddisgwyl iddi aros amdano. Ac yntau'n dewis bywyd y môr dros fywyd yn agos ati hi, ni ddylai synnu pe byddai hi'n dewis troi at ddyn arall. Tueddu i anwybyddu'r posibiliadau hynny a wnâi Hywel, gan gredu yn siŵr na fyddai caru dyn arall yn croesi meddwl Elen.

Roedd yn colli wyneb tlws Elen. Dyheai hefyd am gael gweld ei rieni annwyl, a chrwydro'i filltir sgwâr gyda'i ffrindiau gartref. Ond roedd y bywyd morwrol yn ei fodloni, a phob mordaith yn teimlo fel antur newydd. Doedd e ddim yn barod i ddychwelyd adref... dim eto, beth bynnag. Argyhoeddodd ei hun y byddai Prys William yn browd ohono am fod yn ddewr ac wynebu'r elfennau – doedd dim un penderfyniad yn fwy cadarn na phenderfyniad gyda chefnogaeth un a oedd wedi gadael y byd, meddyliodd Hywel. Felly, ar yr wythfed diwrnod ym Mryste y tro hwnnw, cododd Hywel o'i hamog yn fore iawn. Teimlai'n benderfynol ac yn hyderus. Roedd e'n barod am y fordaith fawr nesaf – un fordaith arall, er cof am Prys William!

3
~~DRAENEN DDU AR Y MÔR~~

Tachwedd 1717

"Rwyt ti'n forwr da, Dafydd."

Clywodd lais Capten Skinner yn nesáu ato, wrth iddo wneud ei gyfraniad at sgrwbio'r llong yn lân tra oedden nhw ym mhorthladd Bryste unwaith eto. Trodd ei ben yn gyflym, wedi dychryn ychydig gan nad oedd y capten yn tueddu i siarad â'i griw... yn enwedig yn y bore, ar ôl noson hwyr o yfed a bwyta fel brenin! Safai uwch ei ben, ei gorff mawr fel wal gadarn rhyngddo ef a'r haul. Sylwodd Hywel fod ei wyneb heulfelyn yn greithiog, a'i fwstás bach golau wedi'i baratoi'n daclus fel pob diwrnod arall.

"Mae gen ti'r sgiliau. Ac mae gen ti'r dewrder," meddai'r capten gan gamu o'i flaen, a'i ddwylo wedi'u plethu y tu cefn iddo nes gwneud i'r botymau ar hyd ei grys wingo wrth ddal ei ddillad glân at ei gilydd. "Dwi'n clywed dy fod yn ddyn hoffus a gonest hefyd."

Llithrodd diferyn o chwys i lawr ochr wyneb Hywel o'i dalcen i'w ên. Poenai am fod y capten, a oedd mor sych fel arfer, yn trafferthu siarad ag ef, a beth oedd e am ei ddweud nesaf.

"Dwi..." dechreuodd y capten unwaith eto wrth weld Hywel Dafydd yn dal ei wynt. "Dwi am i ti fod yn fêt."

Syrthiodd y geiriau o enau'r capten yn gyflym. "Beth ddwedi di?"

Ni allai Hywel Dafydd gredu ei glustiau pan glywodd gapten y *Cadogan* yn cynnig y swydd bwysig hon iddo. Cododd ar ei draed yn frysiog gan adael y clwtyn ar y llawr gwlyb.

"Fi?" mentrodd, ac edrych i lygaid y capten am rai eiliadau, gan geisio dyfalu a oedd e'n gwneud hwyl am ei ben neu beidio. Er mawr syndod iddo, parhau i edrych yn ddiysgog arno wnaeth Capten Skinner, ei lygaid yn aros am ateb. Penderfynodd Hywel Dafydd fod y capten, mae'n rhaid, yn siarad o ddifrif. Felly, gan wenu fel giât, derbyniodd y swydd ar unwaith cyn i'r capten gael cyfle i ailfeddwl!

"Wrth gwrs, wrth gwrs!" meddai'n frwdfrydig. Teimlai'n union fel y teimlodd y diwrnod hwnnw pan ddaeth ei dad â'r newyddion am y fordaith gyntaf, ac unwaith eto, symudai ei draed bob yn ail fel pe bai'n sefyll ar dân poeth!

Ar unwaith, estynnodd y capten ei law allan i'r Cymro, a theimlodd Hywel bleser dwfn wrth ysgwyd llaw â Chapten Skinner – dyma beth oedd anrhydedd! Parhaodd y capten i edrych i lygaid y Cymro gan sylwi pa mor gadarn roedd Hywel yn ysgwyd ei law. Nid atebodd y capten ef â geiriau, ond wrth droi ar ei sawdl a'i adael i sefyll yno'n syfrdan, gwenodd wên dawel ac ymlwybro'n ysgafndroed yn ôl i'w gaban.

Roedd yn fodlon iawn gyda'i benderfyniad ac yn hapus fod Hywel Dafydd yn barod i fentro i swydd uchel ei pharch. Byddai'n gyfle i'r Cymro brofi ei fod e'n fwy na morwr da. Roedd yn edifar ganddo fod bywyd y mêt diwethaf wedi dod i ben yn sydyn a dirybudd, ond roedd y capten yn hyderus y byddai'r mêt newydd yn gwneud gwaith cystal â'i ragflaenydd, ac y bydden nhw'n dod yn ffrindiau, yn ogystal ag yn gyd-weithwyr campus.

Mêt? meddyliodd Hywel wrth wylio'i gapten yn mynd oddi wrtho. Am fraint... Dwi mor lwcus... Mae'r holl waith caled wedi talu ffordd, a bydd pobl yn gorfod gwrando ar fy ngorchmynion i nawr... Bydda i'n cael rhan yn y penderfyniadau pwysig... Dwi'n forwr pwysig bellach, a phe na bai Hywel yn poeni am farn eraill amdano, byddai wedi gweiddi 'Hwrê!' yn uchel yn y fan a'r lle. Ond roedd yn rhaid iddo ymddwyn yn fwy proffesiynol nawr – nid fel plentyn wedi cyffroi ar ddydd Nadolig!

Hwyliodd y *Cadogan* o borthladd gorlawn Bryste yn hwyr yn y flwyddyn 1717, gyda Chapten Skinner yn arwain, a Hywel Dafydd yn brif fêt awyddus i blesio. Wrthi'n sgwrsio â Chymro o Gonwy roedd Hywel un noswaith wedi sawl mis o fordeithio, pan ddigwyddodd rhywbeth dychrynllyd.

Sierra Leone sydd draw fan'co, myfyriodd Hywel, cyn mynd ymlaen i herio'r dyn hŷn roedd e wedi dod yn ffrindiau ag ef dros sawl blwyddyn o gydweithio. "Fe wnes i dy guro di, Ieuan bach."

"Ha! Cau dy geg, Hywel *fawr*!" heriodd Ieuan yn ôl. "Bob tro 'dan ni'n cael cyfla i sgwrsio ar noswaith dawel fel hon, mi wyt ti'n dechra fy herian i. Curo, wir! Doedd 'na ddim ras, Hywel – doedd gen i ddim diddordeb bod yn fêt. Morwr cyffredin dwi 'di bod erioed, a morwr bodlon, cyffredin fydda i hyd fy marwolaeth." Ac ysgydwodd Ieuan Glyn ei ben wrth i wên ddireidus ledu dros ei wyneb.

Cyn i Hywel gael cyfle i barhau â'r herio, clywsant floedd o frig y mast. Roedd y floedd yn aneglur, ond roedd hi'n dod o nyth y frân – a doedd hynny ddim yn newyddion da. Gwyliwr a'i sbienddrych fyddai'n gweithio yn nyth y frân, ac os oedd y dyn hwnnw'n gweiddi, roedd rhywbeth o'i le – rhywbeth nad oedd unrhyw un arall yn gallu'i weld na'i synhwyro eto.

Ar unwaith, roedd cynnwrf ar y llong. Roedd perygl yn agos. Doedd dim amser i'w wastraffu. Roedd rhaid paratoi. Rhaid oedd newid cwrs y llong. Rhaid oedd ceisio osgoi'r perygl. Ond beth oedd y perygl? Pa fath o baratoi oedd ei angen? Brysiodd Hywel a'i gyfaill i'r pŵp, y dec uwch, i geisio gweld mwy. Rhedai dynion ar hyd y dec agored. Dringai eraill i fyny'r mastiau. Sgrechiai'r capten orchmynion. Llwythai'r gynwyr y gynnau. Llwytho'r gynnau? Golygai hynny nad perygl taro craig oedd y perygl hwn, felly. Golygai hynny fod perygl o golli gwaed.

Wrth geisio newid cwrs y llong, roedden nhw yn nannedd y gwynt, a chyn hir yn wlyb socian gan fod y dŵr hallt yn tasgu dros y deciau wrth i'r llong siglo'n ansicr ac yn aflonydd. Rholiai dros y tonnau fel marblen mewn dysgl anwastad! Roedd golwg wyllt ar y capten, a'i floeddio'n diasbedain yng nghylchoedd y gwynt. Gweithiai pob un fel petai ei fywyd yn dibynnu arno, ac yn wir, *roedd* eu bywydau yn dibynnu ar ddigwyddiadau'r oriau nesaf! Welsai Hywel erioed y fath waith penderfynol ac egnïol – roedd eu chwys yn gymysg â'r dŵr hallt, a'u lleisiau'n gymysg â sgrechfeydd y gwynt.

Er gwaetha'r ymdrechion, sylwodd Hywel fod eu llong yn rhy fawr a thrwm i'w thrin ar frys fel hyn. Gallai'r criw i gyd weld y rheswm dros yr holl banig gwyllt erbyn hyn – roedd llong lawer llai ei maint yn dal i fyny â nhw, ac yn chwifio'n falch o'i brig roedd baner ddu!

Gwyddai pob un beth olygai hyn. Gwyddai pob un pa fath o long oedd hon. Gwyddai pob un fod eu bywydau mewn perygl difrifol. Roedd môr-ladron yn agosáu!

Parhaodd y dynion â'u gwaith caled, ond yn ddwfn yn eu calonnau roedden nhw'n gwybod yn iawn fod eu hymdrechion i greu pellter rhyngddyn nhw a'r faner ddu yn anobeithiol.

O fewn dim, roedd y llong yn ddigon agos i Hywel allu darllen ei henw. Wedi'u peintio'n fawr mewn lliw coch ar bob ochr iddi roedd y geiriau *Royal James*.

Doedd dim amser i boeni bellach. Roedd llong y môr-ladron wrth eu hochr – roedd hi'n rhy hwyr i geisio dianc. Yn ddistaw bach, penderfynodd Hywel nad oedd dim y gallai ei wneud, felly dechreuodd weddïo ar Dduw i'w hachub o'r sefyllfa.

Pan agorodd ei lygaid, cododd ei olygon at y *Royal James* unwaith eto. Syllodd yn gegagored ar yr hyn a welai ar fwrdd llong y môr-ladron – dyfalai fod dros gant o ddynion amrywiol yr olwg yn eu hwynebu. Edrychent yn filain, a gafaelent oll mewn rhyw fath o arf dychrynllyd yr olwg. Saethodd ofn trwy ei galon, a hoeliodd ei sylw ar yr olygfa o'i flaen. Yna, clywodd lais cras yn bloeddio o'r llong gerllaw.

"Môr-ladron ydyn ni. Capten England ydw i."

Chwiliodd Hywel yn frysiog am berchennog y llais, ond ni allai weld pa un o'r môr-ladron oedd wrthi'n gweiddi'n hyll. Edrychodd yn ôl at fwrdd y *Cadogan*, gan sylwi bod mwyafrif y criw yn sefyll yn eu hunfan bellach, yn syfrdan gan banig a braw.

"Yn yr wythnosau diwethaf rydym wedi cipio ac ysbeilio naw o longau ar yr arfordir hwn," aeth y bloeddio ymlaen. "Byddai'n dda o beth i chi beidio creu stŵr, neu difaru wnewch chi..." Arhosodd capten y môr-ladron am ymateb, ond nid oedd Capten Skinner i'w weld yn un man, a doedd gan Hywel ddim syniad beth i'w ddweud na'i wneud o dan y fath amgylchiadau!

"Dim gwrthwynebiad hyd yn hyn? Da iawn," parhaodd llais y môr-leidr. "Does dim angen i unrhyw un boeni am ei fywyd os nad yw'n peri trafferth i ni..."

Gwyliodd morwyr y *Cadogan* wrth i gorff mawr ymddangos o ganol y cyrff brwnt – hwn oedd Capten England mae'n rhaid!

"Nawr, bydd fy nynion i'n byrddio'ch llong chi mewn munud," aeth y dyn ymlaen, a'i freichiau'n symud i gyd-fynd â'i eiriau, "a byddwch *chi* yn ildio i *ni* ac yn rhoi cymorth i fy nynion gyda'u gwaith. Os na wnewch chi ffwdan i ni, fydd dim trafferth a dim gwaed."

Gallai Hywel Dafydd deimlo'r ofn ymysg ei gyd-forwyr llonydd a distaw. Feiddiodd 'run ohonyn nhw ymateb i eiriau'r môr-leidr. Ble'r oedd y capten? Ef ddylai fod yn ymateb i hyn ac yn delio â'r sefyllfa echrydus yma!

Gwibiodd eu llygaid o un i'r llall mewn dychryn, a'u traed wedi'u gludo i'r dec mewn panig. Doedd ganddyn nhw ddim syniad beth ddylen nhw ei wneud nesaf.

"Beth wnawn ni?" sibrydodd Ieuan Glyn yng nghlust Hywel Dafydd.

"Wn i ddim, Ieuan," murmurodd Hywel o gornel ei geg, gan geisio peidio tynnu sylw ato'i hun. "Cadw draw mor hir ag y gallwn ni, ac aros gyda'n gilydd fyddai orau, siŵr o fod."

O fewn eiliadau, roedd coesau'r criw wedi deffro, a'r rhan fwyaf ohonynt wedi cydsymud yn frysiog i ben blaen y dec – mor bell i ffwrdd oddi wrth y môr-ladron ag y gallent fynd heb ddisgyn i'r dŵr! Roedd Hywel Dafydd yn eu canol nhw. Ond doedd dim golwg o Gapten Skinner. Tybed ble'r oedd e'n ceisio cuddio? Lle bynnag yr oedd e, fyddai'r dihirod ddim yn hir cyn dod o hyd iddo, meddyliodd Hywel – maen nhw wedi hen arfer!

Edrychodd draw ar y *Royal James* yn gwagio. Roedd y dynion brwnt, mewn dillad carpiog, gyda'u harfau sgleiniog, yn neidio fel mwncïod ar y *Cadogan*, ac yn symud fel gwenyn prysur ar hyd y llong. Dros y munudau hirion nesaf, synnodd Hywel at drefnusrwydd yr holl beth. Fel morgrug yn cludo bwyd i'w brenhines ac yn gwarchod eu cynefin, gweithiai'r môr-ladron yn brysur a phwrpasol gan gludo unrhyw eitemau defnyddiol i'r *Royal James*, a chadw llygad amheus, gofalus ar forwyr y *Cadogan*.

Cyn pen dim, roeddent wedi dod o hyd i Gapten Skinner, wedi ei lusgo o'i gaban i fwrdd y llong, ac yna wedi'i wthio i ddringo ar long y môr-ladron. Parhaodd criw y *Cadogan* i ymgasglu ar flaen y dec, gan geisio cadw'n ddistaw fel llygod. Roedden nhw'n gobeithio y byddai cadw draw yn talu ffordd iddyn nhw.

Yn sydyn, roedd cyffro unwaith eto ar long y môr-ladron, a gwyliodd pob un yr olygfa'n betrus. Gwelon nhw Gapten Skinner yn cael ei daflu ar ddec y *Royal James* – ei gwt rhwng ei goesau, a'i ysgwyddau'n isel a dihyder.

"Skinner? Ai ti sydd yna?"

Clywodd Hywel un o'r môr-ladron yn holi Capten Skinner cyn gynted ag y cyrhaeddodd y llong. Camodd perchennog y llais ymlaen, a gwelodd pob un fod y môr-leidr hwn wedi ei wisgo'n llawer crandiach na mwyafrif y môr-ladron eraill yn eu carpiau budron.

Edrychodd Skinner i fyny o'r dec ac i wyneb y siaradwr. Pan sylweddolodd pwy oedd perchennog y llais, gwelwodd ei wyneb a theimlai'n swp sâl.

4
AMSER DIAL

Yn yr eiliadau nesaf, fflachiodd llif o luniau trwy feddwl Capten Skinner – lluniau o'r holl droeon y bu'n trin y dyn hwn yn ffiaidd o greulon. Ei hen fosn ydoedd. Y dyn yma arferai wneud yn siŵr fod popeth ar y llong yn gweithio fel cloc, ond bu Skinner yn annheg iawn ag ef, a gwyddai hynny'n iawn. Gwyddai hefyd nad oedd yr hanes yma am dalu'n dda iddo – roedd trwbl go iawn ar y gorwel. Teimlai fel llygoden fach, fach, yn gorfod wynebu trychfil mwyaf a chreulonaf y bydysawd. Gwingodd, a theimlo'r nerfusrwydd mwyaf iddo'i deimlo erioed. Roedd e'n chwysu chwartiau, a'r ofn yn amlwg yn ei lygaid. Wrth weld hyn, chwarddodd ei gyn-fosn.

"Haha! Capten Skinner! Ti *sydd* yna! Wel, wel, hahaaaa!" a throdd i wenu'n orfoleddus ar y môr-ladron eraill, a oedd yn gwylio'r olygfa'n ymholgar. Teimlai'r bosn fel petai'n ddiwrnod pen-blwydd arno, a'r brif anrheg wedi ei gosod o'i flaen. Daliodd criw'r *Cadogan* eu gwynt, unwaith eto heb syniad beth oedd am ddigwydd nesaf.

"Ti! Ti yw'r union ddyn ro'n i'n dymuno'i weld!" Clywodd pob un y môr-leidr yn galw ar Skinner. "Dwi mewn dyled enfawr i ti, Skinner," poerodd, gan barhau i wenu'n llydan ac edrych bob yn ail ar Skinner ac ar griw'r môr-ladron, a balchder yn disgleirio yn ei lygaid. Roedd y môr-ladron yn gwenu'n ôl ar y cyffro o'u blaenau, ac yn hanner chwerthin ymysg ei gilydd, a'u cegau'n symud fel pe baen nhw'n cnoi gwm. Safai'r mwyafrif yn eu hunfan, eu breichiau wedi'u plethu, yn barod am yr adloniant oedd ar fin cychwyn.

"A nawr, dwi'n cael y cyfle i dalu'n ôl i ti." Crwydrodd y bosn mewn cylchoedd o amgylch ei brae cyn ychwanegu gyda chwarddiad, "A bydda i'n gwneud hynny yn dy arian dy hun. Hahaaaa!"

Crynodd Skinner yn ei esgidiau wrth i olwg filain y môr-leidr fynd dan ei groen. O'r llawr, gwelodd y bosn yn cerdded yn hamddenol mewn cylchoedd o'i gwmpas. Sylwodd ei fod yn chwarae gyda'i ddwylo, yn eu troi o amgylch ei gilydd, cyn taro blaenau ei fysedd yn erbyn ei gilydd gan ddod i stop uwch ei ben. Crynodd Skinner ymhellach wrth iddo sylweddoli beth olygai geiriau'r dyn hyll. Roedd y dyn yma'n ei gasáu, ac roedd am dalu'r pwyth yn ôl iddo am y gorffennol. Yn fwy na hynny, roedd am gosbi Skinner yn yr un modd ag y gwnaeth Skinner ei drin ef.

Gwyliodd morwyr y *Cadogan* yr olygfa ar y llong arall gan ddal eu gwynt o hyd – tybed beth oedd am ddigwydd nesaf? Tybed beth oedd yr hanes rhwng eu capten a'r dihiryn dieflig o'u blaenau?

Gan barhau i wenu ag atgasedd a chyffro, galwodd y bosn ar y tri dyn agosaf ato, "Harris, Moor, Johnson! Clymwch y llipryn diawl at y mast!"

Brysiodd y tri môr-leidr i ddilyn gorchmynion y bosn, ac fe glymwyd Skinner, a oedd bellach yn edrych yn sâl fel ci, at y pren a ddringai'n gryf o ganol bwrdd y llong. Saethodd dolur siarp trwy gorff Skinner, wrth i'r dynion dynhau'r cortyn garw o amgylch ei arddyrnau y tu cefn iddo. Teimlai fel doli glwt, ei gorff yn sefyll yn llipa gyda'i gefn at y mast, a'i wyneb yn edrych ar y gynulleidfa eiddgar. Trodd ei olygon at ei long ei hun a gweld y dryswch ar wynebau ei ddynion – roedden nhw oll yn sefyll yn stond a golwg ofidus ar eu hwynebau.

Gwyliodd y bosn yn ymlwybro tuag at Gapten England – roedd Skinner a phob un arall bron iawn wedi anghofio am fodolaeth hwnnw! Roedd y bosn haerllug wedi cymryd drosodd fel arweinydd yn y munudau diwethaf nes gwneud i Gapten England gamu'n ôl a gwylio'r datblygiadau. Mae'n rhaid eu bod nhw'n gyfeillion da i'r capten adael i'r bosn feddiannu canolbwynt y sylw fel hyn.

Dechreuodd y ddau siarad yn ddistaw â'i gilydd gyda'u pennau'n isel, a'u talcenni bron yn cyffwrdd ei gilydd. Diflannodd yr olwg ddryslyd o wyneb England a lledodd gwên fechan, greulon ar ei wyneb. Ni allai unrhyw un glywed beth oedd yn cael ei ddweud, ond gwelsant y modd yr oedd pen England yn bownsio i fyny ac i lawr fel pêl-fasged wrth wrando ar eiriau'r bosn. Yn araf, cododd y bosn ei lygaid yn ôl at Skinner, a daeth gwên fwy mileinig fyth i'w wyneb.

Deallai Skinner hyn yn iawn – roedden nhw newydd benderfynu ar ei dynged, ac o olwg hapus y bosn, gallai ddyfalu bod cosb ar y ffordd.

Gwyliodd Skinner mewn arswyd wrth i'r bosn gerdded yn hamddenol ar draws y dec at flwch mawr, pren.

Gwelodd ef yn estyn ei law yn araf i'r gist, gan dynnu potel wydr, wag o'i chrombil. Cododd y bosn y botel i'r awyr.

Y peth nesaf deimlodd Skinner oedd y gwydr yn ei daro ar ei frest cyn disgyn yn deilchion i'r llawr. Yn sydyn sylweddolodd beth oedd newydd ddigwydd – roedd y bosn wedi taflu'r botel wydr ato!

"Dewch, fechgyn! Mwynhewch!" gwaeddodd y bosn, gan ochrgamu i ffwrdd ac yn ôl i gyfeiriad Capten England.

Yr eiliad nesaf, lledodd gwên ymosodol ar wynebau nifer o'r môr-ladron hyll, a brysiodd sawl un ohonynt at y gist bren.

Ni wyddai Capten Skinner faint o ddynion chwyslyd fu'n taflu poteli ato, na faint o boteli gwydr a'i tarodd, nac am ba hyd y bu'r poteli'n taro ac yn rhwygo'i groen. Roedd wedi cau ei lygaid yn dynn pan welodd y dynion yn nesáu at y blwch pren, a dioddefodd y boen wrth i un botel ar ôl y llall ei lambastio, gan dynnu gwaed. Ceisiodd gloi ei glustiau rhag clywed sŵn y dynion yn sgrechian mwynhau, a sŵn aflafar y gwydr yn chwalu'n ddi-baid. Dymunodd i'r dec dan draed agor a'i lyncu i ebargofiant. Yr unig beth roedd e eisiau oedd cwsg, a pheidio â gorfod deffro fyth eto.

Ond yn sydyn, fe'i dihunwyd o'i gyflwr gan sgrech uwch na'r gweddill.

"Oi-ooooi!"

Adnabu'r floedd fel un y bosn, a chododd ei galon ryw fymryn gan obeithio bod yr artaith am ddod i ben, a'i fod am gael llonydd.

Ond, yn anffodus iddo, roedd gan y bosn gynlluniau llawer mwy bwystfilaidd.

"Datglymwch e!" galwodd ar y tri dyn a'i clymodd yn gynharach.

Mentrodd Skinner agor ei lygaid yn araf a gweld y bosn yn sefyll ryw ddau fetr o'i flaen. Suddodd ei galon wrth iddo sylwi beth oedd gan y bosn yn ei law. Roedd yn gafael yn dynn mewn cath naw cynffon – chwip arbennig y môr-ladron oedd hwn, a gwyddai pob un am y straeon am ddioddef ei boen.

Rhyddhawyd breichiau Skinner o'r mast, a thaflwyd ef i'r llawr fel cadach llipa. Teimlai'n hollol ddiymadferth. Gorweddodd yno am rai eiliadau gyda'i lygaid ynghau unwaith eto. Sylweddolodd nad oedd dianc rhag hyn. Wrth iddo fentro agor ei lygaid am yr eildro, gwelodd y bosn yn camu uwch ei ben, a'r wên filain ar ei wyneb o hyd.

"Rwyt ti'n haeddu hyn, Skinner," dechreuodd y bosn egluro. "Fe wnest ti fy nhrin i a nifer dda o forwyr gonest eraill fel cŵn gwyllt."

Synnai criw'r *Cadogan* o glywed hyn – roedd Capten Skinner wedi eu trin nhw'n gymedrol dda. Roedd hi'n anodd credu ei fod wedi trin unrhyw un yn wael yn y gorffennol, mor wael fel ei fod yn haeddu'r fath ddial.

"Chei di ddim trin pobl fel yna heb gael dy gosbi'n ddiweddarach," aeth y bosn ymlaen gan ysgwyd ei ben a chwarae â'r chwip yn ei ddwylo.

Gyda hynny, camodd y bosn yn ôl, a phasiodd y chwip i'r cyntaf o'i gynorthwywyr.

"Harris," meddai, "cymer di'r fraint hon. Dydy'r dyn ddim gwerth i mi chwysu drosto."

Lledodd gwên ar wyneb y môr-leidr hwnnw, a chymerodd gamau breision i gyfeiriad Skinner. Caeodd Skinner ei lygaid yn dynn, dynn, yn ysu am i hynny leihau'r boen roedd ar fin ei deimlo.

Gwyliodd y ddau griw o forwyr wrth i Harris godi'i fraich yn uchel, cyn neidio yn ei unfan, a chwyrlïo'r chwip drwy'r awyr wrth ddod yn ôl i lawr. Daeth y chwip cyntaf hwnnw i lawr ar ochr dde corff Skinner, bron iawn cyn iddo sylweddoli beth oedd yn digwydd. Roedd y boen a deimlai'n waeth nag unrhyw boen a deimlodd yn ei fyw. Sgrechiodd heb allu rheoli ei hun, a chlywodd nifer o'r môr-ladron yn chwerthin am ei ben. Teimlai'n flin, yn wan, ac yn hollol anobeithiol. Yn ddistaw, dechreuodd sibrwd gweddïo gan blannu ei ben dan ei fraich chwith ar y llawr.

Gwyliodd y dynion wrth i Harris roi naid arall a chwifio'i fraich unwaith eto gyda holl nerth ei gorff. Daeth yr ail chwip i lawr gan daro coesau Skinner, a chyda hynny fe roliodd ar ei gefn mewn poen. Edrychodd ar yr awyr las uwchben, a dyheu am gael hedfan i ffwrdd i fyd gwell. Yna, cofiodd yn sydyn beth oedd yn digwydd. Meddyliodd am y ffrae gafodd gyda'r bosn dros flwyddyn yn ôl – a difaru ei enaid.

Daeth trydydd chwip dolurus, sydyn, i'w fol a rholiodd yn ôl drosodd i wynebu düwch dec y llong. Meddyliodd am y ffordd y gwaharddodd e'r bosn a llond llaw o ddynion eraill o'i long yn dilyn y ffrae – a difaru ei enaid.

Daeth pedwerydd chwip annioddefol i wadnau ei draed a chwyrnodd mewn poen gan gau ei lygaid yn dynn, dynn unwaith eto. Meddyliodd am y ffaith iddo beidio â'u talu am eu gwaith ar ei long – a difaru ei enaid eto.

O, am gael troi'r cloc yn ôl, meddyliodd.

Tra gorweddai Skinner yn llipa a difywyd ar fwrdd y *Royal James*, gwyliodd criw ofnus y *Cadogan* wrth i'r bosn haerllug godi ei law i'r nen i roi arwydd i'r môr-leidr stopio chwipio. Gwingodd Skinner mewn poen ar y llawr, yn parhau i sibrwd gweddïo, ac yn parhau i ddifaru ei weithredoedd. Camodd y bosn draw ato a gwthio'i droed i'w ochr nes roedd Skinner yn ôl yn gorwedd ar ei gefn. Arhosodd nes i Skinner agor ei lygaid yn araf ac edrych yn syth i'w lygaid. Poerodd ar ei wyneb llawn ofn cyn cyhoeddi, "Dyna ddigon dwi'n meddwl."

Parhaodd y bosn i syllu ar y dyn ar y llawr o'i flaen, cyn ychwanegu, "Mae'n debyg dy fod wedi trin dy ddynion cyfredol yn well na ni... Gan dy fod wedi gwella dy ffyrdd, dwi am fod yn garedig gyda thi... Mi gei di farwolaeth gyflym."

Saethodd y gair 'marwolaeth' trwy galon Capten Skinner a chaeodd ei lygaid drachefn. Er ei fod yn dyheu am gael ei lyncu o'r byd hwn, roedd clywed y gair yn ei ddychryn tu hwnt i ddychymyg. Serch hynny, diolchodd Skinner i Dduw fod y poen ar fin dod i ben. Doedd e ddim yn siŵr beth oedd am ddigwydd nesaf, ond roedd e'n ddiolchgar fod y chwipio wedi gorffen a'i fod yn cael rhai eiliadau o lonydd. Marwolaeth gyflym ddywedodd y bosn – doedd dim diddordeb gan Skinner mewn aros yn fyw bellach, beth bynnag. Doedd ganddo ddim diddordeb mewn dioddef eiliad yn rhagor o'r briwiau ffres ar hyd ei gorff. Doedd e ddim am wynebu'r un dyn byw fyth eto. Roedd y ffordd yr oedd newydd gael ei drin o flaen criw'r *Cadogan* yn ormod o gywilydd iddo – ni fyddai modd iddo eu harwain ar ôl hyn, hyd yn oed pe byddai'r bosn yn gadael iddo fyw. Wrth i'r meddyliau hyn saethu trwy'i feddwl, mentrodd agor ei lygaid i weld beth oedd gan y bosn mewn golwg.

Fel petai'r bosn wedi bod yn aros i Skinner agor ei lygaid, estynnodd ei law at gefn ei felt. Doedd e ddim yn gwenu nawr. Roedd golwg wyllt, anifeilaidd, a difrifol arno. Daeth ei fraich a'i law yn ôl i'r golwg. Yn ei law roedd pistol du, sgleiniog.

5
NEWID CWRS

Cael ei saethu yn ei ben ac yna ei daflu'n ddiseremoni dros ymyl y dec i'r môr fu hanes Capten Skinner. Doedd dim un o griw'r *Cadogan* wedi gweld creulondeb o'r fath o'r blaen, a buon nhw'n eistedd a gorweddian ar eu dec am amser hir yn pendroni am yr hyn oedd newydd ddigwydd. Roedden nhw mewn sioc. Ar yr un pryd, roedd y *Royal James* yn dal i hofran wrth eu hochr dde – i'r starbord. Gydag amser, daeth pob un i ddechrau meddwl am eu dyfodol eu hunain – beth oedd y môr-ladron am ei wneud gyda'r gweddill ohonyn nhw?

Bu'r môr-ladron yn brysur yn twrio drwy'r *Cadogan*, yn parhau i drosglwyddo nwyddau gwerthfawr, bwydydd, a diodydd i'w llong eu hunain. Ymhen hir a hwyr, roedd y *Cadogan* wedi'i threisio o'i chapten ac o'i chynnwys. Tro Capten England oedd hi i frathu gorchmynion nesaf.

"Pwy yw prif fêt y *Cadogan*?" bloeddiodd Capten England, a'i acen Wyddelig yn gryf.

Cododd Hywel Dafydd ei olygon yn gyflym, yn gwybod bod ei fywyd ar fin cymryd tro enfawr. Ond ni wyddai eto beth fyddai ei dynged. Yn sigledig, hyrddiodd ei hun ar ei draed, a daeth o hyd i hyder a beiddgarwch o rywle.

"Fi, Hywel Dafydd, yw mêt y llong hon!" galwodd ar England gan chwifio'i law arno. "A dwi'n barod i gymryd cyfrifoldeb am ddynion y *Cadogan*."

Daeth hanner gwên i wyneb Capten England. Sylwodd fod y gŵr o'i flaen yn dipyn o foi – roedd yn barod i gyfaddef mai ef oedd y mêt, ac roedd yn barod i gymryd gofal o'i griw yn dilyn marwolaeth eu capten.

"Dafydd... mae'n rhaid dy fod yn ddyn medrus i fod wedi cyrraedd safle prif fêt," canmolodd England. "Felly, beth am i ti wneud y peth callaf dan yr amgylchiadau?"

Camodd Capten England yn nes at Hywel a chriw'r *Cadogan*. Doedd Hywel Dafydd ddim am ddangos ofn yn wyneb perygl, ond eto, roedd am droedio'n ofalus iawn wrth drafod â'r môr-leidr. Dyfalai beth fyddai gorchymyn England – beth oedd y 'peth callaf' yma roedd e'n cyfeirio ato, tybed? Poenai mai bywyd môr-leidr oedd o'i flaen.

"Ymuna gyda ni i hwylio dan y faner ddu," cyhoeddodd England a suddodd y geiriau fel carreg drom trwy ddŵr yng nghalon Hywel Dafydd. "Mae'n bywydau ni'n llawn antur, ac rydyn ni'n gyfoethog iawn. Edrych ar fy nillad i," a phwyntiodd y capten tal at ei ddillad crand o liwiau dwfn a chyfoethog.

Syllodd England i lygaid Hywel, gan aros am ei ateb. Roedd e'n ddyn golygus, â llygaid gleision a llond ceg o ddannedd gwynion, syth.

"Capten England," dechreuodd Hywel, "d... d... diolch am eich cynnig," aeth ymlaen gan deimlo'n ffŵl am ddangos ychydig o nerfusrwydd, ac am ddangos gwerthfawrogiad i'r dihiryn o'i flaen. Roedd pob un o fewn clyw ar y *Cadogan* ar bigau'r drain eisiau clywed yr ateb fyddai'n newid eu bywydau'r naill ffordd neu'r llall.

"Dwi ddim am ymuno gyda chi, Capten England," datganodd Hywel yn hyderus ac anwybyddodd yr olwg o sioc ar wyneb capten y môr-ladron. "I ddweud y gwir, byddai'n well gen i gael fy saethu nag arwyddo rheolau'r môr-ladron."

Daeth sŵn murmur gan y dynion ar y ddwy long – pob un yn synnu at feiddgarwch y Cymro. Daeth hanner gwên arall i wyneb Capten England wrth iddo ystyried geiriau Hywel Dafydd, gan rwbio'i ên gyda'i law chwith. A'i law dde yn gorffwys ar ei glun, taranodd England, "Dafydd, rwyt ti'n ddyn eofn iawn... Ond dwi wedi fy siomi ar yr ochr orau gyda dy ddewrder di. Nid pob un fyddai wedi mentro ymateb fel rwyt ti wedi'i wneud."

"Dyma beth wnawn ni felly," aeth Capten England ymlaen, a golwg bendant ar ei wyneb. "Fe gei di fod yn gapten ar y *Cadogan* ac mi gei di gadw dy ddynion, ac mi gei di hwylio i ffwrdd."

Teimlai Hywel Dafydd a chriw'r *Cadogan* ryddhad enfawr. Serch hynny, roedden nhw i gyd yn gwybod bod mwy i'r fargen na hyn, ac roeddent ar binnau am wybod mwy.

"I ble ydych chi'n bwriadu mynd, Dafydd?"

"I... i Farbados ry'n ni'n mynd yn y pen draw, syr. Llong fasnach yw hon, mi fyddwn ni'n galw yn Sierra Leone, ac yna'n mynd i Farbados – bydd masnachwr yn aros am ein llwyth yno," atebodd Hywel ef.

"Reit... wel... dwi am adael i chi barhau gyda'ch taith. Ond pan ddewch chi at fan penodol, dwi am i chi agor yr amlen hon a dilyn y cyfarwyddiadau ynddi."

Ar hynny, camodd Capten England ymlaen a throsglwyddo amlen o boced ei grys i law Hywel Dafydd.

"Dwi'n gorchymyn i chi fynd nawr, ac os na fyddwch

chi'n dilyn y cyfarwyddiadau sydd yn yr amlen, mi ddaw eich bywydau i ben yn sydyn iawn."

Gafaelodd Hywel yn yr amlen. Tynnodd anadl ddofn, a safodd yn dalsyth.

Cyn croesi Môr yr Iwerydd, arweiniodd Capten Hywel Dafydd ei griw i Sierra Leone yng Ngorllewin Affrica. Roedd e'n lle cyffredin i longau masnach alw er mwyn cyfnewid gwirodydd, cwrw, a seidr am weision a dannedd eliffantod. Cofiai geg enfawr yr afon, a bod tynfa'r dŵr ar yr ochr starbord, ond ei bod hi wedyn yn ddiogel yn y bae hwnnw i gael hoe er mwyn glanhau'r llong a'i hailgyflenwi â dŵr ffres. Doedd dim llawer o bobl yn byw yno, ond roedd cymysgedd o bobl frodorol a morwyr wedi setlo ac roedden nhw oll yn cyd-fyw'n gytûn. Fe glywodd si hefyd mai menyw oedd yr arweinydd lleol! Doedd e ddim yn ymwybodol o hynny ar y pryd, ond fe ddysgodd yn nes ymlaen fod môr-ladron wrth eu boddau yn Sierra Leone gan fod y masnachwyr yno mor gyfeillgar a pharod i gymysgu gyda nhw.

Roedd angen llenwi'r *Cadogan* â chynnyrch i fynd gyda nhw i Farbados, ac roedd angen ailstocio'r bwydydd a'r diodydd gan fod y môr-ladron wedi'u gadael heb fawr ddim. Roedd eu cyfarfyddiad cyntaf â môr-ladron wedi dychryn pob un ohonynt. Ond roedd pob un yn hynod o ddiolchgar i Gapten England am roi llonydd iddyn nhw a'u gadael yn rhydd ymhen dim o dro.

Doedd y ffaith ei fod bellach yn gapten ddim wedi taro

Hywel Dafydd eto. Teimlai pob un yn isel iawn ar ôl y digwyddiadau diweddar, ac fe gymerodd Hywel Dafydd yr awenau'n naturiol heb i unrhyw un gwestiynu'r newid. Er eu bod nhw oll yn drist am dynged Capten Skinner, roedden nhw hefyd wedi'u hysgwyd gan y môr-ladron haerllug. Ond rhaid oedd iddyn nhw gydnabod eu bod yn lwcus eu bod nhw'n dal yn fyw. Roedden nhw i gyd wedi clywed pa mor greulon y gallai môr-ladron fod, ac fe ddylen nhw, wedi'r cwbl, deimlo'n ddiolchgar eu bod wedi dianc o'u crafangau yn fyw.

"Sut wyt ti'n teimlo, Hywel?" holodd Ieuan Glyn y noson honno.

"Dryslyd iawn, Ieu," atebodd Hywel Dafydd yn drist. "Alla i ddim peidio â dyheu am fod adref ar hyn o bryd. Dyw'r hyn sydd wedi digwydd heddiw ddim wedi fy argyhoeddi fod byw ar y môr yn fywyd diogel. Sut wyt ti wedi gallu gwneud hyn cyhyd, Ieuan?"

"Wn i ddim, Hywel. Mae'n fywyd braf ar y cyfan – bod allan yn yr awyr agored a gweld y byd. Ond mae'n debyg ein bod ni wedi bod yn lwcus dros y blynyddoedd, yn lwcus nad ydyn ni wedi dod ar draws môr-ladron tan heddiw."

"Hmm…"

Dechreuodd Hywel feddwl am yr hyn yr oedd wedi'i ddweud wrth ei rieni – y byddai'n dod adref un dydd ac yn gwneud ffortiwn iddyn nhw fel teulu. Meddyliodd am yr holl droeon roedd wedi cael ei demtio i ddychwelyd adref at fywyd tawel pysgotwr lleol, a phenderfynodd mai hon *fyddai* ei fordaith olaf. Meddyliodd am y siwgr, y reis, y tybaco, ac efallai'r aur ac arian y byddai'n eu cludo'n ôl i Brydain o Farbados ymhen amser. Penderfynodd fod yn rhaid iddo ddychwelyd at ei rieni, a oedd yn prysur heneiddio, ac at ei Elen, a oedd yn siŵr o droi at ddyn arall os na ddychwelai'n fuan (os nad oedd hi eisoes wedi gwneud hynny). Byddai masnachu'r daith hon yn gwneud arian sychion iddo, yna gallai ddychwelyd i Aberdaugleddau am byth, a byw bywyd tawel, cyffyrddus yno.

Ond cofiodd am amlen Capten England – roedd yr amlen hon yn pigo ar ei feddwl. Tybed a ddylai ei hagor nawr, a gweld beth oedd ynddi? Tybed a ddylai ei thaflu i'r môr, a gadael i'r tonnau benderfynu ar ei thynged? Na, roedd Capten England wedi'i gwneud hi'n hollol eglur y bydden nhw mewn trwbl gwirioneddol pe bydden nhw'n anwybyddu ei gyfarwyddiadau, a doedd gan Gapten Dafydd ddim diddordeb mewn peryglu ei fywyd ei hun, na bywydau'r dynion ar ei long, eiliad yn rhagor. Dim ond un ateb oedd yna – dilyn gorchymyn Capten England, a gweld beth fyddai eu tynged.

Ymhen pythefnos o hwylio gweddol rwydd o Sierra Leone, cyrhaeddodd y *Cadogan* yr hydred a'r lledred a oedd wedi'u nodi ar flaen yr amlen. Roedd pob un wedi derbyn Capten Hywel Dafydd fel olynydd naturiol i Gapten Skinner, ac roedd Hywel wedi penodi ei brif arweinwyr. Roedd tymer y dynion wedi bod yn weddol isel ers gadael Sierra Leone, a phob un yn poeni am gynnwys yr amlen.

Gafaelodd Capten Dafydd yn yr amlen a oedd wedi peri iddo golli cwsg dros yr wythnosau diwethaf. Gan dynnu anadl ddofn, agorodd yr amlen, a phob un o'r criw yn awyddus i glywed am y cynnwys. Darllenodd Hywel y neges iddo'i hun, yna trodd at ei ddynion,

"Ymhen awr, dwi am i bawb ymgynnull ar y dec i ni gael trafod yr hyn sydd yn fy llaw."

Ochneidiodd y dynion mewn siom. Roedden nhw ar binnau am glywed y neges, ond roedden nhw hefyd yn ofni'r hyn oedd i ddod – pa fath o orchmynion oedd gan Gapten England?

Ar ôl awr union, roedd pob un yn barod ac yn ysu am gael clywed beth oedd gan eu capten i'w gyhoeddi. Daeth Hywel Dafydd o'i gaban, gan gerdded yn araf ond yn benderfynol at ei griw. Safodd ar y grisiau oedd yn arwain i'r dec uwch, ac aros i'r mân siarad ddistewi cyn dechrau ar ei gyhoeddiad.

"Ddynion, diolch i chi i gyd am ymgynnull yma. Fel y gwyddoch, roedd Capten England wedi gorchymyn i ni agor yr amlen yma mewn un man penodol, ac wedi bygwth ein bywydau ni pe na bydden ni'n dilyn y cyfarwyddiadau ynddi. Dwi wedi treulio'r awr ddiwethaf yn pendroni am y peth. Nawr," ac edrychodd Hywel ar wynebau poenus o ddisgwylgar ei griw, "mae England yn gorchymyn i ni newid ein cwrs. Mae e am i ni hwylio i Frasil, a gwerthu'n nwyddau yno. Os gwnawn ni hyn, byddwn yn cael ein gwobrwyo gyda'n bywydau... Dyw hi ddim yn glir i mi beth yw'r rhesymeg y tu ôl i hyn, ond fe welsoch chi bob un sut y gwnaeth e drin ein cyn-gapten, felly dwi ddim yn meddwl bod gyda ni le i gwestiynu'r rhesymau... Wedi pwyso a mesur manteision ac anfanteision anwybyddu ei ddymuniad, dwi'n credu mai'r peth gorau ydy i ni ddilyn ei gyfarwyddiadau, ac fe gawn ni wedyn hwylio am adref gan wybod bod ein bywydau ni'n saff o grafangau Capten England a'i fôr-ladron. Ond, fel capten teg ac ystyriol, dwi am i chi benderfynu beth i'w wneud – felly fe gawn ni bleidlais."

Yn sydyn, dechreuodd yr holl griw fynegi barn ar draws ei gilydd, a datblygodd hyn yn ddadlau brwd. Edrychodd Hywel arnynt yn anobeithiol. Doedd hyn ddim am fod yn hawdd, sylweddolodd – byddai nifer o ddynion yn anhapus beth bynnag fyddai canlyniad y bleidlais.

"O'r gorau!" cododd ei lais arnynt. "O'r gorau," dywedodd eto wrth iddynt ddistewi. "Does dim pwynt gwastraffu eiliad yn rhagor yn dadlau. Mae angen i ni bleidleisio. Yn gyntaf, codwch eich llaw os ydych chi o blaid dilyn dymuniad England a mynd i Frasil."

Cododd Hywel ei law ei hun, a gwelodd nifer o'i gyd-forwyr yn gwneud yr un peth. Ond sylwodd yn syth fod nifer y dynion oedd â'u breichiau i lawr wrth eu hochrau yn llawer uwch.

"Iawn, o'r gorau. Nawr, codwch eich llaw os ydych chi am anwybyddu'r neges yn yr amlen, ac am barhau i ddilyn ein cynllun gwreiddiol a mynd i Farbados."

Cododd degau o ddwylo i'r awyr, ac roedd hi'n amlwg beth oedd barn y morwyr – gwrthod yr awgrym, a mynnu parhau â thaith y *Cadogan* i Farbados. Ysgydwodd Hywel Dafydd ei ben yn drist. Roedd yn rhaid iddo gadw at ei air, a dilyn dymuniad mwyafrif y criw.

Gweddïodd na fyddai'n dod ar draws Capten England fyth eto.

6
DAN GLO

Bythefnos yn ddiweddarach, roedd Capten Hywel Dafydd yn ysgwyd ei ben mewn anghrediniaeth, dryswch, a thristwch. Eisteddai ar lawr ystafell lwyd, oer a thamp gan syllu ar yr ychydig oleuni oedd yn disgleirio trwy fwlch bychan ger y nenfwd – roedd e mewn carchar!

Meddyliodd am symudiadau'r pedair awr ar hugain ddiwethaf. Roedden nhw wedi angori'r *Cadogan* i lochesu ym mhorthladd Bridgetown ar ochr orllewinol ynys Barbados y bore blaenorol, ac yn dilyn bore prysur o wagio'r llong a throsglwyddo'r cynnyrch i'r masnachwyr, penderfynodd Hywel Dafydd ac ambell un o'i griw ymlacio ar draeth Bae Awstin yn y prynhawn. Doedd dim byd yn well ar ôl mordaith hir na chael seibiant a gorweddian ar draeth cynnes yn gwylio'r môr a'i donnau!

Yn anffodus i Gapten Dafydd, chafodd e ddim llonydd yn hir iawn. Wrthi'n tynnu coes a sgwrsio'n frwd gyda rhai o'i hoff forwyr oedd e, pan ddaeth cysgod drosto a synhwyrodd fod dynion yn sefyll y tu ôl iddo.

"Ai chi yw Capten Hywel Dafydd?" holodd un o'r ddau ddyn, wrth i Hywel godi ar ei eistedd yn gyflym, ac edrych i fyny ar y dieithriaid o'i flaen.

"Ie...?" atebodd Hywel gan ateb eu cwestiwn a gofyn cwestiwn ar yr un pryd.

"Dewch gyda ni ar unwaith, os gwelwch yn dda,"

gorchmynnodd y dyn arall, gan wneud ystum gyda'i law ar Hywel i godi a'u dilyn.

"I ble?" holodd y Cymro mewn penbleth. "Dwi'n hapus fan hyn, diolch yn fawr iawn. Pwy ydych chi? A beth yw eich busnes gyda mi?"

"Masnachwyr y'n ni," atebodd y cyntaf o'r ddau. "Ry'n ni'n anhapus, ac yn mynnu eich bod yn dod gyda ni i'r dref i setlo'r mater."

"Ond pa fater, os ca i ofyn? Wn i ddim beth yw'ch bwriad chi."

"Dewch gyda ni, ac fe gewch wybod."

Cododd Hywel yn anfodlon, gan rwbio'r tywod oddi ar ei ddillad a'i gefn noeth. Wrth wisgo amdano, erfyniodd arnynt i egluro'r sefyllfa. Ond roedd y masnachwyr yn gwrthod ymhelaethu, gan fynnu bod yn rhaid i Gapten Dafydd gael gair gyda'u cyflogwr yn ôl yn y dref. Ildiodd Hywel i'w dymuniad, gan ddilyn y ddau oddi ar y traeth. Ni siaradodd y masnachwyr gydag ef yr holl ffordd yn ôl i'r dref, ac fe wnaed i Hywel deimlo'n hollol anghyffyrddus yn eu cwmni. Pendronodd beth oedd yn bod, a pham fod cymaint o frys i fynd at eu cyflogwr. Tybiai fod rhywbeth o'i le gyda'r cynnyrch – y nifer yn rhy isel, neu'r safon yn rhy wael, efallai.

Yn anffodus i Hywel Dafydd, doedd e ddim mor lwcus â hynny.

Pan gyrhaeddodd ganol y dref, dysgodd fod rhai o'i griw wedi'i fradychu. Yn yr ychydig amser roedd e wedi'i dreulio ar y traeth, roedd rhai o ddihirod ei griw wedi bod yn siarad â'r masnachwyr am eu mordaith ar y *Cadogan*. Roedden nhw wedi bod yn cwyno am eu capten y tu ôl i'w gefn. Roedden nhw wedi egluro am lofruddiaeth Capten Skinner, ac wedi sôn am y cynnig a wnaed gan Hywel Dafydd iddyn nhw ynghylch neges Capten England.

Yn syth wedi clywed hyn, gorchmynnodd y prif fasnachwr i Gapten Dafydd gael ei garcharu ar unwaith am fod yn fôr-leidr!

Allai Hywel ddim credu bod hyn yn digwydd – doedd e ddim yn fôr-leidr, siŵr iawn! Nonsens llwyr! Doedd y ffaith ei fod wedi rhoi'r cynnig i fynd i Frasil i'w ddynion ddim yn golygu ei fod yn fôr-leidr. Poeni am ei fywyd ef a'u bywydau nhw roedd e. Roedd e'n meddwl ei fod yn gwneud peth call, nid yn cydymffurfio fel môr-leidr ei hun! Roedd y sefyllfa yma'n hurt bost!

"Awyr iach a haul cynnes – perffaith," nododd Hywel Dafydd gyda gwên enfawr wrth gael ei ryddhau o'r carchar. Er bod yr haul llachar yn llosgi ei lygaid, ceisiodd Hywel gerdded yn frysiog i lawr y stryd. Roedd e am fynd mor bell â phosib o'r carchar mor gyflym â phosib. Wrth frasgamu'n wyllt, meddyliodd yn flin am y cam gwag a wnaed ag ef.

Bues i yn y carchar 'na am dri mis, meddyliodd. *Tri mis!* Gwallgo!... Doedd dim tystiolaeth ganddyn nhw fy mod i wedi ymddwyn fel môr-leidr, ac roedd yn rhaid iddyn nhw fy ngadael yn rhydd yn hwyr neu'n hwyrach – a diolch byth am hynny! Ond, o! Dwi wedi colli *tri mis* o fy mywyd.

Yn wir, roedd Hywel Dafydd wedi dioddef misoedd o

gael ei gloi mewn ystafell fechan, dywyll, heb gael siarad ag unrhyw un am yr hyn oedd yn digwydd iddo. Roedden nhw'n ei fwydo ddwywaith y dydd... wel, roedden nhw'n rhoi pethau bwytadwy iddo beth bynnag. Ond heblaw am y dyn ifanc oedd yn dod â'r bwyd iddo, doedd ganddo ddim cyswllt ag unrhyw berson tra oedd dan glo. Byddai'n clywed rhywfaint o sgwrsio yr ochr arall i'r drws cloëdig, ond doedd e ddim yn deall yr iaith Arawak roedden nhw'n ei siarad, a chan na allai weld eu hystumiau nac iaith eu cyrff, doedd dim modd iddo ddyfalu beth oedd yn cael ei ddweud. Weithiau, gallai glywed sgwrsio y tu allan hefyd, trwy'r twll bychan oedd yn rhoi awyr iach iddo. Ond eto, anaml y clywai'r un gair roedd e'n ei ddeall, a dechreuodd ddiflasu ar ei fywyd yn gyflym iawn.

Roedd e'n gwybod bod awdurdodau ar draws y byd wedi dechrau cosbi morwyr a gâi eu dal yn môr-ladrata. Nid cosb o garchariad fyddai hwn fel arfer, ond cosb o golli bywyd, a hynny trwy ddulliau erchyll. Cofiai iddo weld ambell gorff llipa yn crogi o grocbren wrth fynedfa ambell harbwr. Dyma oedd y gosb arferol am fod yn fôr-leidr – cael eich crogi.

Ond, meddyliodd Hywel Dafydd, dwi ddim *yn* fôr-leidr. Camgymeriad yw hyn!

Ar ôl wythnos, a dim sôn am achos llys, penderfynodd Hywel Dafydd nad oedd yr awdurdodau'n gwybod beth i'w wneud ag ef. Ha, meddyliodd. Yr awdurdodau! Sdim clem gyda nhw, dim un ohonyn nhw ar draws y byd mawr crwn, beth maen nhw'n ei wneud! Y ffyliaid haerllug iddyn nhw!

Gwyddai Hywel ei bod hi'n arferol i achos llys ddigwydd

yn ystod diwrnodau cyntaf carchariad, a bod yr achos yn para diwrnod neu ddau ar y mwyaf, fel arfer. Beth oedd yn digwydd, felly?

Ymhen pythefnos, roedd Hywel wedi syrffedu'n llwyr ar ei fywyd diddim. Doedd ganddo ddim cwmni, na dim byd i'w gadw'n brysur ac i wneud i'r oriau basio ynghynt. Tueddai i gadw'i feddwl yn brysur trwy gau ei lygaid a dychmygu'r degau o wahanol glymau roedd e'n eu gwybod ar gyfer clymu rhaffau. Dychmygai ei ddwylo'n gweithio'r rhaffau, a cheisiodd ddychmygu ei hun yn llwyddo i glymu'r clymau yn gynt ac yn gynt bob tro. Meddyliai gymaint am y peth nes iddo ddyfeisio rhai clymau newydd yn ei feddwl, ac ysai am gael rhoi tro ar y rheiny gyda rhaffau go iawn, yn hytrach na rhai dychmygol ei feddwl.

Roedd hefyd wedi penderfynu cadw ei gorff yn ogystal â'i feddwl yn brysur. Roedd y ffaith ei fod yn sownd mewn ystafell fechan wedi'i orfodi i fod yn llonydd am rai dyddiau, ond penderfynodd geisio cadw'i gorff yn iach ac yn heini er cyn lleied o le oedd ganddo. Dechreuai bob diwrnod, cyn i'r brecwast diflas gyrraedd, trwy wneud cant o ymarferion byrfraich a chant o ymarferion eistedd o orwedd. Ailadroddai hynny cyn pob pryd bwyd. Ond dyheai am gael defnyddio mwy ar ei goesau, a chael neidio ar long a defnyddio holl gyhyrau ei gorff.

Roedd yn gyfnod diflas tu hwnt, ac roedd e wedi anobeithio'n llwyr, yn meddwl na châi fyth fod ar y môr eto, heb sôn am gael gweld ei deulu, ei gariad, a'i gynefin unwaith eto. Meddyliodd droeon am y dynion roedd e'n ffrindiau â nhw ymysg ei griw. Tybed oedden nhw wedi ymdrechu i berswadio'r awdurdodau i'w ryddhau? Tybed oedden nhw'n poeni amdano, ac yn dyheu am ei gael yn ôl fel capten? Neu a oedden nhw'n hidio dim amdano, ac wedi anghofio'n llwyr am ei fodolaeth erbyn hyn? Rhaid bod Ieuan Glyn wedi ceisio gwneud rhywbeth, meddyliodd, ac yntau'n gyd-Gymro, yn ei adnabod ers blynyddoedd bellach. Ond chafodd e ddim ateb i'r holl gwestiynau hyn.

Treuliodd lawer o'r amser yn dyheu am gael bod yng nghartref clyd ei rieni, a dyma'r olygfa fyddai'n llenwi ei freuddwydion bob nos. Meddyliodd am gael treulio amser yn byw bywyd cyffredin – yn pysgota gyda'i dad, yn gwneud rhywfaint o waith adeiladu i'w gymdogion, yn mwynhau paneidiau o flaen y tân gyda'i fam wrth iddi noswylio, ac yn cael treulio'i nosweithiau yng nghwmni ei ffrindiau a'i Elen.

Difarai'n aml nad aeth adref y tro diwethaf iddo lanio ym Mryste, yn hytrach na dilyn yr antur ar fordaith arall – a glanio mewn carchar!

"Ti!" roedd y gwarchodwr ifanc wedi galw arno yn gynharach y diwrnod hwnnw wrth ddad-gloi drws y gell. "Rwyt ti'n rhydd i fynd."

Doedd Hywel ddim wedi symud modfedd i ddechrau. Roedd e'n siŵr mai chwarae tric cas roedd y gwarchodwr – codi ei galon dim ond er mwyn ei weld yn digalonni eto. Ond ni ddaeth y gwarchodwr drwy'r drws gyda'r brecwast arferol yn ei law. Doedd dim byd o gwbl yn ei law a dweud y gwir.

"Tyrd," galwodd y dyn arno eto wrth weld nad oedd yn symud o'i wely tamp. "Symud! Mae angen y gell 'ma arnon ni... ar gyfer rhywun arall."

"O ddifri?" atebodd Hywel gan godi ar ei benelin.

"Ie, tyrd!" dywedodd y gwarchodwr unwaith eto, yn colli ei amynedd a'i ddiddordeb.

Roedd Hywel wedi neidio ar ei draed wedyn, yn methu credu ei glustiau.

"Sut? P... pam? Beth?" holodd yn drwsgl, yn ceisio deall beth oedd wedi newid ers y diwrnod cynt.

"Tyrd, 'chan!" galwodd y gwarchodwr yn flin, wrth ddal y drws led y pen. "Os oes rhaid i ti gael gwybod, doedd dim tystiolaeth gyda ni dy fod wedi cymryd rhan mewn gweithred o fôr-ladrata, felly rwyt ti'n rhydd i fynd heb fynd o flaen dy well. Tyrd, o 'ma nawr," ychwanegodd yn swta.

Gyda hynny, roedd Hywel wedi cipio'i ychydig eiddo, ac wedi mynd trwy ddrws y gell ar frys, yn poeni mai camgymeriad oedd yr holl beth, ac yn awyddus i ddiflannu o olwg y carchar cyn i rywun sylweddoli hynny.

"A phaid â meddwl y bydd pethau'n hawdd i ti nawr," galwodd y gwarchodwr ar ei ôl wrth i Hywel frasgamu i lawr y coridor tywyll. "Mae dy enw di wedi ei ledaenu fel baw dros yr ynys 'ma. Chei di byth waith fel dyn gonest 'ma. Ha!"

Yn wir, roedd yr hyn ddywedodd y gwarchodwr yn wir bob gair. Yn anffodus, nid oedd lwc ar ei ochr. Roedd pob un wedi clywed amdano ac yn tybio mai dyn drwg oedd e gan ei fod wedi bod mewn carchar, a doedd dim golwg o griw'r *Cadogan* yn unman! Brysiodd o long i long yn gofyn am waith fel mêt. Ond nid oedd yr un ohonynt am gynnig lle iddo ar eu llongau. Roedd ei enw wedi'i bardduo.

Wrth sylweddoli nad oedd wedi cael brecwast y

diwrnod hwnnw, penderfynodd Hywel fod yn rhaid iddo gael bwyd a diod o rywle cyn parhau gyda'i ymdrechion i ddod o hyd i long fyddai'n ei dderbyn. Trodd ar ei sawdl a gweld rhesaid o goed coconyt ar frig y traeth. Ymhen dim, roedd e wedi dod o hyd i'r egni i ddringo un ohonynt, gan daro pedair cneuen goco i'r llawr. Roedd wedi bwriadu torri mwy ohonynt, ond dychrynodd wrth weld llygoden fawr yn sgrialu heibio'i law chwith, a llithrodd i lawr y goeden ar unwaith. Tarodd un coconyt ar y tro ar garreg finiog er mwyn gwneud twll yn y top. Llowciodd y sudd ohonynt, cyn eu torri'n eu hanner, a llwyo'r bwyd gwyn i'w geg yn frwd.

Ar ôl gwneud hyn deirgwaith, eisteddodd yn ôl am funud, a meddwl am ei amgylchiadau. Diolchodd i Dduw am gael ei ryddhau o'r carchar brawychus, a phenderfynu ar unwaith ei fod am hwylio'n ôl i Gymru cyn gynted ag y bo modd. Ond edrychai pethau'n ddu iawn arno. Doedd dim gobaith iddo adael yr ynys ar hyn o bryd, heb sôn am ddychwelyd adref i Gymru. Doedd neb am roi swydd mêt iddo, er iddo gael profiadau fel capten! Yn sydyn, cofiodd am Gapten England, a'r modd roedd e'n ei ofni rai misoedd yn ôl. Nawr, doedd e'n poeni dim am y dyn erchyll hwnnw – doedd dim amser i boeni amdano. Roedd pethau pwysicach ar ei feddwl!

Wrth i'r oriau fynd heibio, sylweddolodd beth oedd yn rhaid iddo'i wneud. Roedd wedi clywed llawer o sôn am ynys Profidens Newydd i'r gogledd-orllewin o Farbados ac nid ymhell o dir mawr America. Gwnaeth benderfyniad enfawr.

Rhaid i mi ddod o hyd i ffordd o gyrraedd ynys Profidens

Newydd, meddyliodd. Mae cannoedd o fôr-ladron yno. Mae'n enwog fel nyth môr-ladron. Mae si ar led fod rhyw fôr-leidr enwog o'r enw Blackbeard yno, hyd yn oed! Gan fod pob un yn meddwl mai môr-leidr ydw i'n barod, bydd rhaid i mi ymuno â nhw os ydw i am gael cyfle i hwylio'n ôl i Ewrop.

7
TRO AR FYD

Medi 1718

Môr-leidr! meddyliodd Hywel. Dwi am fod yn fôr-leidr! Wn i ddim a ydy hyn yn syniad call… Ond beth arall wnaf i? Gofynnodd y cwestiwn hwn dro ar ôl tro ar ei fordaith o Farbados i ynys Profidens Newydd. Diolchodd i Dduw fod llong gargo wedi bod yn fodlon ei gario ar y daith, er iddi gymryd tridiau i Hywel ddod o hyd i ffordd o gyrraedd nyth fôr-ladron Profidens Newydd yn y Bahamas. Tridiau o gerdded yn benderfynol i lawr i'r harbwr yn holi pob un y dôi ar ei draws a oedd yn gwybod am long y gallai ymuno â'i chriw. Tridiau o grwydro'r ynys brydferth, wastad, a oedd mor wahanol i Gymru. Tridiau o wylio crwbanod y môr yn cropian y traethau a mwncïod yn dawnsio ymysg y coed. A thridiau o deimlo'n unig tu hwnt.

Doedd y daith oddi yno ddim yn fordaith hawdd i Hywel – roedd yn poeni'n arw am ei ddyfodol, a doedd fawr o fwyd na dŵr ar gael iddo gan nad oedd yn un o'r criw. Ond ar y llaw arall, roedd y golygfeydd ar hyd y daith yn wledd i'r llygad – drysfa o sianeli dŵr culion, clogwyni dramatig a thraethau euraidd, di-ben-draw.

Wedi rhyw wythnos o blethu'n araf rhwng cannoedd o ynysoedd bychain y Caribî, a'r tywydd yn amrywio o haul tanbaid y dydd i gawodydd glaw trwm ddiwedd bob prynhawn, clywodd ddau o'r criw yn trafod wrth ysmygu mwgyn yr un ar y dec. Safodd Hywel o fewn pellter clyw, ond gan fod yn ofalus i beidio â chael ei weld – doedd e ddim am i'r dynion feddwl ei fod yn clustfeinio'n fusneslyd, er mai dyna'n union roedd e'n ei wneud mewn gwirionedd! Trodd Hywel ei gefn atynt, gan bwyso ar reilen y llong a cheisio edrych yn ddi-hid, tra bo'i glustiau'n llwyr agored i unrhyw wybodaeth fyddai'n ei gynorthwyo pan gyrhaeddai'r llong ynys brysuraf y Bahamas.

"Ti'n gwybod yr Act of Grace 'ma?" holodd un y llall cyn sugno'n ddwfn ar y mwgyn.

"Ydw, beth amdano?" atebodd y llall gan annog y sgwrs yn ei blaen.

"Mae'r ddeddf wedi cyrraedd yr ochrau hyn nawr," aeth y cyntaf ymlaen i egluro, "sy'n golygu y dylai'n hamser ar Profidens Newydd fod yn llawer brafiach a thawelach tro 'ma."

"Go iawn? Mae hynny'n newyddion campus! Meddylia – cawn ni lonydd i grwydro'r ynys a thorheulo ar y traethau heb orfod poeni bod rhyw ddihiryn o fôr-leidr am ymosod arnon ni, neu ddwyn ein heiddo a'n llong," atebodd y llall, a thinc llon yn ei lais.

Chlywodd Hywel mo weddill eu sgwrs, gan fod yr hyn roedden nhw newydd ei ddweud wedi saethu panig trwy'i feddwl. Ystyriodd Hywel eu geiriau. Roedd wedi clywed am y Ddeddf Maddeuant. Ceisiodd chwilio'i gof yn gyflym i ddod o hyd i ystyr y ddeddf.

Yn sydyn, fe gofiodd glywed ryw flwyddyn yn ôl am y ddeddf yma.

Y Ddeddf Maddeuant... dyna ni, ie, dwi'n cofio nawr, sylweddolodd. Deddf Brenin Lloegr. Deddf sy'n cynnig maddeuant i unrhyw fôr-leidr sy'n fodlon cyfaddef i'r awdurdodau ei fod yn fôr-leidr. Mae'r awdurdodau wedyn yn fodlon maddau i fôr-leidr gonest os yw'n addo peidio ymhél â môr-ladrata fyth eto, ac yn fodlon anghofio am ei orffennol. Deddf sy'n bodoli er mwyn ceisio clirio'r cefnforoedd o fôr-ladron a gwneud y moroedd mawr yn fwy diogel i forwyr cyffredin.

Teimlai Hywel yn ddryslyd: Dwi ddim yn siŵr a yw hyn yn newyddion da neu ddrwg i mi... Dwi ddim wir eisiau bod yn fôr-leidr. Ond mae pawb yn meddwl fy mod i'n fôr-leidr eisoes. Dwi wedi gwneud y penderfyniad mawr mai trwy fod yn fôr-leidr y bydda i'n ennill fy nhamaid ac yn hwylio'n ôl i Gymru. Ond, os oedd yr hyn ddywedodd y dynion yna'n wir, yna ni fydd posib i mi wneud hynny wedi'r cwbl – mae'r Bahamas nawr yn llawn cyn-fôr-ladron. Mae'n rhaid bod ynys Profidens yn berwi gyda dynion sydd wedi byw fel môr-ladron hyd yn hyn, a nawr yn cyfaddef eu gorffennol, ac yn fodlon rhoi tro ar wneud gwaith gonest. Ydy hyn yn golygu bod gormod o ddynion di-waith ar yr ynys? Ydy hyn yn golygu bod mwy o gystadleuaeth gen i am waith? Ydy hyn yn golygu bod dychwelyd i Gymru yn y dyfodol agos yn mynd i fod yn fwy anodd fyth? Ydy hyn yn beth da neu ddrwg i mi?

Pendiliodd Hywel o deimlo'n falch un eiliad i deimlo'n siomedig yr eiliad nesaf. Teimlai'n falch ar un llaw, oherwydd roedd gobaith iddo gael gwaith ar long a hwylio'n ôl i Gymru fel morwr cyffredin yn hytrach na gorfod troi at fôr-ladrata.

Efallai y bydd dynion Profidens yn credu fy ochr i o'm stori, ac yn fodlon rhoi swydd i mi fel mêt, meddyliodd.

Ond, ar y llaw arall, teimlai'n siomedig, oherwydd roedd wedi teimlo yn ei galon yr ysfa gyffrous i fod yn fôr-leidr.

Do, ro'n i wedi dechrau dod i arfer â'r syniad o fod yn fôr-leidr, er 'mod i'n teimlo'n euog am feddwl fel yna, meddyliodd. Ond byddai wedi bod yn gyffrous hwylio am Ewrop fel aelod o griw môr-ladron. Yn brofiad rhyfeddol!

Felly y buodd Hywel yn meddwl am weddill y daith i'r Bahamas. Byddai'n pendroni'n ddi-baid am ei ddyfodol. Doedd dim mwy roedd yn gallu'i wneud gyda'i amser, gan nad oedd yn aelod o griw'r llong. Tueddai pob un i anwybyddu'r dieithryn roedden nhw'n meddwl arferai fod yn fôr-leidr. Teimlai'n anhygoel o unig unwaith eto, ac yn ansicr iawn ohono'i hun a'i ddyfodol.

Ymhen hir a hwyr, cyrhaeddodd y llong ynys Profidens Newydd a darganfu Hywel fod yr hyn a glywodd gan y morwyr yn wir. Roedd Capten Woodes Rogers wedi dod â'r Ddeddf Maddeuant i'r Bahamas ers deufis, a'r holl fôr-ladron yno wedi teimlo rheidrwydd i ildio. Doedd dim llawer o ddewis ganddynt mewn gwirionedd, achos roedd Capten Rogers yn barod i grogi unrhyw un a wrthodai, ac roedd wedi glanio ar yr ynys gyda llond chwe llong o ddynion a milwyr fyddai'n ddigon bodlon delio ag unrhyw wrthodwyr.

Roedd Capten Rogers yn ddyn annymunol, ac wedi gwylltio nifer o ddynion pan oedd yn gapten ar long y

Duke. Ond rywsut, fe ddewisodd Brenin Siôr I ef i fod yn Brif Lywodraethwr y Bahamas.

Wedi diolch am ei bàs ar y llong gargo, penderfynodd Hywel mai'r peth gorau iddo ei wneud oedd bod yn hollol onest gyda'r awdurdodau. Felly, aeth i'r neuadd i adrodd ei hanes, mor gryno ag y gallai, wrth Rogers ei hun. Edrychai hwnnw'n amheus arno wrth iddo adrodd ei stori, a phan ddaeth i'w diwedd, nodiodd Capten Rogers ei ben gan wenu'n gam (doedd ganddo ddim dewis – roedd hanner ei ên wedi diflannu mewn rhyw sgarmes yn y gorffennol!).

"Stori dda, 'chan," meddai wrth Hywel. "Wn i ddim faint ohoni sy'n wir, haha!"

Ni fentrodd Hywel ymateb. Teimlai mai gwell fyddai cnoi ei dafod.

"Dyma beth wnaf i," aeth Capten Rogers ymlaen wedi iddo stopio chwerthin wrtho'i hun. "Er 'mod i wedi clywed degau o straeon hurt fel dy un di, mae rhywbeth amdanat ti dwi'n ei hoffi, a dwi'n parchu dy greadigrwydd di, neu dy onestrwydd di – pa bynnag un sy'n wir! Ha! Dyma beth wnawn ni. Fe gei di weithio ar un o fy nwy long enfawr i, y *Buck* a'r *Mumvil Trader*. Tyrd yn ôl yma bore fory, ac mi gei di a degau o ddynion eraill eich didoli i'ch llong."

"Diolch, syr, diolch yn fawr iawn i chi," atebodd Hywel Dafydd ar unwaith, yn teimlo ar ben ei ddigon fod gobaith iddo adael y rhan yma o'r byd o'r diwedd.

Y noson honno, cysgodd Hywel Dafydd yn ddigyfaill ac yn ddigwmni gan bwyso ar goeden unig ar ochr orllewinol Traeth Saunders nid nepell o ganol prif dref yr ynys, Nassau. Roedd wedi ymlâdd, ac roedd yn ysu am gael pryd cynnes o fwyd ac ychydig o alcohol i gynhesu ei du mewn. Roedd wedi gorfod byw ar fwyd gwael, gweddillion bwyd eraill, a ffrwythau ers yn llawer rhy hir. Dyheai am eistedd gyda'i deulu a'i ffrindiau ac Elen, a mwynhau bwyd a diod cyffredin, ond blasus. Cafodd ei atgoffa o Elen yn gynharach y diwrnod hwnnw hefyd, wrth sylwi bod degau o ferched yn crwydro strydoedd Nassau. Ond roedd fel bod ar blaned wahanol yma! Roedd golwg ofnadwy ar y menywod yma i gyd – oll mewn ffrogiau rhy dynn, a hanner eu bronnau'n dangos! Mae'n debyg eu bod yn gwneud arian da o'r holl ddynion yma, ond doedd gan Hywel ddim diddordeb o gwbl yn yr arferiad hyll yma. O, mor wahanol i'r rhain oedd Elen!

Cysgodd yn rhyfeddol o dda y noson honno, ac wedi brecwast o afal pîn ffres, cyfrodd ei gamau yn ôl i'r neuadd a'i galon yn ei wddf. Unwaith eto, doedd ganddo ddim clem beth fyddai cyfeiriad ei fywyd ymhen ychydig oriau, a gweddïai mai newyddion da oedd o'i flaen. Wrth nesáu, gwelodd fod dynion o bob lliw a llun wedi ymgasglu wrth fynedfa'r neuadd, pob un yn aros i glywed ei dynged. Ymlwybrodd i'w canol, ac wedi rhai oriau o aros, ac ambell un wedi tynnu gair ag ef, cafodd Hywel Dafydd gyfarwyddiadau gan un o gynorthwywyr Capten Rogers.

Gwych, meddyliodd â gwên orfoleddus wrth ddisgyn grisiau'r adeilad crand ymhen dim. Caf hwylio i Ewrop ar y *Buck*, ac fe gaf i fynd yn ôl i Gymru wedyn.

Rhaid oedd aros ychydig ddyddiau eto cyn cael gadael yr ynys a oedd wedi ennill ei henw fel Gweriniaeth y Môr-ladron. Unwaith i'r holl ddynion gael gwybod pa long roedden nhw i fod arni, cawson nhw i gyd eu holi am eu sgiliau hwylio cyn i'r arweinwyr benderfynu pwy fyddai'n gwneud pa swydd. Wedyn, roedd ambell ddiwrnod i baratoi'r llongau – yr un gwaith ag arfer, sef sgrwbio'r llong yn lân, atgyweirio a gwaith peintio, paratoi'r rhaffau a'r rigin, a sicrhau bod y cynnyrch i gyd yn ei le.

Gwaith morwr cyffredin gafodd Hywel, ond doedd e ddim yn meindio rhyw lawer am hynny – byddai bod ar y môr o gwbl yn deimlad gwerth chweil iddo, dim ots pa mor isel ei statws.

Deallodd nad Capten Rogers ei hun fyddai'n eu harwain ar y fordaith, ond rhyw ddyn o'r enw Capten Brisk. Doedd ganddo ddim syniad pam mai fel hyn roedd hi, ond y gwir amdani oedd fod ar Gapten Rogers ofn y daith. Roedd yr holl ynysoedd o amgylch y Bahamas yn cael eu rheoli gan y Sbaenwyr, a gwyddai Rogers eu bod nhw wrth eu boddau'n arteithio morwyr Seisnig. Pe deuai'r Sbaenwyr ar draws ei longau ar y môr, gwyddai y byddai'n rhaid i'w griw ymladd y *costagarda* Sbaenaidd. Dyma pam y llenwodd ei longau â môr-ladron – roedden nhw wedi hen arfer ag ymladd, wrth gwrs!

Yn anffodus i Hywel, dysgodd yn fuan iawn mai eu cyrchfan nesaf oedd ynys Martinique – ynys dan law'r Ffrancwyr, yn agos i Farbados.

"Bydda i'n mynd yn ôl i'r un cyfeiriad ag y des i!" cwynodd Hywel yn dawel wrth fynd at ei waith un bore.

"Ti ddim yn swnio'n rhy hapus, fachgen," daeth llais o rywle y tu ôl iddo. Doedd Hywel ddim yn sylweddoli ei fod wedi cwyno'n ddigon uchel i unrhyw un ei glywed!

Trodd ei ben mewn dychryn i weld perchennog y llais – dyn llawer hŷn nag ef, a golwg hagr iawn arno o'i gorun i'w sawdl.

"Paid edrych mor ofnus, 'chan! Ha! Dy'n ni ddim yn fôr-ladron nawr. Sdim angen i ti fod ag ofn!"

"Cael sioc wnes i, dyna'r cwbl," atebodd Hywel o'r diwedd. "Do'n i ddim yn sylweddoli bod unrhyw un yn agos ata i! Ha!" Ceisiodd ymddangos yn ddi-hid ac ymlaciol.

Estynnodd y dieithryn ei law ato, gan gyflwyno'i hun fel Jâms. Ysgydwodd Hywel ei law, ac o'r eiliad honno, teimlai Hywel Dafydd yn llawer mwy cyffyrddus ar y llong hon – roedd e newydd gael un o'r sgyrsiau hiraf iddo ei chael mewn misoedd, er mor fyr oedd hi!

Roedd Hywel ar ben ei ddigon wrth adael harbwr enfawr ynys Profidens Newydd. Mae'n rhaid fod lle i ryw bum cant o longau yma, meddyliodd, wrth iddynt lithro trwy'r dŵr llonydd heibio cannoedd o longau o bob math dan haul. Roedd e wrth ei fodd yn ôl ar y môr – dyma ei fyd.

Dros y dyddiau nesaf, daeth Hywel yn fwyfwy cyfarwydd â bod ar long unwaith eto wrth iddyn nhw hwylio am y de o Farbados. Hefyd, daeth i arfer â sgwrsio unwaith eto – doedd e ddim wedi sylweddoli cymaint o graith roedd ei gyfnod yn y carchar wedi'i gadael arno. Yn araf, rhannai fwy o'i hanes gyda'r dynion ar y llong, a daethant i ddysgu bod y Cymro yn arfer bod yn gapten. Daeth yntau i ddysgu nad oedd y mwyafrif o'r criw yn hapus peidio â bod yn fôr-ladron, ac wrth sgwrsio, cynyddodd ysfa Hywel i arwain y dynion hyn ei hun. Doedd y criw ddim yn hapus gyda'r bywyd newydd, diflas hwn ar y *Buck*, a doedd y capten ddim yn eu trin yn llawer gwell nag anifeiliaid. Prin roedden nhw'n cael cysgu, a phrin oedd y bwyd a'r ddiod a gaen nhw ar ddiwedd pob diwrnod. Roedd dyrnaid da o'r dynion wedi cael llond bol!

8

MIWTINI

"MIWTINI! MIWTINIII!"

Neidiodd Capten Brisk o'i wely clyd wedi drysu'n llwyr! Agorodd ei lygaid led y pen yn syn, a sylwi bod tri o ddynion mawr, cyhyrog, a golwg fileinig ar eu hwynebau yn bloeddio arno.

"MIWTINI! MIWTINI!"

Sgrialodd ei lygaid ar hyd wynebau dieflig a chyrff swmpus y dynion mewn penbleth. Yna, llonyddodd ei lygaid wrth iddo weld bod gan y tri arfau yn eu dwylo! Syllodd mewn ofn ar yr arfau fesul un, cyn dod o hyd i'w lais wrth frysio i bwyso ar ei benelinoedd a chodi'r gynfas at waelod ei ên.

"Be...? B... b... beth sy'n digwydd?" Crynodd drosto wrth sylweddoli ei fod dan ymosodiad.

"MIWTINIII!" bloeddiodd y tri eto dro ar ôl tro, gan stompio'n nes at Brisk a chodi eu harfau yn yr awyr fel pe baent ar fin ei daro.

Edrychai'r dyn ar y gwely fel llygoden fach ofnus wedi'i chornelu.

Roedd hi'n ganol nos, ac roedd Hywel Dafydd yn un o'r tri oedd yng nghaban y capten yr eiliad honno. Doedd e erioed wedi teimlo'r wefr roedd e'n ei deimlo ar hyn o bryd. Roedden nhw ar fin troi pethau wyneb i waered ar y llong yma ac roedd hynny'n gwneud iddo deimlo'n gyffrous tu hwnt!

Camodd un o'r dynion eraill, Gwyddel o'r enw Walter Kennedy, ymlaen at Gapten Brisk yn gadarn. Sylwodd fod dau bistol yn gorwedd ar fwrdd ger y gwely.

"Wel, wel, beth sydd gyda ni fan hyn 'te?" meddai wrth fyseddu'r arfau. "Sdim llawer o bwynt i'r rhain fod yma os nad wyt ti'n gallu bod yn ddigon cyflym i'w bachu nhw mewn sefyllfa fel hon, haha! Aros eiliad," ac agorodd y pistolau un ar y tro, "sdim bwledi yn hwn... Nac yn yr ail un chwaith, haha! Rwyt ti mor, mor anhygoel o dwp, Brisk! Haha!" Ac ymunodd y lleill yn yr herio.

Taflodd Kennedy'r pistolau i'r llawr, cyn sodro ei law yn dynn am fraich Capten Brisk, a'i orfodi i sefyll ar ei draed ger ei wely. Yna, llusgodd ef fel ci anystywallt i gyfeiriad y drws.

"Paid! Pwy wyt ti'n meddwl wyt ti, ddyn?" ymbiliodd Capten Brisk.

Anwybyddodd Kennedy ef yn llwyr, a pharhaodd i'w dynnu â'i freichiau cryfion.

"*Fi* yw'r capten! Beth wyt ti'n meddwl wyt ti'n wneud, ddyn?" crefodd Brisk. "Sdim hawl gyda chi i fy neffro i fel hyn, heb sôn am fod yn fy nghaban i! Gollwng fi, ddyn! Sdim hawl gyda thi i gyffwrdd yndda i! Gollwng fi, ddyn!"

Stopiodd y llusgo am eiliad, a throdd y Gwyddel i edrych yn gandryll i lygaid Capten Brisk.

"Ca' dy ben, Brisk!" poerodd Kennedy'r geiriau yn wyneb y capten. "Dwyt ti ddim yn gapten nawr. Ry'n ni i gyd wedi cael hen ddigon arnat ti'n ein trin ni fel baw. Y diawl!"

Gyda chymorth dyn arall o'r enw Dennis Topping, llusgodd Kennedy y capten cyndyn allan o'r caban, ac i fyny'r grisiau sgleiniog i ddec y llong. Dilynodd Hywel Dafydd nhw'n sionc, wedi cyffroi'n llwyr gyda'r digwyddiadau cynhyrfus. Gyda phob gris, roedd Brisk yn edrych yn fwyfwy ansicr, poenus, ac anobeithiol. Gwawriodd arno'n sydyn beth oedd yn digwydd. Roedd e wedi bod yn hanner cysgu eiliadau ynghynt pan glywodd y dynion yn bloeddio 'Miwtini!'. Ond nawr sylweddolodd mai dyna'n wir oedd yn digwydd – roedd y dynion yma'n gwrthod ufuddhau i'w capten!

Uwchben, clywodd Hywel lais dyn o'r enw Thomas Anstis yn poeri a rhegi ar fwrdd y llong. Yna, sŵn fel pe bai rhywbeth trwm iawn newydd ddisgyn i'r dec o'r awyr. Pan gyrhaeddodd Hywel y dec, gwelodd fod y capten wedi'i daflu i'r llawr yn bendramwnwgl a gwaeddodd mewn poen wrth i'w ochr grafu yn erbyn y pren caled. Clywodd y capten sŵn ochneidio bob ochr iddo, a sylweddolodd nad ef oedd yr unig un a oedd wedi'i luchio'n ddiseremoni i'r dec. Edrychodd o'i gwmpas yn wyllt, a gweld wynebau cyfarwydd ei gyfeillion yn gwingo o'i flaen. Torrodd llais nerthol ar ei draws, ac edrychodd i fyny ar wyneb garw, hyll y siaradwr.

"Wel, wel!" anerchodd Thomas Anstis, gan gamu'n ôl a blaen a gwên herfeiddiol ar ei wyneb hagr. "Dyma ni 'te, ddynion! Mae'r chwech ohonon *ni* wedi cael llond bola arnoch *chi* a'ch ffyrdd."

Pwyntiodd ei fys tew at bob un o'r dynion o'i flaen yn eu tro, gan bwysleisio'i eiriau fel pe bai'n pwyso botwm yn yr aer rhyngddo ef a phob un ohonynt.

Unwaith eto, trodd Capten Brisk ei olygon dagreuol o gyfeiriad y dynion cyhyrog oedd yn tyrru uwch ei ben i'r dynion gwangalon ar y llawr nesaf ato. Gwelodd ei fêt yn gorwedd nid nepell i ffwrdd, a sylwi ei fod yn gafael yn ei fraich dde fel petai mewn poen. Deallodd yn sydyn pam roedd dillad ei fêt yn goch gwlyb – roedd e'n gwaedu!

"Beth y'ch chi wedi gwneud i'r mêt?" cwynodd o'r llawr, gan edrych yn drallodus ar y dynion uwchben, cyn troi ei olygon yn wyllt eto'n ôl at y dynion ar lawr. Nesaf, gwelodd y cogydd, a dychryn wrth sylwi ei fod yntau'n gwaedu o'i goes, yr olwg boenus ar ei wyneb yn dangos yn glir faint o ddolur roedd e'n ei deimlo. Yna, gwelodd y clerc. Ar unwaith, suddodd ei galon wrth weld bod hwnnw'n gwingo mewn poen hefyd. Roedd gwaed yn llifo o ochr ei ben, o'r man lle dylai ei glust dde fod!

"Pa... pa hawl sydd gyda chi i wneud hyn? Mae hyn yn erchyll ac yn anghyfreithlon!" Gwibiodd llygaid Brisk o un dyn methedig i'r nesaf, yn methu credu'r hyn oedd o'i gwmpas. "Mae fy mhrif ddynion i'n diodde'n ofnadwy. Mi... mi fyddan nhw'n gwaedu i farwolaeth os na chawn nhw weld y meddyg ar unwaith. Ewch i nôl y meddyg... Nawr!" galwodd Capten Brisk ar y dynion oedd yn sefyll uwchlaw.

"Ca' dy ben, Brisk! Dwi wedi dweud wrthot ti unwaith," dywedodd Kennedy'n dawel trwy'i ddannedd budron. "Neu mi fyddi di'n edrych yn llawer gwaeth na dy ffrindiau, ac yn beichio crio fel babi bach mewn poen dychrynllyd. Ha!"

Synnodd Capten Brisk o glywed rhywun oedd yn llawer

is ei statws nag ef, rhyw forwr bach di-glem, yn bygwth rhywbeth o'r fath. Ond, wrth asesu'r sefyllfa'n gyflym, sylweddolodd mai ef ei hun oedd isaf ei statws nawr! Gan y dynion haerllug hyn roedd y llaw uchaf. Go dratia!

"Fechgyn," tro Anstis oedd hi i siarad eto nawr a dechreuodd trwy iselhau statws yr arweinwyr. "Fechgyn, ry'n ni'n gwrthod ufuddhau i chi. Ac, yn syml iawn, ry'n ni am gael gwared arnoch chi!"

"Ry'ch chi wedi trin y criw'n wael ar y fordaith hon," ychwanegodd Dennis Topping yn gadarn a diysgog. "A dydyn ni ddim am dderbyn eiliad yn rhagor o'ch ffyrdd anifeilaidd chi."

"Ry'n ni'n rhoi ein traed i lawr," meddai Hywel Dafydd gan godi ei lais. "Ac ry'ch chi'n cael y droed gennyn ni... *Ni* sy'n rheoli'r llong hon o'r eiliad yma ymlaen. *NI*!"

Gyda hynny, rhoddodd Anstis winc i'r gweddill, ac aeth ef, Kennedy, Topping a dau arall o'r enw William Magness a Christopher Moody at y dynion ar y llawr. Dilynodd Hywel Dafydd nhw, y gwaed yn pwmpio o gwmpas ei gorff yn wyllt. Gwyddai fod angen cael gwared o'r dynion hyn oddi ar y llong cyn gynted â phosib. Roedd rhaid gwneud hyn os oedd y rheolwyr newydd am fynd ymaith heb drafferth.

Doedden nhw ddim ymhell iawn o ynys enfawr Hispaniola ar y pryd – ynys yn llawn dynion alltud. O weision wedi dianc o grafangau meistri creulon, i filwyr a morwyr wedi dianc o grafangau bywyd llawn rheolau – unrhyw un â rheswm i guddio! Goroesai'r dynion hyn trwy hela moch a gwartheg gwyllt yn y coedwigoedd. Tybed a fyddai'r dynion oedd yn gorwedd ar ddec y *Buck* yr eiliad honno yn cyrraedd y lan, a thybed a fydden nhw'n cael croeso yno?

Gwyliodd Anstis, Kennedy, a Topping yn gafael yn y cogydd clwyfedig. Roedd e'n dal i afael yn dynn, dynn mewn clwtyn dros ei goes, ei wyneb yn goch fel tomato a'i lygaid ynghau. Rhwng y tri ohonynt, roedd codi'r dyn gwaedlyd yn hawdd, ac fe garion nhw ef at ochr y llong, a'i luchio i'r dŵr â sgrech ddolurus.

Aeth Moody, Magness, a Hywel Dafydd wedyn at y clerc, a gweneud yr un weithred farwol eto. Roedd e'n ysgafnach na'r cogydd, ac fe adawodd y llong heb smic o gŵyn na chri.

Yr un oedd tynged y mêt. Roedd e wedi gollwng ei fraich erbyn hyn, ac wedi plethu ei freichiau o amgylch ei ganol fel pe bai ganddo boen bol. Roedden nhw wedi gorfod ei lusgo gerfydd ei draed a'i goesau, cyn hyrddio'i gorff dros y rheilen gan roi sgwd i'w gefn.

Felly, dim ond Capten Brisk oedd ar ôl ar ganol y dec, yn edrych fel pysgodyn llipa, chwyslyd. Edrychodd y chwe gwrthryfelwr ar y dyn oedd wedi eu trin fel anifeiliaid. Doedd dim un ohonynt yn teimlo'n euog am yr hyn roedden nhw'n ei wneud – doedd y capten yn haeddu dim gwell!

"Plis... plis..." plediodd Capten Brisk gan sylweddoli bod ei amser yn brin. "Gadewch i mi weddïo yn gyntaf."

Gyda hynny, gwylion nhw Brisk yn plygu drosodd a'i ddwy law ynghyd, a'i lygaid ynghau. Dechreuodd sibrwd gweddïo am gael byw.

"Ha! Nid dyma'r amser i weddïo!" galwodd Anstis yn ôl arno. "Y ffŵl twp!"

Rhoddodd nòd i'w ffrindiau, ac aethon nhw i gyd at Brisk i'w gludo o'r dec a dros y bwrdd i'r dŵr mawr llwyd islaw.

Wrth ei ollwng, galwodd Hywel Dafydd dan ei anadl, "Gwynt teg ar dy ôl di, y snichyn!"

TEITL NEWYDD

Teimlai Hywel Dafydd wefr wrth feddwl am ddatblygiadau'r oriau diwethaf! Roedd cymaint wedi newid mewn cyfnod mor fyr!

Syniad Kennedy oedd y miwtini, a syniad Hywel oedd aros nes roedd y capten a'i ffrindiau gorau'n cysgu cyn ymosod arnyn nhw a'u trechu. Doedd Hywel ddim yn gweld bod angen anafu'r dynion, ond roedd Anstis yn mynnu bod yn rhaid tynnu gwaed fel nad oedd modd i'r dynion ymladd yn ôl – roedd angen niwed corfforol os oedd y miwtini am weithio. Derbyniodd Hywel hyn o gofio eu bod wedi angori ger y lan, ac y byddai modd i'r dynion gyrraedd tir yn hwyr neu'n hwyrach, a chael cymorth meddyg ar yr ynys.

Bedair awr ar hugain yn ddiweddarach, ac roedd Hywel yn gorwedd mewn gwely gweddol glyd, ei feddwl yn llawn digwyddiadau'r diwrnod ac yn gwrthod ildio i gwsg.

Yn union ar ôl i gorff llipa, gwan Capten Brisk gyffwrdd â'r dŵr islaw, roedd y chwech oedd wedi arwain y miwtini'n gegagored gan gyffro eu llwyddiant hyd yn hyn.

"Hahaaaa!" cydchwarddodd y chwech, y cynnwrf yn gryf yn eu gwaed.

"Gwych iawn!"

"Campus!"

"Dwi'n teimlo'n wych!"

"Dewch, mae angen i ni symud yn gyflym nawr," dywedodd Kennedy gan dorri ar draws y dathlu. "Rhaid i ni frysio cyn i'r llipryn Brisk 'na gyrraedd y lan a chael cymorth llu o liprynnod eraill i ddod yn ôl ac ymosod arnon ni!"

"Arhoswch am funud," atebodd Anstis. "Mae digon o ddynion anhapus ar y *Mumvil*..."

Deallodd Hywel Dafydd ar unwaith beth oedd gan Anstis mewn golwg. Gyda hyn, gwaeddodd Hywel draw ar y *Mumvil Trader* a oedd yn gorwedd yn llonydd yn y bae rhyw ddeng metr i ffwrdd.

"Ahoi! Ahooooi!" bloeddiodd. "*Mumvil Trader*! Oes 'na bobl effro?"

Yn araf, ymlwybrodd ambell ddyn blinedig i'r dec. Yna, ymunodd eraill â hwy yn ddioglyd a dryslyd – roedden nhw wedi bwriadu cael noson dawel o gwsg di-dor tra'u bod wedi'u hangori mewn man cysgodol. Dyna sioc a dryswch oedd clywed y bloeddio gerllaw!

"Ddynion, os ydych chi wedi bod yn anhapus ar y *Mumvil*, ymunwch gyda ni ar y *Buck*!" gwaeddodd Hywel Dafydd yr eglurhad am eu deffro ar awr mor chwithig.

"Rydyn ni newydd drechu'r capten a'i ddynion haerllug," aeth ymlaen yn uchel, "ac mi fyddwn yn gadael ymhen..." Ceisiodd amseru faint o amser y cymerai i Gapten Brisk a'r gweddill gyrraedd y lan, deffro rhywrai, a'u gorfodi i roi cymorth iddynt, ac yna dod i ymosod ar y *Buck*. "Ymhen hanner awr."

Oedodd am eiliad, gan sylweddoli ei fod yn teimlo fel capten ei hun unwaith eto, yr adrenalin yn pwmpio'r gwaed, a'r geiriau'n byrlymu o'i enau.

"Mae croeso i unrhyw un ohonoch chi ymuno gyda ni."
Oedodd unwaith eto, yn methu credu'r hyn roedd ar fin
ei ddweud, ac eto'n gyffro i gyd ei fod yn fodlon gwneud
y cam enfawr hwn yn ei fywyd! "Rydyn ni ar y *Buck* yn
bwriadu hwylio o'r fan hon heno fel môr-ladron!"

Roedd e wedi dweud y geiriau – roedd e am fod yn
fôr-leidr!

Teimlai ddewrder anhygoel, fel pe bai ei gorff yn tyfu
i fod fel un cawr – teimlai'n gryf ac yn anninistriol. Dyna
deimlad bendigedig!

"Does dim rhaid i chi ymuno gyda ni," clywodd
Kennedy'n galw draw ar ddynion y *Mumvil Trader*. "Os
nad ydych yn dymuno gwneud hynny, fe gewch chi aros
ar y *Mumvil*, ac fe rown ni lonydd i chi. Ond, yn gyntaf,
rydyn ni am wagio'r *Mumvil* o bopeth sydd o werth i
ni."

Neidiodd Magness a Moody i gwch bychan, ac yn y
munudau nesaf, fe lwyddon nhw i dynnu'r *Mumvil Trader*
a'r *Buck* yn nes at ei gilydd. Yna, dringon nhw fel gwiwerod
i fwrdd y *Mumvil*, a dechrau lluchio deunydd defnyddiol
oddi arni i'r *Buck*. Ar y *Buck*, roedd Topping a Murray, y
meddyg, yn barod i dderbyn y nwyddau a'u gosod mewn
mannau priodol. Ymhen ugain munud yn unig, roedd y
Buck yn barod i adael cysgod ynys Hispaniola.

Yn y cyfamser, roedd rhyw bymtheg o ddynion y *Mumvil*
wedi ymuno â nhw ar y *Buck*, gan helpu i drosglwyddo
bwydydd, diodydd, ac arfau dan arweiniad Magness a
Moody. Roedd rhyw bymtheg arall o griw'r *Buck* wedi
penderfynu aros ar y llong hefyd – y rhan fwyaf ohonynt
yn gyn-fôr-ladron, ac yn barod i ail-fyw bywyd anturus

lladron y môr. Dyma fyddai'r criw mwyaf llwyddiannus o fôr-ladron yn hanes y Caribî!

"Barod, Hywel?" holodd Kennedy y Cymro.

"Barod!" galwodd hwnnw'n ôl arno o'r pŵp uwchben.

Doedden nhw ddim angen yr hanner awr wedi'r cwbl – roedden nhw'n barod i fynd.

"Amdani!" bloeddiodd Hywel Dafydd ar griw newydd y *Buck*, ac ar hynny, llusgwyd yr angor o'r tywod a thrwy'r dŵr mawr llwyd i'w gartrefle ym mol y llong, ac ymlithrodd slŵp y *Buck* yn araf o fae La Gonâve.

Yn sydyn, sylweddolodd Hywel nad oedd y chwech a arweiniodd y miwtini wedi meddwl mor bell ymlaen â hyn – doedd ganddyn nhw ddim cynllun o ran lle i fynd o ynys Hispaniola! Nid parhau am ynys Martinique a Fort Royal mae hynny'n sicr! Ond, yn ffodus, doedd dim angen i unrhyw un wneud y penderfyniad hwnnw. Doedd ganddyn nhw ddim llawer o ddewis os oedden nhw am ddianc dan y fath amgylchiadau. Roedd y gwynt yn chwythu o'r de-ddwyrain, gan olygu mai tua'r gogledd roedd yn rhaid iddyn nhw hwylio.

"Gobeithio y bydd y teithio i fyny ac i lawr yma'n dod i ben yn fuan – dwi'n dechrau teimlo'n chwil!" meddai Hywel Dafydd wrtho'i hun wrth sylwi ei fod yn mynd yn ôl i'r un cyfeiriad ag y daeth unwaith eto!

Erbyn tua phump o'r gloch y bore, roedd y *Buck* yn llifo'n braf trwy donnau gwan Môr y Caribî, a'r gwynt yn ei chynorthwyo ar ei thaith. Er bod y criw yn flinedig ar ôl holl anturiaethau'r nos, roedden nhw'n teimlo'u bod yn haeddu diod fach i ddathlu eu llwyddiant. Byddai hynny'n ddiweddglo bach da i'r oriau diwethaf o waith caled yn rhoi trefn ar y llong ac yn sicrhau ei bod yn hwylio mor gyflym â phosib o'r ynys lle cafwyd gwared â'u cyngapten.

"Dewch, fechgyn!" galwodd Anstis ar y criw. "Ry'n ni'n haeddu trît bach am ein gwaith caled."

Gwnaeth ystumiau i bawb ymgynnull o gwmpas y bwrdd soled. Gan ddylyfu gên ac ochneidio, daeth pawb ynghyd – yn rhy flinedig am y tro i fod yn gyffrous.

"Esgusodwch fi," clywyd llais Kennedy wrth iddo estyn dysgl fawr o bwnsh dros ysgwydd Hywel i ganol y bwrdd. "Cymerwch gwpanaid neu dri o hwn, bois!"

Daeth gwên lon i wynebau'r dynion wrth weld y ddysgl enfawr lawn alcohol a sudd ffrwythau, ac roedden nhw i gyd yn effro iawn yn sydyn!

Wedi treulio amser yn yfed yn hamddenol, dod i ddysgu enwau ei gilydd, a sgwrsio am y gorffennol a'r dyfodol, mynnodd Anstis dawelwch a gwnaeth gyhoeddiad.

"Reit, dwi'n meddwl bod rhaid i ni ddewis capten newydd i'r *Buck* nawr, fechgyn. Allwn ni ddim parhau yn ddi-gapten! Ha!"

Aeth pawb yn ddistawach fyth a llonyddodd y dwylo a'r ddiod yn y gwydrau. Doedd neb yn siŵr sut oedd hyn am ddigwydd, ac edrychent yn ansicr ar ei gilydd.

Kennedy fentrodd gynnig yn gyntaf. "Wel... i mi... mae'r dewis yn un hawdd." Oedodd gan edrych ar ei gyd-forwyr. "Dwi o'r farn mai'r dyn gorau i'n harwain ni ydy Hywel, Hywel Dafydd." Oedodd eto i weld ymateb y dynion eraill. "Mae ganddo brofiad o fod yn gapten, ac mae e wedi dangos i ni heno ei fod yn ddewr, yn gryf, ac yn barod i fentro."

Stopiodd Kennedy fan hyn. Doedd e ddim eisiau brolio gormod ar Hywel Dafydd, er y gallai ddweud llawer mwy o bethau da amdano.

Edrychai Anstis yn syn ar Kennedy. Roedd e wedi adnabod Kennedy yn llawer hirach nag oedd Kennedy wedi adnabod Hywel Dafydd – pam na fyddai wedi enwi Anstis fel capten naturiol nesaf y *Buck*?

Edrychodd Hywel Dafydd yn syn ar Kennedy hefyd. Allai e ddim credu ei glustiau! Capten môr-ladron! Oedd, roedd ganddo brofiad fel capten, ond doedd ganddo ddim profiad o fod yn fôr-leidr, heb sôn am arweinydd ar fôr-ladron! Mentrodd gadw'n ddistaw, gan feddwl mai taw piau hi dan y fath amgylchiadau.

"Dwi'n hapus â hynny." Topping fentrodd siarad nesaf.

"A fi," dywedodd Magness a Moody ar yr un pryd.

Nodiodd gweddill y criw yn araf. Mewn gwirionedd, doedden nhw ddim yn adnabod arweinwyr y miwtini yn ddigon da i allu rhoi barn wahanol na dadl gref dros yr un ohonynt.

"Pleidlais felly 'te," dywedodd Anstis, a thinc blin, siarp yn amlwg yn ei lais. "Mae'n rheol gan y môr-ladron i gael pleidlais pan fo penderfyniad tyngedfennol i'w wneud."

"O'r gorau. Mae pawb yn gwybod sut mae pleidlais yn gweithio, glei... Codwch law os ydych chi'n hapus i Hywel Dafydd fod yn gapten newydd y *Buck*," cyhoeddodd Kennedy.

Gwyddai Hywel fod rhaid iddo yntau godi ei law os oedd am gael ei ystyried, felly codi ei law yn simsan wnaeth e. Gwyliodd wrth i nifer o ddwylo eraill fynd i'r awyr, a theimlodd ryddhad o weld y fath gefnogaeth. Doedd e ddim am gythruddo Anstis. Roedd e wedi synhwyro rhyw chwinc gwallgo iddo, ond dylai'r ffaith fod cymaint o ddynion yn codi'u dwylo ei gadw'n dawel am y tro.

"Dyna ni, 'te," cyhoeddodd Kennedy, a'i wefusau'n crynu wrth iddo gyfri'r dwylo. "Mae'n hollol amlwg fod rhan helaethaf o'r criw yn hapus i Hywel Dafydd fod yn gapten. Sdim angen gwastraffu amser gyda phleidlais arall."

Gyda hynny, estynnodd am gwpanaid arall o bwnsh o'r ddysgl hanner gwag.

"Y... y... ydy pawb yn hapus felly, neu... neu oes rhywun am gynnig enw arall?" holodd Anstis, yn ysu i rywun ddweud ei enw, ond roedd ganddo ormod o hunan-barch i gynnig ei enw ei hun. Gwelodd y dynion yn ysgwyd eu pennau yn ddi-hid gan ailgydio yn yr yfed. Gwyliodd Hywel ei wyneb yn ystumio o ddangos sioc i ddangos atgasedd – doedd e'n amlwg ddim yn hapus.

"Llongyfarchiadau, Capten Dafydd!" datganodd Kennedy gan ddal ei gwpan yn yr awyr. "Capten y *Buck* a'i môr-ladron!" A chododd pob un eu cwpanau yn yr awyr, gan gynnwys Anstis, sylwodd Hywel, er nad oedd yn gwneud hynny'n frwd.

"I Gapten Dafydd," galwodd Kennedy, cyn i bob un ailadrodd y cyfarchiad a gwagio'u gwydrau.

"I Gapten Dafydd!"

Gwenodd Hywel yn dawel, cyn troi ei olygon a sylwi ar Anstis yn llymeitian y ddiod yn wyllt.

Dyma oedd ar feddwl Hywel wrth iddo orwedd ar wely gweddol glyd yng nghaban preifat y capten y noson honno. Gorweddai yno, a'i lygaid ar agor led y pen yn syllu ar y derw uwchben. Roedd ei feddwl yn gwrthod yn lân ag ildio i'r blinder. Meddyliai am gyffro'r holl oriau diwethaf – roedd e'n gapten unwaith eto! Yna, cofiodd am wyneb atgas Anstis wrth iddo sipian ei bwnsh ar ôl y cyhoeddiad mai ef oedd y capten newydd. Ceisiodd beidio â gadael i hyn ei boeni – onid oedd mwyafrif dynion y llong wedi pleidleisio drosto? Teimlai'n falch o gael bod yn arweinydd eto, ond oedd hi wir yn briodol iddo fod yn fôr-leidr? Cofiodd wedyn iddo gael ei garcharu fel môr-leidr ychydig fisoedd yn ôl. Yn wir, roedd y byd yn meddwl mai môr-leidr ydoedd ers misoedd – beth oedd pwynt dadlau gyda hynny, felly? Roedd rhywrai wedi ei alw'n fôr-leidr, felly doedd dim amdani ond bod yn fôr-leidr!

10
HEDDWCH

Drannoeth, wedi dim ond ychydig oriau o gwsg trwm, rhaid oedd i Gapten Dafydd lunio erthyglau i'w griw eu harwyddo. Rheolau oedd y rhain, ac roedd gan bob llong fôr-ladron gytundeb o'r fath. Roedd angen sicrhau bod pob un yn tyngu llw ac yn arwyddo'r erthyglau cyn gynted â phosib. Mae angen rheolau ar bob un, meddyliodd Hywel.

Lluniodd gyfanswm o un rheol ar ddeg, a'u hysgrifennu mewn arddull mor eglur â phosib – doedd e ddim am i rywun dorri rheol gan fynnu wedyn nad oedd y rheol yn un clir! Un o'r rheolau pwysicaf oedd bod rhaid i bob un gadw ei arfau yn lân ac mewn cyflwr parod i'w defnyddio ar bob adeg. Doedd dim hawl gan unrhyw aelod o'r criw i gamblo. Er eu bod yn aml yn hoffi chwarae cardiau neu ddis ar fwrdd y llong ar ddiwedd diwrnod hir, roedd Hywel yn credu mai dim ond drwg fyddai'n dod o chwarae gemau am arian neu eiddo. Roedd y rheol nesaf yn gysylltiedig â hynny hefyd – sef peidio ymladd ar fwrdd y llong. Os oedd rhywrai'n anghytuno, yna byddai'n rhaid iddyn nhw aros nes roedd eu traed ar dir cadarn, sych cyn cael codi arf ar ei gilydd, neu daro dyrnau. Ond, y rheol bwysicaf, yn nhyb Capten Hywel Dafydd, oedd bod gan bob un bleidlais gyfartal pan oedd angen gwneud penderfyniad mawr, ac roedd pob un wedyn yn cael cyfran deg o fwydydd ffres a gwirodydd. Credai Hywel yn gryf fod angen trin ei ddynion yn gyfiawn ac yn gydradd, felly hon oedd rheol rhif un yr erthyglau.

Dros amser cinio, gorchmynnodd Capten Dafydd i bawb ymgynnull er mwyn i bob un gael ei weld yn arwyddo, a chael ei glywed yn tyngu llw y byddai'n dilyn y rheolau.

Wedi i bawb arwyddo'r erthyglau, gwnaeth Capten Dafydd araith fer. Ar ddiwedd ei araith, dywedodd rywbeth a wnaeth i'r criw gwestiynu eu penderfyniad i'w ddewis fel capten. Gorffennodd ei gyhoeddiad drwy ddweud, "Dwi'n datgan rhyfel yn erbyn yr holl fyd! Hahahaaa!"

Trodd Capten Dafydd ar ei sawdl. Chwarddodd wrth gerdded i ffwrdd o'r cynnull, ac ymunodd y criw ag ef yn yr hwyl gan gydchwerthin a chrwydro 'nôl at eu gwaith. Serch hynny, doedd dim un ohonynt yn siŵr iawn ai jôc oedd geiriau olaf y capten, neu a oedd e'n wirioneddol yn datgan rhyfel yn erbyn y byd. Roedd e'n wallgo os oedd e, meddyliodd pob un!

"Anstis, Kennedy, Topping, dewch gyda fi nawr," dywedodd Capten Dafydd cyn cyrraedd mynedfa ei gaban. "Mae penderfyniadau gyda ni i'w gwneud!"

Dilynodd y tri ef fel cŵn bychain, ffyddlon.

Wedi trafodaeth a llawer o bwyntio bysedd ar fapiau a siartiau, cytunodd y pedwar i barhau i hwylio tua'r gogledd-orllewin ac i fyny am ynys fwyaf y Caribî, sef Ciwba.

Wedi naw diwrnod o hwylio diffwdan a phob un yn dod i adnabod ei gilydd yn well, daeth y *Buck* i'r lan ar ochr ddwyreiniol ynys Ciwba mewn lle o'r enw Coxon's

Hole. Penderfynodd sawl un o'r criw mai dyma'r fan brydferthaf iddynt ei gweld erioed.

Angorwyd y llong yng nghysgod yr harbwr, mewn dŵr tawel, distaw. Gan fod ceg y bae mor gul, ac wedi'i hamgylchynu â llystyfiant trwchus o goed mangrof cochion, roedd hi bron yn amhosib i'r un llong fyddai'n pasio eu gweld.

"Gwych iawn," meddai Capten Dafydd. "Fe gawn ni lonydd yn y fan hon i atgyweirio a glanhau'r *Buck*. Bydd hi'n hwylio'n gyflymach wedyn, wedi i ni gael ei gwaelod yn glir o'r holl blanhigion a chreaduriaid môr sydd siŵr o fod wedi ymgartrefu yno dros amser!"

Y ffordd roedden nhw'n gwneud hyn oedd trwy wthio'r llong ar ei hochr gyda chymorth llanw uchel, fel bod un ochr i'w gweld uwchben lefel y môr wrth i'r llanw fynd allan. Byddai modd iddyn nhw sgrwbio'r ochr honno'n glir wedyn, cyn ailadrodd y broses ar gyfer yr ochr arall.

Fe dreulion nhw bum niwrnod prysur yn gweithio'n galed yn glanhau'r slŵp a'i pharatoi ar gyfer y fordaith nesaf. Ar derfyn pob dydd, wedi oriau maith o weithio'n ddi-dor, roedd mwyafrif y môr-ladron yn cymryd mantais o draethau bendigedig yr ochr honno i'r ynys. Traethau gyda mynyddoedd yn dringo'n uniongyrchol ohonynt, bron iawn. Mentrodd ambell un ymestyn ei goesau ymhellach, gan ddringo'r holl ffordd i frig pwynt ucha'r ynys, Gran Turquino. Oddi yno, gallent weld fod yr ynys hir, gul yn ymestyn ymhell bell i'r dwyrain, a'r rhan helaeth ohoni'n wastad iawn.

Ddaethon nhw ddim ar draws un dyn yn ystod yr wythnos honno, er iddyn nhw ddal sawl anifail gwyllt o'r coed. Doedden nhw ddim yn siŵr beth oedd rhai o'r anifeiliaid hynny, ond wedi eu gweini gyda llysiau o'r coed, roedden nhw'n flasus tu hwnt!

Tra oedd y criw'n ddiwyd wrth eu gwaith, roedd Capten Dafydd yntau'n gweithio'n galed hefyd. Roedd ganddo gynlluniau mawr ar waith!

Annwyl Elen,

O, Elen! Elen, Elen, Elen. Does gen i ddim syniad sut i ddechrau'r llythyr hwn. Does dim clem gen i pam 'mod i wedi dechrau, i ddweud y gwir – does dim modd anfon unrhyw beth o'r fan hon!

Ry'n ni ar ynys o'r enw Ciwba ar hyn o bryd. Mae'n ynys fawr iawn, ac yn bell iawn, iawn o Gymru – y tu hwnt i Gefnfor yr Iwerydd yng nghanol y Caribi. Wedi oedi ydyn ni, er mwyn rhoi trefn ar bethau – y llong, a'n meddyliau, a beth i'w wneud nesaf. Mae newidiadau mawr wedi digwydd i mi ers y llythyr diwethaf anfonais i o Fryste. O, Fryste! Mae mor bell yn ôl erbyn hyn, ac mor, mor wahanol i ochrau yma'r byd. Gredet ti fyth!

Ble ydw i'n dechrau, gwed? Wel, aeth pethau o chwith braidd i mi. Fe gefais fy nghyhuddo ar gam o fod yn fôr-leidr, ac wedyn doedd neb yn fy nghredu i mai morwr cyffredin oeddwn i, felly, wel, roedd rhaid i mi ildio i'r peth. Je, ti'n iawn, mi ydw i'n fôr-leidr erbyn hyn. Ond paid dychryn, dyw môr-ladron ddim mor ddrwg ag y mae pawb yn ei feddwl. Ry'n ni i gyd yn ddynion deallus ac yn trin y gwaith yn broffesiynol. Mae gyda ni reolau a systemau, ac mae pob un yn cael ei drin yn gyfartal. I ddweud y gwir, mae'n llawer brafiach na bod yn forwr ar long fasnach. Mae hyd yn oed yn brafiach na bod yn fêt ar long fasnach – wir i ti! Mae 'na deimlad mawr o ryddid i'r holl beth, ac mae pawb mewn hwyliau da drwy'r amser!

Mae gen i gyffesiad bach arall hefyd. Wel, mae'n gyffesiad gweddol fawr. Nid dim ond môr-leidr ydw i, ond rwy hefyd yn gapten ar ein llong fôr-ladron. Je, fi! Ydy, mae'n gwireddu'r freuddwyd oedd gen i o fod yn gapten. Ond, dydw i'n dal ddim yn siŵr sut rwy'n teimlo am fod yn rheoli môr-ladron chwaith! Gobeithio nad wyt ti wedi dy siomi ynddo i. Doedd gen i ddim llawer o ddewis. Fel soniais i, mae gennym systemau, ac, wel, fe wnaeth gweddill y criw bleidleisio drosta i i fod yn gapten. Ni fyddai wedi croesi fy meddwl i, fel arall, wrth gwrs! Ond dyna ni, fel'na y digwyddodd hi. O leiaf mae'n profi bod y bois yn hyderus fod gen i'r sgiliau a'r clyfrwch i fod yn arweinydd arnyn nhw.

Wel dyna ni, sori am barablu amdanaf i fy hun fel hyn. Sut wyt ti, fy Elen? Eto, does dim clem gen i pam rwy'n gofyn – hyd yn oed pe byddwn i'n gallu anfon y llythyr yma, fydde dim modd i mi dderbyn ateb gen ti! Rwy'n mawr obeithio dy fod yn iach ac yn fodlon dy fyd. Eto, rwy'n ymddiheuro am beidio â dychwelyd ynghynt. Ond, wel, galli

di ddychmygu fel y mae hi – mae pethau'n symud mor gyflym
o hyd, a does dim amser i feddwl yn iawn gan amlaf. Er mor
braf yw hi fan hyn, yr unig beth rwy am wneud ar hyn o bryd
yw deffro yn dy freichiau di, a hynny ym Milffwrt, nid ar
long sydd yn llawn dynion drewllyd!

Wyddost ti, fe welais nifer fawr o ferched ar ambell i ynys.
Mi fyddet ti wedi dychryn pe byddet ti'n eu gweld nhw.
Roedden nhw'n fy nychryn i beth bynnag! Mae'n debyg
mai puteiniaid oedden nhw. Doedden nhw ddim yn edrych yn
iach nac yn hapus. O! Wir i ti, mae'r syniad yn mynd dan
fy nghroen i. Ych a fi! Roedd rhywun yn dweud wrtha i mai
merched môr-ladron oedd rhai, hynny yw, yn eiddo i ambell
fôr-leidr ffiaidd. Druan ohonynt. Diolch byth nad ydy'r
dynion yn ymhél â phethau felly ar fy llong i, a diolch byth
dy fod di'n ddigon pell o bethau fel hyn!

Mae'r tywydd yn drofannol iawn yma – mae'n amrywio o
fod yn boeth iawn i fod yn arllwys y glaw. Rhyfeddol! Dy'n
ni ddim yn cael diwrnodau fel'na adre, y'n ni? Ond mae'n
amser rhyfedd o'r flwyddyn ffordd hyn. I ddweud y gwir,
mae'n lwcus ein bod ni mewn bae cysgodol, achos fe ddaeth y
gwynt a'r glaw mwyaf ofnadwy y diwrnod o'r blaen – rwy'n
siŵr y bydden ni wedi cael ein dal mewn corwynt marwol pe
bydden ni mas ar y môr. Ond does dim ots am hynny, ry'n
ni'n iawn, a finnau wedi dod yn hen law ar ddarllen y tywydd
erbyn hyn – fyddwn i ddim wedi mentro i'r dŵr mawr ar
ddiwrnod o'r fath!

Ry'n ni'n bwyta'n dda iawn ar hyn o bryd hefyd – does dim golwg o unrhyw un arall y pen yma i'r ynys, felly does dim cystadleuaeth am yr anifeiliaid gwyllt hyn! Ddaethon ni ar draws anifail rhyfeddol y diwrnod o'r blaen. Wel, dydw i ddim yn siŵr ai anifail neu bysgodyn oedd e i ddweud y gwir! Roedd e'n sleifio trwy gors fawr, frown, a dim ond ei lygaid i'w gweld. Wel, fe daflodd un o'r bois ddarn o bren ato i weld sut fyddai'n ymateb, ac i weld sut beth oedd gweddill corff y peth dieithr. A wir i ti, fe wnaeth yr anghenfil ein dychryn ni oll – roedd ganddo geg enfawr yn llawn dannedd miniog, a chefn hir, pigog! Gerddais i o 'na wedyn – dydw i ddim am beryglu 'mywyd mor rhwydd â hynny! Ond wyt ti'n gwybod beth ddigwyddodd? Wel, rywsut neu'i gilydd, fe lwyddodd rhai o'r bois i'w ddal a'i ladd e! A dyna beth ry'n ni wedi bod yn gwledda arno wedyn! Mae'n anodd meddwl sut i ddisgrifio'r blas – mae'n debyg i gyw iâr, porc, a physgodyn mewn un! Je, gwahanol iawn! Mae cymaint ohono dros ben – wel, roedd y peth yn fwy na'r un dyn welaist ti erioed! Fe adawon ni'r gweddill mas i sychu wedyn. Fe fydd yn iawn i ni ar y daith, a synnen i ddim petai'r bois yn mynd i hela un neu ddau arall!

Wel, beth arall sydd i'w ddweud? Rwy'n cadw'n iach ac yn heini. Mae digon o ffrindiau sy'n cadw cwmpeini i mi. Ond o, am gael bod yn dy gwmpeini di, Elen. Fe rown i'r byd yr eiliad hon am gael dy weld a dy gyffwrdd. Wir i ti – meddwl am dy wên di sydd yn fy nghadw i fynd ar ddiwrnodau gwael.

Fe fydda i'n ôl yng Nghymru whap. Unwaith gawn ni siâp ar y llong yma, a gwneud bach o gyflog i'n hunain. Fi yw'r capten, cofia, felly fi fydd yn penderfynu.

Paid poeni – fe gei di sleifio pwdin gwaed i fy mhlat i eto, ac fe wna i ei fwyta cyn i neb gael cyfle i sylwi, yn union fel o'r blaen! Ac fe gawn ni sibrwd straeon hyd oriau mân y bore...

Gyda chariad bythol,
dy Hywel (Capten y Buck!)

Wrth fynd trwy opsiynau camau nesaf y môr-ladron a'r *Buck* y crwydrodd ei feddwl at Elen unwaith eto. Roedd blynyddoedd maith ers i Hywel Dafydd weld Elen, wrth gwrs. Ond roedd meddwl am ei thynerwch hi'n helpu Hywel i gysgu gyda'r nos. Ym mêr ei esgyrn, gwyddai fod siawns go dda fod Elen wedi cael llond bol o aros amdano, ac wedi priodi a magu teulu erbyn hyn. Ond ni fynnai dderbyn y posibilrwydd hynny. Byddai'n gwthio syniadau o'r fath i gefn pellaf ei feddwl.

11
Y PRAE CYNTAF

Clywodd Capten Dafydd dwrw mawr – twrw traed yn rhedeg ac yn stompio tuag at ei gaban. Daeth curo trwm ar y drws, yna chwifiodd y porth trwm ar agor a llamodd Topping i mewn.

"Mae llong, syr," meddai Topping, a'i wynt yn ei ddwrn. "Mae'n hwylio tuag aton ni."

Neidiodd Capten Dafydd o'i gadair. Dyma'r foment roedd e wedi bod yn aros amdani – wedi tridiau o hwylio o Giwba, o'r diwedd, dyma gyfle i ymosod ar long arall fel môr-ladron go iawn! Gwthiodd Topping o'i flaen wrth iddo ddringo i'r dec ac yna i fyny'r grisiau pren i'r uwch-olygfan. Roedd Kennedy ac Anstis eisoes yno, ac fe basiodd Kennedy y binocwlar i'r capten.

"Beth ydych chi'n feddwl, Gapten?" holodd Anstis. "Dyma'n cyfle cyntaf ni, ac mae hi'n edrych fel llong fach brydferth iawn i mi."

"Ydy," aeth Kennedy ymlaen. "Dyw hi ddim rhy fawr i ni chwaith, dim ond deuddeg o ynnau sydd arni o be wela i."

Syllodd Capten Dafydd drwy'r binocwlar am rai eiliadau pellach. Roedd golwg ddifrifol ar ei wyneb, ond tynnodd y binocwlar o'i lygaid, rhoi winc i'r tri wrth ei ochr, a throi at ganol ei long i wynebu'i griw. Roedden nhw'n aros yn eiddgar am gyfarwyddiadau – pob un wedi cyffroi wrth glywed y si'n gwibio drwy'r criw am y llong ar y gorwel.

"Paratowch eich hunain, fy mechgyn!" galwodd nerth esgyrn ei ben. "Ry'n ni'n mynd i fod yn fwy cyfoethog mewn ychydig oriau!"

Cyffrôdd pob un ymhellach – roedd antur gyntaf y criw fel môr-ladron wedi cychwyn! Gyda hynny, daeth prysurdeb i'r llong wrth i bob un gydweithio i gael y slŵp yn barod i ymosod. Sicrhaodd pob un fod ganddyn nhw o leiaf ddau arf ar eu beltiau. Roedd yna dipyn o amrywiaeth – cyllyll bach miniog, cleddyfau hirion, cadwyni haearn, pistolau sgleiniog o bob math, pastynau tew a chadarn, a mysgedau hirion. Cronnodd ambell un beli haearn, grenadau dwylo, a hyd yn oed fachau bordio o fewn gafael parod. Rhedodd mwnci'r powdwr – ie, dyna oedd enw'r bachgen druan hwnnw! – gan gludo'r powdwr i'r gynnau mawrion. Yn ogystal â hynny, casglodd nifer o'r criw unrhyw ddeunyddiau eraill fyddai'n gweithio fel arfau – tameidiau o haearn, cerrig mân, a hyd yn oed hoelion at ei gilydd. Wydden nhw ddim eto pa mor ffiaidd fyddai'r cwffio!

Ymhen dim, roedd y llong yn llawer iawn nes atynt, ac roedd modd gweld mai llong Ffrengig o'r enw *Loire* oedd hi. Gallai'r criw weld y dryswch ar wynebau'r dynion arni bellach hefyd – yn methu deall beth oedd busnes y *Buck*, siŵr o fod.

Gorchmynnodd Capten Dafydd i Magness a Moody godi'r faner ddu er mwyn datgan mai môr-ladron oedden nhw. Tynnwyd honno i frig y mast, lle chwifiai hi'n herfeiddiol.

"Saethwch i'w chyfeiriad hi, ond peidiwch â'i tharo," gorchmynnodd Capten Dafydd. Roedd e'n awyddus i ddychryn y llong Ffrengig, ac yn awyddus i ddangos pwy oedd â'r llaw uchaf, ond doedd e ddim yn gweld rheswm i achosi difrod.

Anelodd Henry Dennis, y gynnwr, yn ofalus. Gan chwifio'i fraich o'r awyr ac i lawr at ei ochr gwaeddodd Capten Dafydd, "Nawr!"

Gyda hynny, roedd y canon cyntaf wedi'i saethu. Glaniodd namyn metr neu ddwy o'r llong Ffrengig. Yn sydyn, daeth sŵn sgrechfeydd o'i bol, a daeth gwên i wyneb Capten Dafydd wrth sylweddoli y byddai hon yn llong hawdd i'r threchu – teimlodd gyffro wrth glywed sŵn yr ofn o'r *Loire*. Safodd yn uchel ar ben blaen y *Buck* a galw draw ar y llong dan anfantais.

"*Bonjour*! Ble mae'r capten?" Roedd hi'n deimlad rhyfedd i Hywel Dafydd weiddi mewn modd mor anghyfarwydd o heriol. Ond dyna ni, meddyliodd, rhaid oedd bod yn ddewr a brawychus os oedd e am ymddangos fel capten môr-ladron hyderus. "Dwi'n mynnu gair â'r capten yr eiliad hon!"

Gwyliodd criw y *Buck* wrth i ddynion sgrialu ar hyd deciau'r llong Ffrengig fel cathod ar rew llithrig! Wedi ychydig eiliadau, ymddangosodd dyn wedi'i wisgo'n fwy gwych na'r morwyr cyffredin eraill. Roedd golwg betrus arno.

"Fi yw'r capten!" galwodd yn ôl ar Gapten Dafydd, ei lais ychydig yn grynedig ond yn gryf. "Ry'n ni'n barod i ildio. Beth y'ch chi eisiau i ni'i wneud? Wnawn ni ddim brwydro os cawn ni lonydd i hwylio ymaith yn fyw ac yn iach."

Swniai fel pe bai'r capten hwn wedi dysgu'r geiriau ar ei gof, yn barod i'w hadrodd pan fyddai trwbwl. Synnai Capten Dafydd pa mor hawdd oedd y broses hon!

"Dwi'n gorchymyn i chi, Gapten, ddod ar fy llong i ynghyd â deuddeg o'ch dynion, ac mi ddaw rhai o fy nynion i ar eich llong chi. Mi gymerwn ni beth bynnag fynnwn ni heb i chi wneud pethau'n anodd i ni. Ydych chi'n deall?" mynnodd Capten Dafydd.

"Ydw, dwi'n deall. Ac mae fy nynion yn deall hefyd. Fydd dim trwbwl heddiw," daeth ymateb llipa y capten Ffrengig.

Yn ddigon araf, gollyngodd morwyr cryfaf y *Loire* gwch hir ar raffau i'r dŵr islaw. Ynddo, eisteddai'r capten, ynghyd â llond llaw o forwyr digon cyffredin yr olwg – cyffredin oni bai am yr olwg o ofn ar eu hwynebau. Eisteddon nhw oll yn ddistaw, eu dwylo'n siglo rhwng eu coesau, a'u pennau'n simsanu ar eu brestiau.

Wedi iddynt lanio ar y *Buck*, gorchmynnodd Capten Dafydd i Kennedy ac Anstis fynd ar y *Loire*, gyda llond llaw o ddynion cryf, i'w hysbeilio. Yna gorchmynnodd i Magness a Moody glymu'r capten anniddig, ond ufudd, mewn heyrn. Ymbaratôdd Capten Dafydd i holi'r capten o'i flaen, ond torrwyd ar ei draws ymhen eiliadau.

"LLONG ARALL!" Yn sydyn, daeth bloedd uchel o enau Topping, "LLONG ARALL, SYR!"

Neidiodd Capten Dafydd i fyny'r grisiau at Topping, gan gipio'r binocwlar o'i ddwylo am yr eildro o fewn byr o amser! Doedd e ddim yn teimlo ei fod e'n llwyr reoli'r hyn oedd yn digwydd gyda'r llong gyntaf yma eto, heb sôn am geisio delio gydag ail long! Gwelodd fod y llong yma hefyd yn teithio ar y gorwel, a'i bod hi o leiaf ddwbl maint y *Loire* fechan oedd wrth eu hochr. Cyfrodd bedwar ar hugain o ynnau arni, a sylwi mai llong ryfel o'r enw *Méduse* oedd hi.

"Un Ffrengig arall," galwodd ar bwy bynnag oedd yn gwrando. "Kennedy, Anstis, brysiwch gyda'r ysbail yna, ry'n ni'n mynd i fod yn fwy cyfoethog fyth mewn ychydig oriau! Ar ei hôl hi, bois, ar ei hôl hi!"

Brysiodd Capten Dafydd yn ôl at gapten y *Loire*.

"Wyddost ti rywbeth am y llong Ffrengig arall 'ma, ddyn?" holodd ar ruthr.

"Alla i ddim ei gweld hi'n iawn heb finocwlar, ond... mae'n bosib mai honna yw'r un welon ni ddoe..."

"Ie? A...?" siarsiodd Capten Dafydd ef i ddweud rhagor.

"Os mai honna yw hi, wel, roedd rhyw drigain o ddynion ar ei bwrdd. Wn i ddim llawer mwy na hynny," cyfaddefodd y dyn mewn heyrn.

Trodd Capten Dafydd oddi wrth y dyn o'i flaen. Sylwodd rhai o'r criw fod ei lygaid ar agor led y pen. Ai enfawr mewn braw neu mewn cyffro tybed?

"Gyda phob parch, syr," mentrodd Topping, "allwn ni ddim ymosod ar long gyda bron i ddwywaith cymaint o ddynion â ni arni. A dwywaith cymaint o ynnau hefyd, Gapten! Does dim gobaith gyda ni!"

Ystyriodd Capten Dafydd ei eiriau am eiliadau yn unig, cyn cyhoeddi, "Nonsens! Ry'n ni am fod yn gyfoethog cyn diwedd y dydd, Topping! Rho dy ffydd yndda i fel capten, wnei di?"

Ar hynny, daeth prysurdeb unwaith eto wrth i'r criw

weithio'r llong i'w chyflymder uchaf. Doedden nhw ddim wedi cael cyfle i ymddwyn rhyw lawer fel môr-ladron gyda'r llong gyntaf, ond tybed a fyddai'r cyfle hwnnw'n dod gyda'r ail? A dweud y gwir, wyddai rhai ohonynt ddim a oedden nhw'n frwd dros ymladd bellach, yn enwedig wedi clywed ymateb pesimistaidd Dennis Topping.

Aeth cwpwl o oriau heibio wrth i'r *Buck* fynd ar ôl y *Méduse*, gydag Anstis yn arwain y *Loire* y tu ôl iddynt. Yn anffodus, roedd y *Loire* yn llawer arafach na'r *Buck*, ond roedd Capten Dafydd yn benderfynol o gadw'r llong fechan yn agos am y tro – roedd ganddo dric bach i'w chwarae!

Wrth ddal i fyny â'r llong ryfel, gorchmynnodd Capten Dafydd i Magness a Moody godi'r faner ddu am yr eildro y diwrnod hwnnw – yn wir, am yr eildro mewn ychydig oriau! Gorchmynnodd i weddill y criw, ynghyd â'r newydd-ddyfodiaid o'r *Loire* sefyll ar y dec mewn rhes – roedd e am ddychryn y llong ryfel!

"Ahoi!" galwodd arni wrth ddod yn ddigon agos i'r dynion arni ei glywed. "Môr-ladron ydyn ni! Ildiwch ar unwaith!"

Ymhen dim, daeth llais cras o'r *Méduse*, "Pah! Dwi ddim yn credu mai môr-ladron y'ch chi! Ewch o 'ma!"

Synnodd Capten Dafydd wrth glywed y geiriau hyn. Roedd yr ymateb mor wahanol i'r hyn roedd e newydd ei gael gan gapten y *Loire*. Oedodd, heb wybod sut i ymateb.

"Credwch chi fi, môr-ladron ydyn ni, ac mi ddyle fod arnoch chi ofn ymateb mewn ffordd mor haerllug," galwodd Capten Dafydd.

"Ewch, ddwedais i," daeth y llais o'r *Méduse*, "peidiwch gwastraffu'n hamser ni. Rhowch y gorau i'r twpdra 'ma ar unwaith!"

"Mae ein chwaer long ar y ffordd," ychwanegodd Capten Dafydd, yn poeni nad oedd ei gynllwyn am weithio. Ond doedd dim dewis ganddo ond rhoi tro arno beth bynnag. Pwyntiodd ei fys tuag at y *Loire* a oedd yn prysur ddal i fyny â nhw bellach. "Ac mi fydd yma drwbwl go iawn ymhen dim os nad ildiwch *chi* ar unwaith."

Gwyddai Capten Dafydd y gallai'r dynion ar y *Méduse* weld y llong fach Ffrengig pe edrychen nhw'n ofalus i'r gorwel. Arhosodd am eiliadau hirion i glywed ymateb gan y llong ryfel, ond ni ddaeth smic ohoni.

Wrth i'r munudau fynd rhagddynt dechreuodd Capten Dafydd deimlo'n flin ac yn ddiamynedd – pwy oedd y rhain yn meddwl oedden nhw, yn gwrthod ei gredu? Onid oedd hi'n amlwg mai môr-ladron oedden nhw? Roedd y faner ddu'n chwifio'n falch o frig y mast! Mae'n rhaid nad oedd y criw'n edrych yn ddigon o ddihirod.

Trodd at Magness a Moody, a gorchmynnodd yn dawel iddynt fynd i ddweud wrth Henry Dennis a'r gynwyr eraill ymbaratoi unwaith eto. Gwyliodd nhw'n mynd gyda'i gilydd i lawr at y gynnau ac edrychodd eto i gyfeiriad y llong fach Ffrengig. Roedd hi'n llawer nes nawr, a gallai weld bod Anstis wedi bod yn ddigon clyfar i feddwl chwifio tarpolin budr o'i brig – roedd yn ddigon tebyg i faner ddu, ddilys o'r pellter hwn! Am dwyll!

Trodd ei lygaid at Magness a Moody, a oedd wedi ymddangos eto wrth ei ymyl. Fe roddodd y ddau nòd iddo i ddynodi bod y gynnau'n barod. Edrychodd Capten

Dafydd ar y llong ryfel i weld a oedd unrhyw ddatblygiad yno – doedd dim i'w weld yn digwydd arni, felly trodd ei olygon unwaith eto at Magness a Moody a rhoddodd nòd yn ôl iddyn nhw. Rhuthrodd y ddau islaw.

"BANG!" clywodd pob un ar y tair llong. "BANG!"

Ymddangosodd Magness a Moody unwaith eto. Gyda hynny, cododd Capten Dafydd ei law i orchymyn iddynt roi taw ar y gynnau. Roedden nhw wedi tanio ddwywaith, gan fod yn ddigon gofalus i beidio â difrodi'r llong ryfel. Ond gobeithiai Capten Dafydd fod y tanio wedi rhoi digon o fraw i gapten y llong fawr!

Gwyliodd wrth i griw y *Méduse* sgrialu ar hyd ei deciau mewn dychryn.

Ymhen ychydig eiliadau, daeth y capten i'r golwg, a'i ddwy law yn yr awyr, gan sgrechian, "Iawn! Iawn! Ry'n ni'n eich credu chi! Iawn!"

Daeth gwên orfoleddus, a chreulon, i wyneb Capten Dafydd.

12
TWYLLO

Ionawr 1719

Bu'r tair llong yn cadw cwmni i'w gilydd am ddeuddydd. Yn gyntaf, roedd Capten Dafydd wedi gorchymyn i ddynion y *Méduse* fynd ar y *Loire* ar ôl i honno gyrraedd – gwyddai eu bod wedi'i gwagio o bopeth defnyddiol ac arfau, felly roedd yn ddigon diogel gwneud hynny. Treuliodd ei griw amser hir wedyn yn ysbeilio'r llong ryfel, gan drosglwyddo ambell anifail, bwydydd, diodydd, ffrwydron a phowdwr, ac unrhyw arfau ychwanegol i'r *Buck*. Ar y naill law, roedd Capten Dafydd ychydig yn siomedig nad oedd arian neu nwyddau gwerthfawr fel aur neu arian ar y llongau. Ond, ar y llaw arall, teimlai fel brenin gan ei fod wedi llwyddo i drechu dwy long o fewn oriau, ac roedd y *Buck* nawr yn gyfoethog o fwyd a diod a digon o ffrwydron ac arfau ar gyfer sawl ymosodiad arall. O, am deimlad rhyfeddol oedd bod yn gapten môrladron!

Wedi'r holl waith caled, buon nhw'n gwledda am ddeunaw awr! Yna, fe benderfynodd Capten Dafydd adael y ddwy long Ffrengig ar ôl, a gadael i'r holl ddynion ddatrys drostyn nhw eu hunain sut roedden nhw am symud yn ôl at eu llongau gwreiddiol a hwylio oddi yno heb gyflenwadau.

Ar ôl ychydig dros fis o hwylio cymhleth ar fordaith arw, nesaodd y *Buck* at ynysoedd Cabo Verde, heb fod ymhell o arfordir gogledd-orllewin Affrica. Doedd y fordaith ddim wedi bod yn garedig â nhw – cafwyd gwyntoedd a achosodd iddyn nhw lithro oddi ar eu cwrs sawl noson yn olynol, ac achosodd stormydd a thonnau breision rywfaint o ddifrod i'r llong. Golygai hyn fod y fordaith wedi cymryd yn hirach na'r disgwyl, ac roedd bwyd a diod yn dechrau mynd yn brin.

"Codwch faner Lloegr!" gorchmynnodd Capten Dafydd i Magness a Moody yn y bore wrth iddyn nhw nesáu at ynys fechan São Nicolau. "Dwi am chwarae tric bach ar y Portiwgeaid 'ma!"

Brysiodd Magness a Moody i ddilyn dymuniadau Capten Dafydd, wrth iddo yntau anwesu ei ên bigog a gwenu gwên gam wrth feddwl am y twyll bychan oedd gydag e mewn golwg.

"Dwi am i'r ynyswyr feddwl mai herwlong yw hon," eglurodd wrth Kennedy. "Edrych," meddai gan ddal darn o bapur trwchus o'i flaen, "dwi wedi ysgrifennu Llythyr Marque ffug."

Edrychodd Kennedy yn gegagored ar y ddogfen o'i flaen – roedd hi'n edrych yn hollol ddilys, a'r capten wedi hyd yn oed ffugio stamp coch ar gornel y papur melynllyd. Cododd ei olygon at wyneb balch ei gapten, a lledodd gwên ddireidus ar ei wyneb yntau.

"Mi wnaf iddyn nhw feddwl mai Saeson ydyn ni," eglurodd Capten Dafydd yn awchus. "Gyda chaniatâd llywodraeth Lloegr i ymosod ar y Sbaenwyr, mi fydd y Portiwgeaid yn siŵr o'n cefnogi ni!"

Gwenodd Capten Dafydd o glust i glust, wrth ei fodd â'i glyfrwch ei hun! Roedd wedi clywed bod llongau rhyfel yn cael Llythyr Marque gan y Llywodraeth a oedd yn rhoi awdurdod, trwydded, a chaniatâd iddynt ymosod ar longau'r gelyn ac ymyrryd â'u masnach. Doedd e ddim wedi gweld copi o un o'r rhain, ond dyfalai nad oedd y Portiwgeaid ar ynys São Nicolau wedi gweld un chwaith. Felly, lluniodd y llythyr Saesneg o'i ben a'i bastwn ei hun, a dyluniodd stamp â symbolau Prydeinig a edrychai'n swyddogol ar gornel y ddogfen!

"Trwy esgus bod yn herwlongwyr," aeth Capten Dafydd ymlaen i egluro'i gynllwyn gan bwyntio'i fys at y papur, "mi ddylen ni, fôr-ladron, gael llonydd gan y Portiwgeaid i fasnachu ar yr ynys. Fe gawn ni hefyd seibiant er mwyn atgyweirio'r *Buck* a pharatoi at ein mordaith nesaf!"

"Campus, syr!" atebodd Kennedy. "Cynllwyn hollol gampus!"

"Diolch, Kennedy. Ydy, mae'n wir yn rhagorol, on'd yw e?"

Ymhen dim, roedd Kennedy wedi trosglwyddo'r neges am y cynllwyn i weddill criw'r llong, a daeth cyffro ffres i'r *Buck* wrth i bob un edrych ymlaen at yr hyn oedd am ddigwydd. Daeth cynnwrf newydd i'r llong wrth iddynt ddychmygu cael eu trin fel masnachwyr gonest a chyffredin! Bu dyfalu mawr am ymateb y Portiwgeaid, ac roedd ambell un, yn ddistaw bach, yn ofni nad oedd y cynllun yn dal dŵr.

Er mawr syndod i'r ychydig hynny, llyncodd yr ynyswyr stori Capten Dafydd heb gwestiwn!

Derbyniodd y Portiwgeaid fod criw'r *Buck* yn ddynion

hoffus a oedd yn barod i gyfnewid eu nwyddau o ben arall Môr yr Iwerydd am win a dillad newydd. Roedd y môr-ladron wrth eu boddau – cawson nhw oll ddillad di-dyllau, glân a meddal, ac roedd blas y gwin gwyn, yn ogystal â'r gwin coch, yn fendigedig!

Ar y prynhawn cyntaf yno, cafodd Capten Dafydd ei wahodd i giniawa gyda Llywodraethwr yr ynys ymhen ychydig ddyddiau. Derbyniodd y gwahoddiad yn ddigwestiwn, a thros y dyddiau nesaf gwnaeth yn siŵr fod ei ddynion wedi glanhau'r llong a'i dychwelyd i'w safon gorau. Wedi iddynt wneud hynny, rhoddodd ryddid iddyn nhw fwynhau'r ynys – ei thraethau, ei mynyddoedd, a beth bynnag arall fydden nhw'n dod ar ei draws!

Pan ddaeth y prynhawn iddo giniawa gydag arweinydd yr ynys, aeth Capten Dafydd i'w neuadd wedi'i wisgo'n wych yn ei ddillad newydd – siaced felfed frowngoch, sgidiau â byclau arian arnynt, a chrafat les, du. Ymunodd ei brif gynorthwywyr ag ef, ac roedden nhw wedi eu gwisgo mewn dillad bron mor grand â'u capten!

Ar ôl cael eu cyfarch a'u hannerch fel dynion gwych oedd yn gwneud lles i'r byd, mynnodd y Llywodraethwr eu bod yn eistedd i wledda cyn parhau â'r sgwrsio. Eisteddodd y môr-ladron o amgylch bwrdd mawr, cadarn yng nghanol yr ystafell, a chael bwyd a diod wedi'i weini gan forynion ifainc. Ymysg y seigiau a roddwyd o'u blaenau roedd nifer o fwydydd a oedd yn newydd iddyn nhw. I ddechrau, roedd yna ddewis o gawliau o bob lliw, yna cawson nhw gig a *fufu* gyda saws sbigoglys a thomato, cyn cael trydydd cwrs, sef pwdin reis gyda gormodedd o siwgr a menyn cnau daear.

"Chi'n meddwl mai cig mwnci oedd y cig 'na?" holodd Anstis y môr-ladron eraill wrth orffen llenwi ei fol.

"Paid bod yn hurt, 'chan, cyw iâr oedd e!" atebodd Kennedy ar unwaith.

"Ddylet ti ddim bod mor siŵr, Kennedy. Wyt ti wedi gweld ieir o gwmpas yr ynys 'ma? Dwi wedi clywed eu bod nhw'n bwyta mwncïod, llygod mawr, antelopiaid, a hyd yn oed llewod yn y rhannau yma o'r byd!"

"Lol botes maip! Mwnci wir! A beth yffach yw antelop pan mae e adre, beth bynnag?" holodd Topping gan ysgwyd ei ben cyn llowcio mwy o'r ddiod gref.

"Mwnci oedd e. Saff i chi. Ac efallai y bydden ni'n bwyta dodo nawr pe na bydden nhw wedi diflannu rhyw hanner canrif yn ôl."

"Dodo! Ti'n llawn nonsens, Kennedy!" poerodd Anstis mewn anghrediniaeth.

Cyn i'r sgwrs gael cyfle i droi'n ddadl, daeth llais y Llywodraethwr i dorri ar draws y môr-ladron a oedd wedi bod yn ymddwyn mor foesgar a gofalus dros yr awr ddiwethaf o wledda.

"Ry'ch chi'n ddynion hyfryd iawn," dywedodd y Llywodraethwyr wrthynt. "Ry'ch chi'n onest ac yn hoffus, ac ry'ch chi wedi dod â rhywfaint o gyfoeth i'n hynys ni!"

"Diolch yn fawr iawn am eich geiriau caredig, syr," atebodd Capten Dafydd, a'i lygaid yn sgleinio dan ddylanwad yr holl win roedd e wedi bod yn ei fwynhau. "A diolch yn fawr iawn i chi am y cinio bendigedig yma. Wyddoch chi? Dy'n ni ddim wedi arfer â chael ein bwydo'n dda. Mae bywyd y môr yn gwneud hynny'n anodd i ni..."

Ar hynny, cododd y Llywodraethwr ei law mewn ystum i Gapten Dafydd stopio siarad.

"Dwi'n deall yn iawn, Gapten. Alla i ddim dychmygu pa mor wael yw'ch deiet chi ar y môr. Gwrandewch. Gan eich bod chi'n gwneud gwaith mor bwysig i ddyfodol ein byd hyfryd ni, mae'n bwysig eich bod chi'n adennill eich egni'n iawn cyn mynd yn ôl ar y môr."

Nodiodd y môr-ladron, gan ffugio llygaid trist wrth iddo sôn am yr amodau byw gwael roedden nhw wedi'u harfer â nhw.

"Arhoswch yma ar ynys São Nicolau am sbel. Arhoswch mor hir ag y mynnwch chi!"

Allai'r Capten a'i ddynion ddim credu eu clustiau – roedd y twyll wedi gweithio'n berffaith! A dweud y gwir, roedd y twyll wedi gweithio'n well na pherffaith! Nid dim ond llonydd i atgyweirio a glanhau'r llong roedden nhw wedi'i gael, ond roedden nhw newydd gael cinio bendigedig, a nawr yr hawl gan y dyn pwysicaf ar yr ynys i gael rhwydd hynt yno mor hir ag y dymunent!

"Diolch yn fawr iawn, iawn i chi, Lywodraethwr," meddai Capten Dafydd unwaith i'w wên lacio ddigon iddo allu siarad! "Rydych chi'n hael iawn, iawn, ac rydyn ni'n ddiolchgar am hynny. Mi arhoswn ni am ychydig, ac mi fyddwn ni'n sicrhau nad ydyn ni dan draed. Fyddwn ni o 'ma unwaith y byddwn ni'n teimlo'n ddigon cryf i wynebu'r elfennau a mwy o ddihirod y moroedd."

Yn hwyrach ymlaen y prynhawn hwnnw, cerddodd y môr-ladron yn ôl am y lan yn sionc, gan chwerthin a chellwair, a phob un yn canmol Capten Dafydd am lwyddiant ei gynllwyn penigamp!

"Paid â bod yn hollol, hollol hurt, ddyn!" sgrechiodd Capten Dafydd ar un o'r gynwyr, Henry Dennis. Cerddodd Capten Dafydd yn ôl a blaen ar ddec y llong, ei ddwylo a'i freichiau'n symud i fyny ac i lawr fel io-io o'i ben i'w glun. Doedd e ddim yn credu bod rhai o'i ddynion mor ddwl!

"Syr, dewch nawr," ceisiodd Dennis resymu ag ef, "ry'n ni wedi bod ar yr ynys 'ma am bump wythnos…"

Ni ddaeth ymateb gan y capten, felly aeth Dennis ymlaen â'i draethu.

"Ry'n ni wedi cael amser bendigedig… yn gwledda, yn mwynhau'n hunain, yn cael egwyl braf o fordeithio a môr-ladrata…"

Daliai i edrych ar ei gapten, a oedd bellach wedi stopio cerdded yn ôl ac ymlaen, a safai â'i gefn at y gynnwr, a'i olygon ar y gorwel pell. Gan na ddaeth ymateb gan Gapten Dafydd eto, aeth Dennis ymlaen.

"Fel y gwyddoch, mae sawl un o'r criw wedi syrthio mewn cariad â'r ynys a'i phobl… y… yn… yn enwedig rhai o'r merched tlysion sydd yma. Fyddan nhw ddim dan draed, syr. Mi wnawn ni'n siŵr eu bod nhw'n aros yn yr orlop pan fyddwn yn gweithredu, a dwi'n siŵr y byddan nhw'n fodlon helpu gyda'r gwaith o gynnal a chadw'r llong – glanhau, coginio, atgyweirio dillad… a chadw ni ddynion yn hapus!"

"DIGON!" bloeddiodd Capten Dafydd gan droi'n sydyn yn ei unfan, a'i fys yn pwyntio at Dennis. "Paid â bod mor hollol ynfyd! Rwyt ti, a phob un arall o'r criw, yn gwybod yn union beth yw'r rheolau. Ry'ch chi wedi arwyddo'r erthyglau, ddyn!"

"Capten, mi wn i hynny... Ond sdim rhaid i'r merched wybod mai môr-ladron ydyn ni. Ddim am y tro, beth bynnag... A gallwn ni blygu ychydig ar y rheolau, allwn ni?"

"NA, Dennis!" byrlymodd ymateb y capten. "Dim siawns! Wnaiff hynny ddim digwydd dros fy nghrogi!"

Ac ar hynny, brasgamodd Capten Dafydd i lawr i'w gaban gan gau'r drws ar ei ôl yn glep.

Atseiniodd twrw'r drws ar hyd y llong, a chododd Dennis ei ysgwyddau, "Wel, mi driais i," meddai wrtho'i hun gan ymlwybro i ffwrdd, a'i ben yn isel.

Hwyliodd y *Buck* o ynys São Nicolau y noson honno gyda phump yn llai o ddynion ar ei bwrdd na phan laniwyd yno. Roedd Henry Dennis wedi ystyried geiriau'r capten, ac wedi sylweddoli mai Capten Dafydd oedd yn iawn – fel bob tro arall! Doedd dim hawl i'r un fenyw fod ar long fôr-ladron am eiliad, ac roedd pob un ohonynt wedi arwyddo'r erthyglau, felly doedd dim amdani ond gadael ei gariad newydd ar yr ynys, a cheisio anghofio amdani cyn gynted ag y bo modd.

Ond nid dyna oedd hanes pump o ddynion eraill – roedden nhw wedi mopio'n lân, ar ôl pump wythnos yn unig, â menywod prydferth yr ynys, ac wedi penderfynu aros yno.

13
YSBAIL O'R DIWEDD

Chwefror 1719

"Mae llong draw fan'na!" cynhyrfodd Capten Dafydd. "Beth yw ei henw hi? Weli di?"

Gafaelodd Dennis Topping yn dynn yn ei sbienddrych gan edrych i gyfeiriad y llong ger ynys Maio.

Mae'n hen bryd i ni ddod ar draws rhywbeth, meddyliodd y capten. Mae dyddiau wedi pasio ers i ni gael cyffro, a doedd dim byd o gwbl i'w weld ger ynys Boa Vista!

"Ym, dwi'n meddwl mai *The Loyal Merchant* mae'n dweud ar ei hochr hi, syr," atebodd Topping ymhen ychydig eiliadau.

"Perffaith!" gwenodd Capten Dafydd. "O'r diwedd! Ro'n i'n dechrau diflasu ar y bywyd 'ma!"

Trodd ar ei sawdl, a galw ar ei brif ddynion i ymgasglu. Ar ôl sgwrs fer, roedden nhw i gyd yn gytûn ei bod yn syniad da ymosod ar y llong o'u blaenau – roedd amser hir wedi bod ers iddyn nhw ymosod ar unrhyw un!

Fel arfer, aeth pob un at ei waith yn drefnus, ac roedd cynnwrf ffres i'w deimlo ar fwrdd y *Buck* eto.

Ymhen dim, roedd y *Buck* wedi profi ei hun fel llong hwylus unwaith eto, ac roedden nhw'n agos iawn at y llong fasnach. Erbyn hyn, roedd pob un ar y *Buck* yn gyffro i gyd oherwydd yr hyn oedd ar fin digwydd. Yn wir, yn ddistaw bach, roedd rhai ohonynt yn dyheu am i'r ymosodiad nesaf beidio â bod yn rhy hawdd – roedd arnyn nhw awydd ychydig o ymladd a thynnu gwaed, dim ond er mwyn hwyl y peth! Ond roedden nhw'n gwybod yn iawn nad dyna oedd dyhead eu capten – doedd e ddim yn credu bod y fath hwyl yn bodoli. Creulondeb yn unig welai e mewn gweithredoedd o'r fath.

"Dyw hi ddim yn ildio. Dyw hi ddim yn arafu," meddai Capten Dafydd. "Am ddynion ffôl y'n nhw! Ry'n ni'n nesáu atyn nhw, mae'r faner ddu yn amlwg gyda ni, ac maen nhw'n dal i geisio dianc o'n crafangau ni, ha! Mi wnawn ni eu deffro nhw nawr, peidiwch chi â phoeni!"

"Beth y'ch chi am i ni wneud, syr?" holodd Kennedy ar ran y criw wrth wylio'i gapten yn edrych yn ddryslyd ar y llong fasnach nid nepell i ffwrdd.

"Mae'n hen bryd i'r cadwyn-beli weld golau dydd, dy'ch chi ddim yn meddwl?" holodd y capten ei gynulleidfa, a gwên ddireidus ar ei wyneb.

"Ar unwaith, syr," daeth ateb Anstis, a oedd wrth ei fodd fod dinistr ar y gweill!

Gwasgarodd y criw i'w mannau gwaith priodol, yn barod i ymosod. Magness a Moody aeth i nôl y cadwyn-beli, a dosbarthwyd hwy i'r dynion cryfaf ar y *Buck*.

"Anelwch am y rigin, bois," galwodd Capten Dafydd wrth i'r *Buck* lithro'n nes at y llong arall. "Mae hynny'n siŵr o'u gorfodi nhw i golli rheolaeth ar gwrs eu llong."

"Baroooood?" gwaeddodd Anstis ymhen rhai munudau, wrth i'r *Buck* ddod i hwyl ar hyd ochr y *Loyal Merchant*. "Ewch amdani!"

Gyda hynny, gwelwyd y cadwyni metel a'u peli magnel

bob pen yn hedfan drwy'r awyr o'r *Buck*. Yn dilyn y llonyddwch mawr fu ar fwrdd y llong fasnach tan nawr, roedd aflonyddwch a chynnwrf mawr yn sydyn iawn. Gwyliodd y capten wrth i ddynion redeg yn ddigyfeiriad ar hyd y dec fel peli snwcer yn cael eu taro i gyd i gyfeiriadau gwahanol. Clywodd sŵn sgrechian ofnus yn dod o'u genau fel haid o adar gwyllt yn cwffio am ddarn o fwyd.

"Ac eto!" bloeddiodd Anstis.

Gyda hynny, gwelwyd ail gyfres o gadwyn-beli yn hedfan fel haid o ddartiau pendant. Roedden nhw'n chwyrlïo'n frysiog drwy'r wybren, cyn glanio â thwrw trwm ar y dec, neu chwalu'n drahaus trwy'r hwyliau a'r rhaffau. Monitrodd Capten Dafydd yr olygfa yn ofalus, i weld sut roedd dynion y llong araf hon yn ymateb. Yna, yn anffodus i un dyn, gwelodd y capten un o'r cadwyn-beli'n ei daro i'r llawr yn bendramwnwgl gan chwipio o amgylch ei ganol. Doedd hi ddim yn fwriad gan Gapten Dafydd i frifo unrhyw un, ond wfft iddyn nhw, meddyliodd, mi ddylen nhw fod wedi ildio i'r faner ddu ynghynt!

Cododd ei law ar Anstis i roi arwydd fod yr ymosod wedi bod yn ddigon am y tro. Roedd y *Loyal Merchant* wedi arafu, a'r dynion arni yn amlwg wedi'u dychryn digon. Doedd dim pwynt dinistrio mwy ar eu llong. Am beth creulon fyddai distrywio llong brydferth ymhellach; nid y llong oedd ar fai am dwpdra'r criw oedd yn hwylio arni!

Camodd Capten Dafydd yn bendant ac yn benderfynol i fan clir ac agored ar fwrdd y *Buck*. Roedd am wneud yn siŵr fod pob dyn ar fwrdd y *Loyal Merchant* yn gallu'i weld a'i glywed. Roedd hefyd yn gobeithio y byddai gweld dyn mor grand, wedi'i wisgo mewn dillad drudfawr, yn gwneud i'r dynion deimlo'n fach a di-werth. Yn ystod yr wythnosau yn São Nicolau, roedd Capten Dafydd wedi talu morwyn i bwytho'r dillad crandiaf i unrhyw forwr eu gwisgo erioed, a theimlai'n fendigedig yn gwisgo un owtffit o'r casgliad oedd ganddo erbyn hyn. Roedd mwy o siawns y byddai'n cael yr hyn roedd e'i eisiau os oedd y criw ar y llong fasnach yn teimlo fel plant bach dan lygaid craff rheolwr godidog, meddyliai.

"Ahoi!" galwodd Capten Dafydd yn ddigon uchel i bob un ar y ddwy long ei glywed, a heb roi mwy na deg eiliad i'r holl ddynion dawelu, rhoddodd ei orchymyn. "Mae gyda chi un funud yn unig i drosglwyddo'ch mêt i'n llong ni."

Wrth glywed hyn, teimlai'r dynion ar y ddwy long yn ddryslyd. Gwyddai pob un ohonynt mai eisiau gair â chapten llong fyddai rhywun fel arfer mewn sefyllfa o'r fath. Pam tybed oedd capten y *Buck* yn awyddus i gyfarfod â mêt y llong arall?

Lai na munud yn ddiweddarach, glaniodd dyn crynedig, ond cryf ei olwg, ar fwrdd y *Buck* wedi iddo gael ei gludo gan ddau arall ar gwch hir. Unwaith iddo ddringo dros y rheilen bren, roedd Magness a Moody yna i'w gyfarfod, a thywyswyd ef at eu capten fraich ym mraich.

"Ti yw'r mêt, ai e?" holodd Capten Dafydd wrth i Magness a Moody ei orfodi i eistedd ar stôl i wynebu'r Cymro.

"Ie," atebodd y dyn swil yn swta, gan godi ei ben i edrych ar y dyn o'i flaen.

"Sut long yw'r *Loyal Merchant*?" holodd y capten ar unwaith.

Pan na ddaeth ateb uniongyrchol gan y dyn dieithr, aeth y capten ymlaen i holi cyfres o gwestiynau er mwyn egluro'i hun yn well.

"Ydy hi'n hwylio'n dda? Ydy hi'n gyflym? Beth yw ei gwendidau? Ydy hi wedi cael ei thrin yn dda?"

Edrychodd y mêt yn syn ar Gapten Dafydd uwch ei ben. Pam oedd y dyn yma eisiau gwybod am rinweddau'r llong fasnach? Pam nad oedd e eisiau gwybod pa nwyddau oedd arni? Pam mai ef oedd yn eistedd yma nawr? Pam nad capten y llong fasnach oedd yn gorfod wynebu'r dyn yn ei wisg grand a ffansi? Pam oedd e'n holi am gryfderau a gwendidau'r *Loyal Merchant* mewn difrif calon? Am ryfedd, meddyliodd y dyn cyhyrog gan edrych o'i gwmpas yn ddryslyd.

"Ateb, ddyn!" anogodd Capten Dafydd ef gan gamu ymlaen a sefyll uwch ei ben, ei ddwy law wedi'u sodro ar bob ochr i'w gluniau.

Syllodd holl ddynion y *Buck* ar y dyn mud o'u blaenau gan aros yn amyneddgar am ateb, ond ni ddaeth gair o'i enau.

"Wyt ti wedi colli dy dafod? Beth sy'n bod arnat ti, 'chan? Sut un yw'r llong rwyt ti wedi bod yn hwylio arni?" aeth Capten Dafydd ymlaen, yn colli ei amynedd yn gyflym iawn erbyn hyn. Pam nad oedd e'n rhoi atebion iddo? Pa mor anodd oedd hi i ddweud sut long roedd e wedi bod yn fêt arni? Doedd bosib fod y dyn hwn yn gwybod yn well nag unrhyw un arall!

Parhaodd y dyn i edrych o'i gwmpas yn wyllt – roedd

y dryswch wedi achosi i'w ymennydd stopio gweithio'n iawn. Doedd dim geiriau'n dod i'w feddwl, heb sôn am gyrraedd ei dafod, er mwyn ateb y dyn oedd yn prysur edrych yn gynddeiriog arno. Dechreuodd ei wefus isaf grynu, a theimlodd chwys yn diferu lawr ei gefn.

"Pfft!" camodd Capten Dafydd yn ôl gan chwifio'i fraich o'i flaen fel pe bai'n taro'i law ar ddrwm mawr. "Wn i ddim ..." aeth ymlaen, gan ysgwyd ei ben a pharhau i syllu ar y dyn distaw islaw.

"Anstis a Kennedy, dewch 'ma," gorchmynnodd, a'i lygaid yn dal wedi'u hoelio ar y mêt crynedig. "Mae gyda chi bum munud i gael y dyn yma i siarad."

Pwyntiodd ei fys at y mêt am rai eiliadau, gan roi un cynnig olaf iddo ymateb cyn cael ei roi yn nwylo Anstis a Kennedy. Daliodd ati i bwyntio ato gan gymryd camau breision ymhellach yn ei ôl, cyn troi ei gefn arnynt a mynd am ei gaban.

Yno, tywalltodd ddiod gref iddo'i hun, ac eistedd yn ei gadair ger y bwrdd, gan ysgwyd ei ben mewn anghrediniaeth. Yn rhyfedd iawn, wrth gau ei lygaid, gwibiodd ei feddwl yn ôl at Gymru a'i rieni.

"Lle ti 'di bod, Hywel?"

Daeth llais ei fam mewn panig wrth iddi neidio ar ei thraed pan lithrodd ei mab drwy'r drws. Roedd e wedi gobeithio y bydden nhw yn eu gwelyau ers oriau. Damia, meddyliodd.

"Wel?" holodd ei dad.

"Hywel 'chan, ateb ni!"

Ond roedd Hywel ei hun mewn gormod o banig i ateb.

Doedd e ddim wedi disgwyl y byddai ei rieni ar ddihun. Bydden nhw yn eu gwelyau erbyn hyn fel arfer – roedden nhw'n dal yn effro a hithau'n llawer iawn hwyrach heno. O diar!

"Hywel, oes rhywbeth o'i le? Pam nad wyt ti'n ateb? O'r arglwydd, dwi'n falch dy fod ti adre yn saff." Roedd hynny'n profi faint roedd ei rieni wedi bod yn poeni – doedd ei dad ddim yn siaradwr mawr fel arfer!

Parhau i syllu ar ei rieni wnaeth Hywel, ei geg yn agored, ond dim smic yn dod ohoni. Roedd ei geg yn sych. Roedd ei gorff wedi rhewi. Doedd ei feddwl ddim yn gallu cynhyrchu geiriau. Doedd e ddim yn gallu symud. Roedd e mewn gormod o sioc o weld ei rieni, a'r braw yn eu llygaid gleision.

Mewn gwirionedd, roedd mwy o reswm gan Hywel i deimlo sioc. Yn gynharach y noson honno, roedd e wedi cusanu merch am y tro cyntaf erioed! Elen oedd ei henw, ac roedd Hywel wedi mwynhau ei gwylio hi ers misoedd lawer cyn heno. Mae'n debyg ei bod hi wedi sylwi arno'n syllu arni, er ei fod yn symud ei lygaid mor gyflym ag y gallai bob tro roedd hi'n ei ddal. Ond doedd ganddo ddim syniad ei bod hithau wedi bod yn mwynhau ei lygadu yntau.

Ar ôl y gusan, a'r dal dwylo, roedd y ddau wedi bod yn crwydro ar hyd y traeth ac wedi anghofio am yr amser yn tician. Roedd Hywel wedi ei cherdded hi adre'r holl ffordd wedyn – dros lwybrau caregog, drwy sawl cae a dros sawl bryn. Doedd e ddim wedi meddwl unwaith am ei rieni, wrth gwrs. Roedd fel petai'r oriau hynny wedi'u byw mewn swigen freuddwydiol. Hyd yn oed ar ôl ffarwelio ag Elen, doedd e'n dal ddim wedi meddwl am ei rieni. Oedd, roedd e wedi sylwi ei bod hi bellach yn ddu fel y fagddu, a'i fod llawer hwyrach nag arfer yn dychwelyd adre. Ond doedd e ddim wedi croesi ei feddwl sut fyddai ei rieni'n teimlo am hynny. Fe gerddodd yr holl ffordd adre wedyn yn ail-fyw'r oriau yng nghwmni Elen – pob eiliad, gan roi chwyddwydr ar bob gair, pob edrychiad, a phob cyffyrddiad.

"Ateb ni, Hywel," crefodd ei fam eto. Ond ddaeth dim smic ohono. Trodd ar ei union a cherdded i fyny'r grisiau heb eglurhad yn y byd. O gornel ei lygad, gallai weld ei rieni'n ysgwyd eu pennau ar ei gilydd mewn anghrediniaeth.

Oedd, roedd Hywel, fwy nag unwaith, wedi peidio â chynnig ateb i'w rieni pan oedden nhw wedi ei holi lle'r oedd e wedi bod, neu pam nad oedd e am fwyta'i swper, neu pam ei fod mewn hwyliau drwg. Euog oedd e gan amlaf – ddim eisiau i'w rieni wybod y gwir, ac yn hytrach na dweud celwydd, dewisodd gadw'n dawel. Tybed beth oedd gan y mêt yna i'w guddio?

14

~~GWALLGOFRWYDD~~

"Beth?!"

Clywodd pob un ar fwrdd y *Buck* eu capten yn gweiddi'n gandryll ar Anstis a Kennedy. Yn ei gaban, eisteddai Capten Dafydd wrth ei fwrdd gydag ail wydraid o ddiod feddwol yn ei law. Ysgydwodd ei ben yn araf; roedd e'n siomedig tu hwnt gyda'r ddau o'i flaen.

"Fe gawson ni ateb ganddo, syr," mentrodd Anstis egluro.

"Ateb?" gwaeddodd y capten yn ôl arno, a'i lygaid yn enfawr wrth iddo syllu'n syth i lygaid Anstis. "Oooo, o do, mi gawsoch chi ateb! Ha!" aeth y capten ymlaen gan godi'n bwyllog gyda chymorth ei ddwylo cadarn, a cherdded yn ôl a blaen gyda'i law dros ei lygaid.

"Ro'n i wastad wedi amau dy fod ti'n un gwyllt a gwallgo, Anstis." Safodd yn stond, ei lygaid yn enfawr a sgleiniog, a'i law yn pwyntio at Anstis. Yna saethodd ei lygaid a'i fys i gyfeiriad Kennedy. "Ond, Kennedy, dwi wedi fy siomi ynddot ti. Wyddwn i ddim bod gen ti ochr mor greulon."

Trodd Capten Dafydd ei gefn arnynt. Drachtiodd ei ddiod yn gyflym, gan wagio'i wydr. Chwifiodd ei law ar Anstis a Kennedy ac meddai'n dawelach, "Ewch o 'ngolwg i, y dihirod."

Yn gynharach, roedd Capten Dafydd wedi cael ei

ddihuno o'i synfyfyrio gan synau ar y dec uwchben. Felly, rhwng y ddiod gyntaf a'r ail ddiod, roedd Capten Dafydd wedi gadael ei gaban i weld a oedd ei ddirprwyon wedi llwyddo i gael atebion gan fêt y *Loyal Merchant*.

Ond wrth gamu i fyny'r grisiau clywodd synau anghyfarwydd, rhyw synau distaw, llonydd, annymunol. Synhwyrodd ryw deimlad rhyfedd ymysg ei griw yn syth bin – roedden nhw ar wasgar ar hyd y bwrdd, a chriwiau bychain yn sgwrsio'n ddistaw ymysg ei gilydd. Pan gyrhaeddodd y dec, cododd ei ben i gyfeiriad Anstis, Kennedy, a mêt cyhyrog y *Loyal Merchant*. Suddodd ei galon ar unwaith. Dechreuodd deimlo poen bol nerfusrwydd, a theimlo ei gorff yn mynd yn boeth drosto.

Doedd e erioed wedi gweld golygfa o'r fath yn ei fyw. Doedd e erioed wedi gweld golwg mor wallgo ar ddyn ag oedd ar wyneb Anstis yr eiliad honno. Doedd e erioed wedi gweld golwg mor ddryslyd ag yr oedd ar wyneb Kennedy yr eiliad honno. A doedd e erioed wedi gweld golwg mor waedlyd ac anffurf ar ddyn ag oedd ar fêt druan y *Loyal Merchant* yr eiliad honno. Teimlai Capten Dafydd yn swp sâl. Teimlodd ei wddf yn tynhau, gan ei gwneud yn anodd iddo anadlu'n rhwydd. Beth yffarn oedd wedi digwydd tra oedd e yn ei gaban? meddyliodd wrth i'w lygaid gael eu tynnu'n barhaus at y mêt oedd yn gwingo ar lawr.

"Ewch i fy nghaban!" galwodd ar Anstis a Kennedy wrth gael ei wynt ato. "NAWR!" ychwanegodd yn uchel wrth weld na symudodd y ddau fodfedd. Baglodd y ddau dros ei gilydd wrth frysio at y grisiau.

"Magness, Moody." Trodd i chwilio'r llong amdanynt, a'u gweld yn rhuthro ato ar unwaith fel plant bach da, gyda'u dwylo tu ôl i'w cefnau. Ysgydwodd ei ben yn drist, yn dal i gael trafferth anadlu'n iawn. Trodd ei olygon yn ôl at y truan ar y llawr, a phwyntio ei law agored ato. "Ceisiwch achub y dyn druan, wnewch chi?" gofynnodd yn ddigalon.

Aeth y ddau at y dyn gwaedlyd ar unwaith, gan ddechrau trwy ei droi ar ei gefn. Clywyd ef yn griddfan mewn poen, ac allai Capten Dafydd ddim edrych ar yr olygfa eiliad yn rhagor. Trodd ar ei sawdl yn syth, a'r griddfan yn atsain yn ei glustiau. Brasgamodd i'w gaban, gan lithro i lawr y grisiau, a'i ben yn isel, isel.

Roedd Anstis a Kennedy yn aros amdano, yn sefyll fel milwyr euog, a'u llygaid tua'r llawr. Caeodd y capten y drws yn glep ar ei ôl, a chamodd ymlaen yn araf gan frwsio'i fysedd trwy'i wallt. Gwasgodd gledrau ei ddwylo ar ei lygaid am eiliadau hirion, cyn rhwbio'i lygaid yn sych, a sychu'i ddwylo ar ei wasgod. Aeth at y bwrdd, a thollti diod arall iddo'i hun, cyn penderfynu eistedd ac wynebu'r ddau ddyn annuwiol o'i flaen.

"Wel?" holodd. "Beth sydd gyda chi i'w ddweud drosoch eich hunain?"

Eisteddodd yn ôl, gan gymryd llymaid bychan o'r ddiod, a chroesi ei freichiau ar ei fol. Gwyrodd ei ben i edrych ar y môr-ladron o'i flaen, a theimlo atgasedd tuag atynt am y tro cyntaf erioed.

Clywodd Capten Dafydd gan Kennedy sut yr oedd Anstis wedi trin y mêt, tra safai Anstis ar ei bwys a'i ben wedi'i ostwng tua'r llawr drwy'r amser. Wnaeth Anstis ddim torri ar draws y Gwyddel unwaith, gan ei fod yn amlwg yn siarad y gwir bob gair.

Roedd Anstis wedi arteithio'r mêt y tu hwnt i ddychymyg. Roedd wedi ei grafu â chyllell er mwyn tynnu gwaed ac yna ei guro'n ddi-ben-draw. Wedyn, roedd Anstis wedi ei hongian o'r iardam a'i drochi o'r dec dro ar ôl tro. Pe na bai hynny'n ddigon, roedd e wedi tynnu un lygad o'i le trwy ddefnyddio tennyn. Roedd y cwbl wedi digwydd o fewn munudau yn unig!

"Chafodd y mêt druan ddim cyfle i gynnig ateb!" gwaeddodd Capten Dafydd ar Anstis, gan syllu ar y gwallgofddyn o'i flaen, er i hwnnw gadw'i lygaid tua'r llawr. "Dim ond ystyried ffeirio'r *Buck* am y *Loyal Merchant* o'n i! Sut allet ti sefyll yn ôl a gadael i'r ynfytyn yma ymddwyn mor anifeilaidd, Kennedy?" holodd mewn anghrediniaeth.

Aros yn ddistaw wnaeth Kennedy, fel Anstis, yn gwybod yn iawn fod bai ar y ddau ohonyn nhw, ac yn gwybod mai doeth fyddai aros i Gapten Dafydd dawelu cyn dweud mwy.

"Dim ond angen gwybod a oedd hi'n gryfach na'r *Buck* ro'n i!" aeth Capten Dafydd ymlaen â'i ffraeo. "Ro'n i'n gallu gweld ei bod hi'n fwy o faint na hon... Ond ro'n i angen gwybod sut un oedd hi am hwylio cyn ei chymryd hi!"

Parhaodd y Capten i ysgwyd ei ben a rhestru'r rhesymau pam ei fod wedi gofyn i fêt y *Loyal Merchant* ddod i'r *Buck*, a pham fod Anstis a Kennedy wedi ymateb dros ben llestri i fudandod y dyn.

"Wnes i ddim rhoi'r hawl i chi anffurfio'r dyn druan!"

Cododd ei lais eto. "Beth yffarn oeddech chi'n meddwl oeddech chi'n neud, y ffyliaid?"

Ar ôl i'r cwestiynu ddod i ben, roedd Anstis wedi cynnig rhyw fath o eglurhad, sef eu bod wedi cael ateb gan y mêt yn y diwedd. Doedd hyn, wrth gwrs, ddim yn rheswm digonol i'r capten, ac ar ôl gweiddi ymhellach arnynt, roedd wedi'u hanfon o'i olwg, a'u cynffonnau rhwng eu coesau.

Yn ddiweddarach, daeth cnocio ar ddrws caban y capten.

"Ie?" daeth ymateb Capten Dafydd i'r gnoc. "Pwy sy 'na?"

"Magness," clywodd lais yn ateb, "a Moody."

"Dewch mewn. Plis... dewch â newyddion da i mi."

Sylwodd Magness a Moody fod wyneb eu capten yn goch ac yn sgleiniog.

"Mae'n fyw, syr," daeth ateb cyflym Moody.

"O!" ochneidiodd Capten Dafydd. "Diolch byth am hynny."

"Dyw e ddim mewn cyflwr da o gwbl, syr. Ond ry'n ni'n meddwl, gyda gofal, y bydd e'n dod trwyddi gydag amser," ychwanegodd Magness.

"Diolch byth am hynny," meddai Capten Dafydd eto. "Wir i chi, wn i ddim fyddwn i wedi gallu byw yn fy nghroen pe bai wedi colli'i fywyd oherwydd twpdra rhai o fy nynion i!"

"Ry'n ni wedi'i olchi e, ac mae'r meddyg wedi bod yn

ei drin e. Mae e'n cysgu nawr, syr," meddai Moody. "Ond, fel y dywedodd Magness, bydd angen llawer o ofal arno os yw e am gryfhau."

"Dwi'n deall, Moody," meddai Capten Dafydd, cyn troi at Magness. "Diolch i chi'ch dau am eich parodrwydd a'ch gofal hyd yn hyn. Mi sortiwn ni rywbeth nawr…" ac aeth gweddill y frawddeg i rywle heb i Magness na Moody glywed ei diwedd, wrth i Gapten Dafydd droi yn ei unfan a chau ei lygaid.

Daeth gwellhad i gyn-fêt y *Loyal Merchant* gydag amser a derbyniodd fod yn rhaid iddo fod yn aelod o'r llong fôr-ladron o hynny allan. Y noson honno, roedd Capten Dafydd wedi galw ar Anstis i ddod i'w gaban unwaith eto. Yno, heb allu edrych i fyw llygaid ei gapten o hyd, derbyniodd Anstis, yn ddigwestiwn, y swydd o ofalu am y mêt roedd e wedi'i anafu mor ddrwg.

"Dim llai na gofal mam dros ei mab dwi'n ei ddisgwyl, cofia," roedd Capten Dafydd wedi mynnu. "Nes bydd y claf yn ddyn cryf unwaith eto."

Ac wrth ofalu amdano, daeth Anstis i ddeall mor hurt a chreulon roedd wedi trin y dyn, ac yntau ddim ond wedi bod yn araf yn rhoi ateb. Roedd Kennedy hefyd wedi difaru'i enaid am beidio â cheisio rhoi stop ar yr Anstis gwyllt y gwyliodd e'r prynhawn hwnnw. Ac roedd y ddau wedi cwestiynu eu hunain, gan geisio dod i delerau â'r hyn roedden nhw wedi'i wneud.

Rhaid oedd i Gapten Dafydd ofyn i Topping a Dennis

fynd i egluro wrth ddynion y *Loyal Merchant* fod eu mêt wedi'i daro'n wael ar y *Buck*. Cawson nhw drafferth perswadio'r criw ar y llong fasnach fod y mêt yn iawn i aros ar y *Buck*, a'i bod yn syniad da iddyn nhw hwylio ymaith cyn i'w capten benderfynu ei fod am ysbeilio'u llong. Celwydd oedd hyn, wrth gwrs. Doedd gan Hywel Dafydd ddim diddordeb yn eu hysbail erbyn hyn. Teimlai fod y llong fasnach yn dioddef digon trwy golli ei mêt. Cyn iddi nosi felly, roedd y *Loyal Merchant* wedi hwylio tua'r gorwel, a Hywel Dafydd heb glywed o hyd sut long oedd hi na pha rinweddau oedd iddi.

Dros y dyddiau nesaf, roedd yn rhaid i Gapten Dafydd a'i griw roi digwyddiadau'r prynhawn hwnnw y tu cefn iddyn nhw. Rhaid oedd iddyn nhw adael i'r atgof fynd, a meddwl yn gadarnhaol am y dyfodol, neu fydden nhw ddim yn ddigon cryf fel môr-ladron i gynnal eu hunain.

Yn yr wythnosau nesaf felly, ymosododd Capten Dafydd a'r *Buck* ar nifer o longau eraill o amgylch ynys Maio. Fesul un, ymosodwyd arnyn nhw a'u hysbeilio, a fesul un roedd tymer y môr-ladron yn gwella ac yn gwella. Yn anffodus, collodd un môr-leidr ei fywyd yn ystod un ysgarmes – roedd mewn oedran mawr, a'i gymalau heb fod yn symud mor gyflym ag y dymunai ers peth amser. I anrhydeddu ei fywyd, ymosodwyd ar y llong nesaf gyda mwy o awch penderfynol nag arfer, a diolchodd Hywel Dafydd mai dim ond un bywyd a gollwyd yn ystod yr wythnosau hirion o ymosodiadau.

Yn ffodus i'r môr-ladron, ymunodd sawl un o ddynion y llongau eraill â nhw. Wedi'r cwbl, roedd eu llongau wedi'u rheibio, a'u dyfodol yn ansicr. Cawson nhw eu hargyhoeddi bod bywyd môr-leidr yn un llawer mwy cyfoethog a brafiach na'u bywydau blaenorol, felly ildiodd nifer i'r bywyd hwnnw heb orfodaeth gan y môr-ladron na'u capten. Roedd gan Capten Dafydd ddeg aelod a thrigain i'w griw bellach. Cymerodd y *Buck* saith o longau Iseldiraidd a Seisnig, gan ddwyn llwch aur ac ifori ynghyd â bwydydd a diodydd. Fe benderfynodd Capten Dafydd gymryd un llong fwy, ac arni chwe gwn ar hugain, fel ei brif long o hyn allan. O Lerpwl y daeth hi, ac fe alwodd hi yn *Royal James* gan benderfynu cadw'r *Buck* fel cymar-long, neu ail long. Dewisodd yr enw hwn gan mai dyma oedd enw llong Capten England, sef y capten oedd wedi newid cwrs ei fywyd a pheri iddo droi'n fôr-leidr. Roedd y capten wrth ei fodd â'i long newydd, ac edrychai'r dyfodol yn fwy disglair. Roedd ei long newydd yn gallu symud ynghynt, ac yn gallu newid cwrs i ddelio gyda'r gwynt yn fwy effeithlon. Roedd hyn hefyd yn golygu y byddai'n gallu delio'n well pe bai unrhyw un yn meiddio ymosod arnyn nhw, gan ddianc yn gyflym yn wyneb perygl!

15
~~CROESO~~ ANGHYNNES

Mawrth 1719

Cyn i lwc y môr-ladron droi, penderfynodd Capten Dafydd hwylio i'r gorllewin am ynys fwy nag ynys Maio, sef ynys Santiagu. Er nad oedd hi'n daith hir, fe gymerodd hi lawer mwy o amser i gyrraedd yno na'r disgwyl. Y rheswm cyntaf am hynny oedd iddyn nhw gael eu synnu gan donnau garw a gwyntoedd cryfion. Yr ail reswm oedd bod y llong yn anghyfarwydd i'r criw – fe gymerodd hi ychydig o amser iddynt ddod i adnabod cymeriad y *Royal James*. Hefyd, fe gymerodd hi amser i ddod i arfer â'u hamogs newydd, a chafodd y capten gaban mwy o faint, er bod y gwely ychydig yn llai.

Roedd rhywbeth arall yn wahanol i'r arfer hefyd, sef bod dwy long, a llawer mwy o ddynion, ym meddiant Capten Dafydd. Doedd hyn ddim yn eu harafu, ond roedd e'n sicr yn rhoi ymdeimlad gwahanol i'r fordaith. Doedden nhw ddim wedi arfer â chael llong arall yn eu cysgodi drwy'r amser, a doedden nhw ddim yn gyfarwydd â chydweithio rhwng dwy long, a chydfwynhau pan oedd cyfle i wneud hynny.

Am y tro, roedd Capten Dafydd wedi dewis Dennis Topping fel yr un i arwain y *Buck* y tu ôl iddyn nhw. Roedd wedi ystyried rhoi'r gwaith i Kennedy, ond roedd e'n ddyn rhy dda i beidio â'i gadw'n agos ato ar yr un llong ag ef ei hun. Doedd dim angen iddo ystyried Anstis yn hir iawn – doedd e ddim yn ymddiried yn hwnnw i beidio â dianc, gan ddwyn y *Buck* a'r criw!

Ond roedd Capten Dafydd yn gallu ymddiried yn Topping i beidio â gwneud unrhyw beth ffôl, felly'r gwyliwr gofalus hwn gafodd y gwaith o arwain dynion y *Buck* i ddilyn y *Royal James* mewn ffordd effeithiol ac effeithlon.

"Y'ch chi'n meddwl mai arwyddion o gorwynt yw'r gwyntoedd 'ma, Capten Dafydd?" holodd Anstis wrth i'r tywydd garw dawelu am ychydig.

"Nage, siŵr!" atebodd Hywel Dafydd ar unwaith. "Byddai llawer mwy o storom na hyn pe bydde hwn yn arwain at gorwynt yr ochr arall i'r Iwerydd, Anstis bach!"

"Ond dyna sy'n digwydd, yntê? Dwi wedi clywed amdanyn nhw, syr," eglurodd Anstis. "Mae corwyntoedd teip Cabo Verde yn enwog, on'd ydyn nhw?"

"Ydyn, ydyn, ti'n iawn fan'na. Maen nhw'n dechrau'r ochr yma, yn dilyn y tymor gwlyb… A chan nad ydyn nhw'n taro tir neu ddŵr oer yn fuan iawn, maen nhw'n cryfhau ac yn cryfhau ac yna'n taro tiroedd ar ochr orllewinol y cefnfor, a…"

"Dwi wedi clywed am y dinistr mawr maen nhw'n gallu'i achosi," torrodd Anstis ar draws eglurhad ei gapten, yn sicr fod ei gwestiwn yn un synhwyrol. "Trwy daro tiroedd y Caribî a Chanolbarth America, ac ambell un yng Ngogledd America a hyd yn oed De America."

"Ie, ydyn, maen nhw'n gallu bod yn ffyrnig iawn. Ond sdim angen i ni boeni am hynny, dyw hi ddim yr amser iawn o'r flwyddyn… o bell ffordd," eglurodd Capten

Dafydd. "A ta beth, dechrau fan hyn maen nhw. Dyw hi ddim yn beryglus bod yr ochr hyn i'r Iwerydd pan fyddan nhw'n dechrau. A pheth arall…"

Cyn i'r capten allu mynd ymlaen â'i araith, daeth llais o'r tu ôl iddyn nhw.

"Bwyd!" galwodd Henry Dennis, un o'r gynwyr.

"Well i ni fynd i lawr i fwyta, Anstis," meddai Capten Dafydd gan droi ar ei sawdl. "Gallwn ni barhau â'n sgwrs dros gawl a bara!"

Tawelu ymhellach wnaeth y tywydd garw, a rhaid oedd i Anstis dderbyn bod ei gapten yn gwybod tipyn mwy nag ef ei hun am gorwyntoedd a thymhorau'r flwyddyn. Teimlai Anstis fel pe bai'i gapten wedi'i drin fel bachgen bach twp o flaen y morwyr eraill wrth iddo esbonio beth oedd beth, er i Hywel Dafydd geisio'i orau i beidio cythruddo'r Sais, gan wneud ymdrech i siarad ag ef fel oedolyn doeth. Serch hynny, doedd Anstis ddim yn hapus o gwbl ei fod yn gorfod cyfaddef bod y Cymro'n fwy deallus nag ef. Ond dyna sut roedd hi, ac wfft iddo, meddyliodd Capten Dafydd!

"Rydyn ni'n brin o ddŵr, Capten Dafydd." Daeth Kennedy o rywle yn nes ymlaen wrth i Hywel Dafydd synfyfyrio am Gymru unwaith eto. Trodd i edrych ar y Gwyddel, un o'r dynion gorau ar y llong yn nhyb y capten.

"Ydyn ni wir, Kennedy? Ti'n gwybod…" oedodd Hywel Dafydd am eiliad cyn llamu ymlaen â'i frawddeg, "fe hoffwn i hwylio'n ôl i Gymru un diwrnod. Na, nid un diwrnod. Fe hoffwn i hwylio'n ôl i Gymru yn fuan, Kennedy, yn fuan."

"Yyy, reit, syr. Yn y cyfamser, syr, ry'n ni'n wirioneddol isel ar ddŵr," ymatebodd Walter Kennedy, heb lawer o ddiddordeb ym myfyrdodau'i gapten.

"Ha!" Rhoddodd Capten Dafydd chwarddiad bychan gan daro cledr ei law ar ysgwydd ei gyfaill. Roedd y boi Kennedy yma'n ddyn da, meddyliodd. Roedd e'n ddyn call. Roedd e'n realistig – byth yn meddwl gormod am y dyfodol, a bob tro'n meddwl am ei bryd bwyd nesaf, neu'r modd roedden nhw am oroesi o un diwrnod i'r llall.

"Reit-o, Kennedy, mi fyddwn yn Santiagu ymhen dim. Mi wnawn ni lenwi'n stôr yno. Nawr, aros eiliad... Sut y'n ni am wneud hyn?" crafodd Capten Dafydd ochr ei ben wrth bendroni.

"Ry'n ni wedi esgus bod yn herwlongwyr o'r blaen," aeth y capten ymlaen yn fyfyriol. "Dwi'n meddwl y bydd angen tacteg wahanol arnon ni'r tro 'ma. Hyd yn oed os mai dim ond er mwyn gwneud pethau'n fwy diddorol i ni ein hunain! Ha!"

Ciledrychodd Kennedy arno trwy lygaid main, gan weddïo nad oedd ei gapten medrus yn mynd i fod yn rhy ddyfeisgar ac yn rhy uchelgeisiol gyda'i gynllwyn celfydd nesaf.

"Hmm... Bydd rhaid i ni esgus mai masnachwyr ydyn ni, mae arna i ofn, Kennedy," eglurodd y capten, "neu fydd y Portiwgeaid ddim yn fodlon ein cynorthwyo ni."

Tynnodd Capten Dafydd ei het lydan, a chribo'i fysedd creithiog trwy'i wallt tywyll, seimllyd. Sylwodd fod angen trim arno, a phenderfynodd y byddai'n bedyddio'r ynys nesaf â'i flewiach hirion!

"Mae angen egwyl fach o'r bywyd gwyllt 'ma arnon ni, beth bynnag. Mi wnaiff les i ni ymddwyn fel pobol gyffredin, ddiflas! Dim ond am sbel fach, i ni gael adennill ein hegni ac yn y blaen... Ie, dyna ni. Dwed wrth y lleill beth yw'r cynllun, wnei di?"

"O'r gorau, Capten," daeth ateb cyflym Kennedy, ac i ffwrdd ag ef yn frysiog, fel plentyn ufudd ar ôl cael ffrae gan brifathro. Roedd pethau'n edrych yn addawol, meddyliodd Kennedy. Roedd yn well cadw at driciau syml fel hyn!

Hwyliodd y *Royal James*, a'r *Buck* i'w chanlyn, i harbwr agored Porto de Praya ar ynys Santiagu yn ddiffwdan ac yn ddigynnwrf. Roedd digon o le wrth bontŵn yno, felly clymwyd y llongau yn ddestlus, a'r faner ddu ymhell o olwg pawb!

"Magness a Moody, dewch gyda fi," galwodd Capten Dafydd ar ei ddau hoff weithiwr caled. Roedden nhw fel gefeilliaid cyswllt, meddyliodd y capten, yn falch ohonynt – bob tro gyda'i gilydd a phob amser yn barod i gydweithio'n hoff-gytûn. Roedden nhw'n haeddu hoe o'r gwaith caled ar fwrdd y llong, ac roedden nhw'n haeddu cael tipyn bach o faldod gan eu capten hoffus. Magness a Moody oedd y ddau mwyaf dibynadwy o'r holl griw, penderfynodd Hywel Dafydd.

"Ry'n ni'n tri yn mynd i chwilio am y lle gorau i gael

dŵr ffres, glân." Anelodd y capten ei eiriau at Anstis, a oedd yn amlwg yn ddig nad oedd e'n cael cynnig crwydro ar yr ynys gyda'i gapten. "Sicrhewch fod y ddwy long fel pin mewn papur erbyn y byddwn ni'n ôl."

Rhoddodd Anstis nòd cadarn, cyn troi at y criw er mwyn dechrau rhoi gorchmynion. Dechreuodd Capten Dafydd a'r ddau ffrind agos gerdded tua'r gogledd, heibio'r traeth a'i dywod tywyll, ac ar hyd llwybr a nant oedd yn arwain rhwng coedwig ar un ochr a muriau caer La Praya ar yr ochr arall. Edrychai'r ynys yn fynyddig iawn o'r fan honno, a diolchodd y tri eu bod wedi dod i'r lan mewn ardal weddol wastad – doedd ganddyn nhw ddim egni i ddringo! Roedd yr aer yn sych, ac roedd hi'n angenrheidiol dod o hyd i ddŵr cyn gynted â phosib gan fod eu tafodau'n sych grimp! Ymhen ugain munud yn unig o grwydro'r ynys â'r haul yn danbaid ar eu cefnau, sylwodd y capten ar dri chymeriad yn dod tuag atynt. Roedd y dyn yn y canol o gryn oedran, a'i wisg yn dangos ei fod yn berson pwysig a chyfoethog. Wrth nesáu, sylwodd y tri mai trindod debyg iddyn nhw'u hunain oedd yn dod i'w cyfarfod – dyn a oedd yn amlwg yn uchel ei barch yn y canol, a dau was mwy blêr yr olwg bob ochr iddo.

"Dydd da, gyfeillion," mentrodd Capten Dafydd eu cyfarch a daeth y chwe dyn i stop gan wynebu'i gilydd yn ansicr.

"Dydd da, gyfaill," atebodd y dyn pwysig yr olwg, gan anelu'i ateb at Gapten Dafydd yn unig, heb gymryd unrhyw sylw o Magness a Moody hyd yn oed! Yn amlwg, doedden nhw ddim yn ddigon pwysig iddo'u cydnabod!

"Fi yw Llywodraethwr yr ynys brydferth hon. Gaf i ofyn pwy ydych chi, a beth yw eich busnes yma?"

"Braf iawn eich cyfarfod chi, Lywodraethwr," ymatebodd Capten Dafydd, gan estyn ei law ato. "Capten Dafydd ydw i. Ry'n ni'n hwylio o Loegr i'r Affrig ar fusnes masnachu, ac yn brin o ddŵr ffres. Efallai y gallwch chi ein cyfeirio at y man gorau, syr?" aeth Capten Dafydd ymlaen, a'i lais yn hyderus, er ei fod wedi gorfod tynnu ei law yn ôl i'w boced gan i'r Llywodraethwr anwybyddu ei ymgais i ysgwyd llaw.

"Mae dŵr i'w gael os ewch chi ymlaen ryw ganllath a dilyn y llwybr ar waelod y bryn," atebodd y Llywodraethwr yn swta. "Wedi hynny, dwi am i chi adael fy ynys i ar unwaith."

"O!" Synnai Capten Dafydd at agwedd eofn y Llywodraethwr. "Wel, ym... diolch am ein cyfeirio at y dŵr, syr. Ym, mi oedden ni wedi meddwl aros noson neu ddwy, Lywodraethwr, er mwyn i ni adennill ein hegni ar ôl y fordaith hir a..."

"Fel y dwedais i, dwi'n dymuno... nac ydw, dwi'n *gorchymyn* i chi adael yn syth wedi i chi ail-lenwi â dŵr." Llygadodd y Llywodraethwr y capten, cyn troi ei olygon at Magness a Moody gan edrych yn sur arnynt. "Dwi ddim yn credu eich stori chi am eiliad, Capten Dafydd. A bod yn hollol blaen, dwi'n meddwl mai môr-ladron ydych chi, a dwi ddim yn dymuno eich cael chi ar fy ynys i eiliad yn hirach nag sydd ei angen arnoch chi."

Synnai Capten Dafydd at eiriau'r dyn hunanbwysig o'i flaen.

"Dwi'n hael yn rhoi caniatâd i chi gasglu dŵr ffres

i'ch dynion er mwyn i chi barhau â'ch taith," aeth y Llywodraethwr ymlaen. "Yn fwy na hynny, does gen i ddim diddordeb eich croesawu chi na'ch cefnogi chi. Ydy hynny'n glir?"

"Wel! Syr... Lywodraethwr... ry'n ni'n ddiolchgar iawn i chi am eich haelioni ynghylch y dŵr. Ond, wir i chi... gyda llaw ar fy nghalon," atebodd Capten Dafydd gyda gwên ymbilgar, a'i law ar ei galon, "nid môr-ladron ydyn ni! Am syniad hurt, os ca i ddweud, syr? Ry'n ni'n ddynion gonest, yn weithwyr caled, ac ry'n ni'n ceisio hybu cydweithio rhwng cenhedloedd ar draws y byd."

Daliodd y Llywodraethwr lygaid Capten Dafydd am rai eiliadau hirion. Yna, rhoddodd nòd cadarn, cyn camu i'r ochr, a cherdded ymlaen heibio i Gapten Dafydd, Magness, a Moody, a'i ben yn uchel. Dilynodd ei gyfeillion ef, gan gymryd camau breision er mwyn dal i fyny a chydgerdded â'u harweinydd. Gwyliodd Capten Dafydd, Magness a Moody y drindod yn mynd i lawr yr heol a'u hwynebau'n syn – ni allen nhw gredu'r hyn oedd newydd ddigwydd!

16

DRYSWCH A METHIANT

"Rhag eu cywilydd nhw!" bloeddiodd Anstis.

"Ie!" cytunodd Kennedy. "Pwy maen nhw'n meddwl ydyn nhw? A ninnau heb beri trafferth o fath yn y byd!"

"Dim ond hoe fach ry'n ni'n gofyn amdano," ychwanegodd Topping, a oedd wedi dod i fwrdd y *Royal James* i glywed beth oedd gan eu capten i'w ddweud. "Dŵr ffres ac egwyl fach o'r dyfroedd. Ond dy'n nhw ddim yn fodlon i ni oedi'n hirach nag sydd raid! Mae bach yn sbeitlyd on'd yw e? Pam maen nhw mor anghyfeillgar, dwedwch?"

Roedd Capten Dafydd newydd egluro wrth ei griw am ei gyfarfyddiad gyda'r Llywodraethwr. Roedd pob un o wynebau'r dynion yn syfrdan, ac yn cyflym droi'n gandryll. Cododd Capten Dafydd ei fraich er mwyn gofyn am ddistawrwydd a gwrandawiad wrth i bob un ddechrau rhegi a chyfarth cwynion am y Portiwgeaid digywilydd.

"Nawr, nawr, ddynion!" Aeth Capten Dafydd ymlaen gyda'i stori. "Dwi wedi bod yn meddwl am y ffordd orau o ymateb i hyn tra oeddech chi'n gweithio'n ddiwyd i storio'r dŵr ac i gyweirio'r llong. Dwi'n meddwl, gan mai môr-ladron y'n ni wedi'r cwbl... ac ry'ch chi i gyd yn gwybod mai môr-ladron yw pobol glyfraf y byd...!"

Wrth glywed hyn meddalodd wynebau'r dynion, a galwodd ambell un "Clywch, clywch!"

Gwenodd Capten Dafydd arnynt, wrth ei fodd â'i ddynion a'u hawch am ddial!

"Gwrandewch ar fy nghynllwyn cyfrwys, nawr, ddynion. Ni wedi'n llenwi â dŵr, felly yn nhyb y Llywodraethwr mae'n bryd i ni godi pac. Wel, mi *wnawn* ni adael yr harbwr 'ma ddiwedd y prynhawn, yn ôl dymuniad yr hyfryd, garedig Lywodraethwr! Ond..." yma, cymerodd y capten egwyl o'i frawddeg er mwyn gwerthfawrogi'r awch ar wynebau'i griw, "... mi ddown ni'n ein holau!"

"Ieee!" Daeth bloedd o enau sawl un o'r dynion, a dechreuodd y siffrwd cyffrous eto.

"Yna..." oedodd Capten Dafydd unwaith eto, nes i bob un fod yn gwrando'n astud, "... yna, mi ddown ni'n ein holau yn hwyrach ymlaen heno, ar y *Royal James* yn unig. Ac mi ymosodwn ni arnyn nhw! Y llwfrgwn!"

"Ie!" Daeth bloeddio eto o enau'r dynion, ac ambell un yn rhoi ei ddwrn yn yr awyr neu'n curo dwylo'n frwd.

Teimlai Kennedy fel rhoi'i ben yn ei ddwylo. Roedd y cynllwyn o dwyll syml, taclus wedi mynd i'r gwynt. Yn ei le, daeth cynllwyn a allai brofi'n gymhleth ac yn flêr os na fydden nhw'n ofalus. Ond doedd fiw iddo ddangos ei betruster yng ngolwg ei gapten na'r criw – mi fyddai hynny'n amharchus. Gair y capten oedd y gair olaf bob tro, cofiodd.

"Mi rown ni syrpréis iddyn nhw, bois! Mi wnawn ni eu deffro nhw a'u hysgwyd nhw nes gwneud iddyn nhw feddwl bod yr ynys folcanig ar fin ffrwydro unwaith eto! Hahaaa!" Cododd y capten ei lais gan rwbio'i ddwy law yn erbyn ei gilydd fel pe bai'n ceisio cynhesu.

Yna trodd ar ei sawdl am ei gaban, gan daro cledrau

ei ddwy law ar ysgwyddau Anstis a Kennedy. Gwydden nhw'n syth beth oedd ystyr hynny, ac fe ddechreuon nhw alw gorchmynion ar y dynion er mwyn paratoi i symud y llongau o geg yr harbwr tawel ac i'r môr mawr, llonydd.

"Dilynwch fi, ddynion!" galwodd Capten Dafydd yn ddistaw wrth gerdded yn ofalus o dawel o'r lan ar hyd y llwybr i gyfeiriad y gaer. Roedd hi bellach wedi pasio hanner nos, y *Buck* ymhell o'r golwg, y *Royal James* wedi llithro'n dawel yn ôl i'r harbwr, a dim siw na miw i'w glywed ar yr ynys ddigyffro.

Dilynodd y criw arfog eu capten wrth iddo lithro o lwybr i lwybr, gan arwain y ffordd i gyfeiriad tŷ'r Llywodraethwr. Wrth sleifio'n llyfn fel nadroedd cyfrwys trwy un o glwydi'r gaer, daliodd y capten lygad y prif warchodwr o'r diwedd.

"Mae e wedi bod yn hanner cysgu," hanner chwarddodd y capten yn ddistaw. "Drychwch pa mor bell ry'n ni wedi cyrraedd heb iddo'n gweld na'n clywed ni. Ha!"

Gyda hynny, clywyd twrw mawr wrth i'r gwarchodwr esgeulus roi rhybudd croch fod ymwelwyr annisgwyl yn y gaer. Wrth glywed y sŵn byddarol, a'r cyffro hollbresennol, gwelodd y môr-ladron ambell ddyn yn rhedeg nerth eu traed am dŷ'r Llywodraethwr.

"Ar eu holau nhw, ddynion!" galwodd Capten Dafydd. "Ymosodwch! A gwnewch iddyn nhw deimlo fel plant bach ofnus unwaith eto! Haha!"

Wrth ddilyn y gwarchodwyr i gyfeiriad porth y tŷ, sylwodd y môr-ladron pa mor gyflym oedd y dynion o'u blaenau. Maen nhw'n cael mwy o gyfleodd i redeg na ni, 'sbo, meddyliodd Kennedy. Sdim llawer o le ar long i ymarfer rhedeg yn bell ac yn gyflym!

Yn y man, cyrhaeddon nhw'r porth. Ond roedd yr holl warchodwyr wedi mynd trwyddo'n frysiog, ac wedi baricedio'r porth yn gryf o'r tu mewn.

"I lawr ag e!" galwodd Capten Dafydd o'r tu ôl iddynt, gan ddal i fyny â'i ddynion ymhen eiliadau. "Pledwch y cythraul peth! I lawr â'r porth i ni gael dinistrio ac ysbeilio a dychryn y Portiwgeaid haerllug!"

Gwyliodd y capten wrth i'w ddynion ymosod yn gynddeiriog ar y drws trwm. Ysgydwodd ei ben. Doedd dim yn tycio. Doedd y porth ddim yn symud 'run filimetr. Doedd e ddim hyd yn oed yn ysgwyd dan rym eu dyrnu a'u hyrddio.

Gwylltiodd y capten wrth weld hyn. Doedd e ddim am adael i'r Llywodraethwr a'i ddynion gwirion gael llonydd heno, dim ffiars o beryg! Gwelodd fod ei ddynion yn dechrau colli eu nerth. Trodd ar ei sawdl gan edrych yn ôl i gyfeiriad y lan. Wrth ystyried y sefyllfa fregus, sylweddolodd yn sydyn nad oedd eisiau i'w ddynion fod yn rhy flinedig i allu cyrraedd yn ôl yn ddiogel i'r llong, felly gorchmynnodd iddyn nhw ildio i'r porth.

"Rhowch y gorau i dreisio'r drws, bois. Dyw e ddim am gael ei drechu, yn amlwg," meddai'r capten. Edrychodd o un dyn i'r llall wedyn, yn crafu pen am beth i'w wneud nesaf. Yna trodd yn flin at Anstis.

"Wyt ti'n cario grenâd, ddyn?"

"Wrth gwrs!" atebodd Anstis ar unwaith, a gwên fileinig yn llenwi ei wyneb creithiog.

"Kennedy, rho gymorth i Anstis gyda'r grenâd 'na." Pwyntiodd Capten Dafydd at y Gwyddel. "Y gweddill, dewch! Mi awn ni i wagio'u gynnau nhw yn gyntaf. Wedyn fe ddygwn ni beth allwn ni, a gobeithio y byddwn ni'n gadael yn gyfoeth i gyd!"

Mewn chwinciad chwannen, roedd y capten a chriw o fôr-ladron siomedig yn loncian yn ôl i gyfeiriad y lan – roedden nhw wedi gobeithio cael ymosod ar y Portiwgeaid a thynnu gwaed, nid ildio i ddrws cadarn, diflas. Wrth adael yr olygfa yn y gaer, clywon nhw atsain stŵr y ffrwydron cyntaf wrth i Anstis a Kennedy lwyddo i'w taflu i dŷ'r Llywodraethwr. Daeth gwên i'w hwynebau wrth iddyn nhw ddychmygu'r dinistr. Eiliadau'n ddiweddarach, wrth ddiarfogi gynnau'r gaer, clywon nhw atsain stŵr yr ail set o ffrwydron yn ysgwyd y tir dan eu traed.

"Ha!" meddai Capten Dafydd. "Dyna ddysgu bach o wers iddyn nhw, y diawled!"

Ymhen deng munud, roedd Anstis a Kennedy yn ôl gyda nhw ar y lan, ac yn eu cynorthwyo i gludo unrhyw nwyddau o werth y gallen nhw ddod o hyd iddynt i fwrdd y *Royal James*.

"Mi lwyddodd y cregyn grenâd, Capten Dafydd," adroddodd Kennedy wrth basio basgedaid o fwydydd i Anstis.

"Do," ychwanegodd Anstis yn awchus a chyda gwên fuddugoliaethus. "Fe wnaeth y grenâd waith da, syr."

"Dwi'n falch o glywed hynny," atebodd Capten Dafydd yn dawel wrth wylio'r nwyddau oedd yn cyrraedd bwrdd y *Royal James*. "Er, dy'n ni ddim wedi llwyddo i ennill llawer o ysbail o werth."

"Ta waeth am hynny," meddai Anstis, "mi wnaethon ni ddinistrio'r holl ddodrefn yn nhŷ'r Llywodraethwr eofn 'na. Hefyd, dwi'n siŵr ein bod ni wedi anafu rhai o'r dynion gwirion... os nad eu lladd nhw, haha!"

"Hm," atebodd Capten Dafydd gan gamu'n ôl. Roedd e'n ansicr a oedd e wedi bod eisiau i unrhyw un gael ei anafu – dim ond eisiau dangos i'r Llywodraethwr digywilydd pwy oedd â'r llaw uchaf oedd e. Ond, ta waeth am hynny, roedd yr hyn oedd wedi digwydd wedi digwydd, a doedd dim pwrpas digalonni am y gorffennol.

Wedi llwytho a pharatoi'r llong yn barod i adael cyn codi cŵn Caer, aeth pob un i'w hamog neu i'w wely tua dau o'r gloch y bore. Roedd y dymer ymysg y criw yn isel a Chapten Dafydd yn wyllt gacwn am yr aflwyddiant, ond cadwodd hynny iddo'i hun. Doedden nhw ddim llawer gwell eu byd er pan gyrhaeddon nhw, a theimlai pob un yn ddryslyd neu'n benisel, heb fod yn siŵr a oedd eu hail ymweliad â'r ynys wedi bod yn llwyddiannus ai peidio.

Heblaw am ddŵr ac ychydig o nwyddau defnyddiol, doedd yr ymweliad ag ynys Santiagu ddim wedi bod yn un llewyrchus.

"Capten! Capten!"

Deffrodd y capten i sŵn llais Dennis yn galw wrth ddrws ei gaban, ei ddwrn yn cnocio'n ffyrnig ar y pren.

"Beth? Beth sy?" holodd Capten Dafydd gan neidio ar ei eistedd a cheisio gwisgo amdano'n frysiog.

"Mae'r stori ar led am ein hymosodiad neithiwr, syr," adroddodd Dennis, a'i ên yn pwyso ar ochr drws y caban. Agorodd Capten Dafydd y drws yn gyflym, a bu bron i Dennis ddisgyn ar ei hyd wrth draed ei gapten.

"Oes angen i ni boeni, Dennis?" holodd y capten.

"Oes, mae gen i reswm i gredu hynny, syr. Mi glywais ar y lan ryw funud yn ôl fod *holl* drigolion yr ynys ar eu ffordd yma i ymosod arnon ni."

"Pa! Beth? Y merched a'r plant hefyd, Dennis?" chwarddodd Capten Dafydd. "Go brin."

Camodd ymlaen drwy'r ffrâm i oleuni cynnes y bore, gan orffwys ei law ar ysgwydd Henry Dennis.

"Ond, dwi'n deall dy bryder, Dennis. Diolch i ti am fy neffro. Mi ddylen ni fod wedi gadael yn gynharach, fel roeddwn i'n ei fwriadu, yn hytrach na gadael i ddigwyddiadau neithiwr fy mlino nes cysgu'n hwyr fel hyn." Rhwbiodd Capten Dafydd ei lygaid â bysedd un llaw, a'i ên bigog â blaen bysedd ei law arall.

"Pe bai'r Llywodraethwr hy ddim ond wedi troi llygad ddall am ychydig, gadael llonydd... Mi ddylwn fod wedi dweud wrtho fod yn rhaid i'r parot gael cneuen – efallai y dylwn i fod wedi ceisio llwgrwobrwyo'r Llywodraethwr i droi llygad ddall yn hytrach na cheisio'i argyhoeddi nad môr-ladron y'n ni..."

"Syr," torrodd Dennis ar ei draws, yn poeni bod angen gweithredu ar unwaith, heb oedi i fyfyrio fel hyn.

"Ie. Mae'n siŵr fod llawer iawn o ddynion ar yr ynys yn ddig ar yr eiliad hon," aeth y capten ymlaen. "Allwn ni ddim eu hatal nhw gyda dim ond saith deg o ddynion. Cer i ddweud wrth Anstis a Kennedy ein bod yn gadael ar unwaith, Dennis."

Camodd y capten allan o'r haul llachar, ac yn ôl i'w gaban, gan gau'r drws y tu ôl iddo. Aeth i orwedd ar ei wely cysurus, yn dymuno cysgu a gadael i'r hen fyd hurt fodoli hebddo. Wrth glywed ei ddynion yn prysuro wrth eu gwaith, pendronodd am y pedair awr ar hugain ddiwethaf. Teimlai'n ddig am yr holl beth, ac wrth i'r *Royal James* a'r *Buck* hwylio'n dalog o ynys Santiagu funudau'n ddiweddarach, roedd Hywel Dafydd yn ysu am gyfle i ddangos i'r byd mai ef oedd â'r llaw uchaf. Argyhoeddodd ei hun mai ef oedd môr-leidr gorau'r byd, ac roedd hi'n hen bryd i bawb gael gwybod hynny!

17

CYNLLWYNIO

"Ry'n ni wedi cael pleidlais, Anstis. Mae'r criw wedi rhoi eu barn, ac ry'n ni'n mynd am Gastell Gambia."

"Ond, syr..." dechreuodd Anstis.

"Na, na, sdim pwynt i ti ddadlau ymhellach." Cododd Capten Dafydd ei law ar Thomas Anstis a oedd yn ceisio torri ar ei draws unwaith eto. "Fi yw'r capten, a *fi* sydd â'r gair olaf. Ti'n gwybod yn iawn sut ry'n ni'n gweithredu – pleidlais ddemocrataidd, yna dilyn penderfyniad aelodau'r criw. Dyna fel y buodd hi, a dyna sut y bydd hi... tra bydda i'n gapten, beth bynnag."

Roedd Capten Dafydd yn eistedd wrth ei ddesg, yn edrych ar gyfres o fapiau a siartiau. Dros ei ysgwydd chwith safai'r Gwyddel Walter Kennedy, yn pwyso'i law ar gornel y bwrdd, ac yn astudio'r map mwyaf yn ofalus. Anwybyddodd y cecru oedd yn dod o enau Anstis. Gwyddai'n iawn nad oedd pwynt iddo ffraeo os oedd penderfyniad wedi ei wneud drwy bleidlais.

Roedd rhai dyddiau ers y digwyddiadau ar ynys Santiagu, ac roedd y dymer ymysg y môr-ladron yn llon unwaith eto – roedd y tywydd yn dda, yr hwylio'n rhwydd, a'r holl ddŵr yfed a'r bwydydd ffres yn cadw'u cyrff yn hapus. Hefyd, roedd nifer o ddolffiniaid wedi bod yn cadw cwmpeini iddynt ar hyd y daith, gan neidio o'r tonnau ger blaenau'r llongau. Roedden nhw fel petaen nhw'n mwynhau chwarae ac arddangos eu cyrff prydferth. Roedd ambell un o'r criw yn honni eu bod wedi gweld morfilod hefyd – rhai porffor enfawr, rhyw wyth metr o hyd, a llinell wen ar bob aden wastad. Ond doedd pob un ddim yn credu hynny. Gwnâi'r holl fywyd gwyllt yma'r dynion yn chwareus wrth geisio gael cip ar y nofwyr, ac yna dadlau pwy oedd wedi gweld beth ac ymhle! Roedd y criw yn hapus eu byd, felly.

Er nad oedd y môr-ladron wedi dod yn eithriadol o gyfoethog dan arweiniad Capten Dafydd, doedden nhw chwaith ddim wedi marw, nac yn byw bywyd anodd na thlawd o bell ffordd!

Roedd gan ddynion y *Royal James* a'r *Buck* barch mawr tuag at eu capten bellach – roedd wedi profi ei hun fel arweinydd campus a oedd wedi'u tywys allan o bicil dro ar ôl tro. Roedden nhw'n edmygu ei wroldeb a'i ddewrder. Roedd Capten Dafydd bob amser yn barod i fentro, ac roedd ei syniadau'n mynd yn fwy a mwy dyfeisgar a chyffrous bob tro. A dweud y gwir, roedd y capten wedi cymryd y goes, ac osgoi cosb a dioddefaint gymaint o weithiau, doedden nhw bellach ddim yn credu bod unrhyw beth yn amhosib i'r Cymro ei gyflawni. Roedden nhw wedi cytuno i ufuddhau i'w syniad nesaf, gan beidio â chwestiynu ei gynllwyn celfydd diweddaraf. Pob un heblaw Anstis, hynny yw. Roedd e bob amser yn meddwl ei fod yn gwybod yn well, on'd oedd e?

"Iawn, iawn," ochneidiodd Anstis ei ateb o'r diwedd gan blethu ei freichiau. "Dwi'n barod i roi fy mywyd yn eich dwylo chi unwaith eto, Capten Dafydd. Ond, os aiff popeth o chwith, peidiwch anghofio fy mod i wedi amau'ch cynllwyn chi, a'ch rhybuddio chi o'r peryglon."

Ysgydwodd Capten Dafydd ei ben yn araf, gan droi ei olygon yn ôl at y mapiau siartio o'i flaen. Doedd dim pwrpas ymateb i Anstis. Fel hyn roedd e bob tro pan oedd penderfyniad mawr wedi'i wneud. Y peth gorau oedd aros yn dawel, a gadael i ddicter y Sais basio'n ddistaw gydag amser.

"Fel soniais i, ddynion," anerchodd Capten Dafydd ei griw ar ddec y llong, "mae cyfoeth sylweddol ar gael yng Nghastell Gambia. Os dilynwch chi i gyd fy nghynllwyn i, mi fyddwn ni unwaith eto'n ychwanegu at ein cyfoeth."

Gwyliodd Capten Dafydd wynebau'r criw yn goleuo ag awch a chyffro cyn mynd ymlaen i egluro'i syniad campus.

"Pan fyddwn ni'n nesáu at y lan bore 'ma, dwi am i'r rhan fwyaf ohonoch chi fynd o dan y dec. Ewch ble bynnag y mynnwch chi i guddio – i'r howld, i orweddian yn eich hamogs, i'r gegin i gynorthwyo'r cogyddion – lle bynnag. Ond peidiwch â dangos eich wynebau ar y dec. Y'ch chi'n deall?"

Edrychodd o'i gwmpas ar y degau o bennau'n nodio fel tonnau bach tywyll.

"Mi fydda i'n gwisgo fel bonheddwr – hyd yn oed yn fwy crand nag ydw i o ddydd i ddydd!" aeth Capten Dafydd ymlaen gyda'i esboniad. "Trwy wneud hynny, bydda i'n rhoi'r argraff mai llong fasnach yw hon. Dwi wedi rhoi cyfarwyddiadau i Topping wneud yr un peth gyda'r *Buck*. Unwaith i ni angori, mi fydda i a chwech o ddynion yn mynd i'r lan mewn cwch bychan. Am y tro, sdim angen i chi wybod mwy na hynny. Ond cofiwch aros mas o'r ffordd tan i chi gael gorchymyn i wneud yn wahanol."

Wrth i'r capten gerdded yn ôl am ei gaban, dechreuodd y criw siarad yn frwdfrydig ymysg ei gilydd. Wydden nhw ddim beth oedd gweddill cynllun eu capten. Ond pa ots? Os oedd e'n dweud y gwir am y cyfoeth oedd ar gael yno, mi fydden nhw i gyd yn gyfoethog cyn pen dim!

Dechreuodd Kennedy daflu gorchmynion. Galwodd enwau criw bychan o forwyr, gan egluro mai nhw fyddai'n aros ar y dec – y nifer lleiaf posib o ddynion fyddai'n gweithio'r llong o hyn allan. Yn syml, roedd angen iddyn nhw rolio'r hwyliau'n dwt ar waelod y mastiau, a sicrhau bod y llong yn llifo'n araf i'r lan. Peidio tynnu sylw atynt eu hunain oedd y prif orchwyl, gan geisio ymddangos yn ddi-hid am eu hymweliad.

"Y gweddill ohonoch chi, mas o'r ffordd nawr!" gwaeddodd yn groch fel bod pob un yn ei glywed, a gwyliodd wrth i'r dynion brysuro fel morgrug i gyfeiriad y gorddrws i'r lefelau islaw.

Angorwyd y *Royal James* a'r *Buck* mewn dŵr llonydd dan gysgod y gaer ac ymysg morloi chwareus. Ymhen dim, rhwyfodd Magness a Moody y cwch hir tua'r lan, gyda Chapten Dafydd, Kennedy, Anstis, y gynnwr Henry Dennis, a'r doctor, Cooper, yn deithwyr. Roedd Capten Dafydd wedi sicrhau bod Magness, Moody a Dennis yn gwisgo hen siacedi cyffredin, tra bod y gweddill mewn gwisgoedd crand. Y bwriad oedd iddyn nhw, bwysigion, ymddangos fel masnachwyr bonheddig, a'r tri arall fel hwylwyr cyffredin. Wrth lithro drwy'r dŵr llonydd, rhoddodd y capten gyfarwyddiadau am yr hyn roedd angen iddyn nhw ei ddweud pe bai rhywrai'n eu holi. Ond doedd y dynion ddim yn talu llawer o sylw i eiriau'u harweinydd achos roedden nhw mewn sioc o weld pa mor glir oedd y dŵr, a pha mor lliwgar ac amrywiol oedd y fflora ar waelod yr harbwr.

Funudau'n ddiweddarach, wrth gyrraedd y man glanio a dringo o'r cwch, gwelsant res o fysgedwyr yn camu'n bwrpasol tuag atynt. Math o filwyr oedd y rhain, a phob un yn gafael yn dynn mewn dryll mwsged. Roedden nhw mewn trowseri glas oedd fel balwnau o amgylch eu coesau. I'r gwrthwyneb wedyn, roedd eu crysau melyn yn gludo'n dynn i'w crwyn. Crogai cleddyfau hirion o'u hochrau, a gwisgent oll hetiau glas yr un lliw â'u trowseri. Er eu bod yn edrych yn hurt i'r môr-ladron, rhaid oedd cyfaddef eu bod nhw'n dwt iawn yr olwg wrth iddynt gerdded mewn rhes i'w cyfarfod.

"Peidiwch chwysu dim, bois," sibrydodd Capten Dafydd trwy ochr ei geg. "Edrychwch yn gyfeillgar ac ymlaciol. Dy'n ni ddim am iddyn nhw feddwl ein bod ni ar drywydd drwg."

Ceisiodd pob un roi hanner gwên ar eu hwynebau, ac ymdrechu'n galetach i gerdded ling-di-long tua'r preswylwyr o'u blaenau.

"Dilynwch ni i'r gaer, os gwelwch yn dda, ddynion,"

daeth cyfarwyddyd gan un ohonynt. Doedd dim arwydd o gwbl o garedigrwydd na chasineb yn wyneb y siaradwr na'i gyfeillion. Tybed beth oedd o'u blaenau?

Heb air o ymateb, dilynodd y môr-ladron arweiniad y mysgedwyr drwy'r porth ac i'r prif adeilad oddi mewn i'r gaer. Yno, yn aros amdanynt, roedd dyn gosgeiddig mewn oedran mawr.

"Croeso i Gastell Gambia, ddynion," meddai'r dyn gan anelu ei gyfarchiad at y pedwar oedd wedi'u gwisgo fel bonheddwyr. "Dwi wedi bod yn eich gwylio chi'n hwylio'n dalog tuag yma – mae llongau prydferth gennych chi."

"Diolch," daeth ateb y môr-ladron ar draws ei gilydd. Safodd y saith yno, gan geisio ymddangos yn hyderus. Roedden nhw wedi bod yn fôr-ladron cyhyd fel nad oedden nhw erbyn hyn yn gwybod sut i ymddwyn fel dynion a masnachwyr cyffredin.

"Fi yw'r Llywodraethwr yma." Oedodd y dyn i aros am ymateb gan y dynion amrywiol o'i flaen, ond ni ddaeth smic ganddynt, felly aeth yn ei flaen. "Croeso i Gastell Gambia," ailadroddodd. Parhau i edrych arno'n syn wnaeth y criw. "Fel Llywodraethwr, hoffwn wybod pwy ydych chi, ac o ble y dewch chi."

Tro Capten Dafydd oedd hi i ddod o hyd i'w dafod a chynnig esboniad i breswylwyr y castell.

"Ry'n ni'n hwylio o Lerpwl, syr. Ein nod yw cyrraedd afon Senegal." Roedd Hywel Dafydd wedi bod yn ymarfer ei gelwyddau drosodd a throsodd yn ei ben, felly fe lifodd y brawddegau sionc yn rhwydd o'i geg. "Masnachu am ifori a gwm yw ein bwriad. Ond yn anffodus, cawsom ein herlid ar hyd yr arfordir. Daeth dwy *man-o'-war* Ffrengig i'n cyfarfod ni. Mi wnaethon nhw ein cwrso ni. Yn ffodus, llwyddon ni i hwylio ynghynt na nhw, o drwch blewyn. Llwyddon ni i ddianc o'u crafangau. Felly, mae'n rhaid i ni geisio gwneud y gorau o farchnad wael, syr. Ry'n ni'n barod i fasnachu gyda chi."

"A beth yw cynnwys eich cargo?" holodd y Llywodraethwr, a'i lygaid yn denau ac yn amheus.

"Haearn a haenellau o blât, syr," daeth ateb parod Capten Dafydd.

"O!" daeth ymateb llawen y Llywodraethwr. "Wel, maen nhw'n bethau gwerth chweil i ni eu cael yma. Dwi'n barod i fasnachu pob owns sydd gennych chi. Heb os!"

"Gwych, syr," daeth ateb balch Capten Dafydd ac edrychodd o'i gwmpas yn llon ar ei gyd-forwyr – roedd pethau'n gweithio fel cloc hyd yn hyn!

"Tybed oes gennych chi unrhyw wirodydd o Ewrop?" holodd y Llywodraethwr. "Dwi wrth fy modd â'r stwff, ond does dim llawer ohono'n cyrraedd yr ochrau hyn o'r byd!"

"Mae gyda ni rywfaint, oes, syr. Dim ond digon ar gyfer defnydd personol," atebodd Capten Dafydd. Yna, gwelodd y siom sydyn ar wyneb y dyn godidog o'i flaen a phrysurodd i ychwanegu, "Ond dwi'n siŵr y gallwn ni roi hamper ohono i chi, syr, gan eich bod chi mor fodlon i fasnachu'r cwbwl lot o'n llwyth."

Daeth gwên lydan i wyneb y Llywodraethwr wrth glywed hyn, a dechreuodd lafoerio wrth feddwl am flas y gwirodydd y byddai'n eu hyfed yn nes ymlaen. Ni sylwodd Capten Dafydd ar hyn, oherwydd roedd ei lygaid yn brysur yn crwydro'r stafell gan geisio llyncu popeth a welai.

"Rhagorol, ddynion. Rhagorol!" Llwyddodd i gadw'i ben yn uchel er ei wendid amlwg wrth feddwl am ei lwnc. "Dwedwch... dwedwch wrtha i... beth am i chi aros i giniawa gyda mi?"

Roedd hyn yn sioc amlwg i Gapten Dafydd – roedd popeth yn llifo'n llawer gwell na'r disgwyl erbyn hyn.

"Wel, syr," dywedodd, "gan mai fi yw comander y llongau, rhaid i mi fynd yn ôl i sicrhau eu bod wedi'u hangori'n gywir, a rhoi gorchmynion i weddill fy nghriw o ran y masnachu. Ond... pam lai? Gall y tri arall aros," a chyfeiriodd ei law at Kennedy, Anstis a'r meddyg, Cooper. "Arhoswch chi'ch tri am ginio gyda'r Llywodraethwr. Yna, mi ddof fi yn fy ôl gyda'r hamper cyn swpera. Ydy hynny'n eich siwtio chi, Lywodraethwr?"

"Perffaith!" atebodd hwnnw.

18

CAER MEWN CRAFANGAU

Wrth loncian yn araf yn ôl i'w cwch bychan, roedd Capten Dafydd yn astudio cynllun y gaer yn ofalus iawn. Sylwodd fod gwyliwr wrth y fynedfa, a gwarchod-dŷ wrth ei ymyl. Ynddo, gwelai filwyr ar ddyletswydd, a'u harfau'n pwyso yn erbyn ei gilydd mewn pentwr yn y gongl. Roedd wedi gweld nifer fawr o arfau yn neuadd y Llywodraethwr, a'r rheiny hefyd wedi'u pentyrru mewn un gornel, fel pe na baent wedi cael defnydd ers tro byd.

Wrth rwyfo'n ôl i'r llong, pendronodd dros y camau nesaf. Er bod y gaer yn ymddangos fel pe bai'n hanner cysgu, gwyddai Capten Dafydd fod angen bod yn ofalus a chyfrwys. Doedd caer dawel, ddigyffro ddim yn golygu nad oedd y lle a'i filwyr yn barod i ymateb yn gyflym ac yn effeithiol. Neu a oedd e, tybed? Efallai fod y dynion wedi arfer cymaint â'r llonyddwch fel eu bod wedi anghofio sut i ymateb ar frys i argyfwng. Tybed?

Ar ôl cyrraedd dec y *Royal James*, cyfarchodd yr ychydig ddynion oedd yno gyda gwên simsan o gyffro. Roedd ganddo deimlad da am heddiw. Er nad oedd sicrwydd beth fyddai'n digwydd, roedd rhywbeth ynddo'n dweud y byddai'n llwyddiannus!

"Ry'n ni'n mynd i lwyddo, ddynion," meddai heb

godi ei lais yn ormodol rhag ofn i rai ar y lan ei glywed. "Dwi'n addo i chi y bydd hyn y llwyddiant ysgubol!"

Camodd yn nes at yr ychydig ddynion o'i flaen – roedd am wneud yn hollol siŵr na fyddai neb arall yn clywed rhan nesaf ei anerchiad hyderus.

"Mewn munud," meddai, bron iawn yn sibrwd, "dwi am i chi fynd i ddweud wrth y gweddill na chân nhw yfed diferyn o alcohol. Dwi'n gwybod ein bod ni wedi angori, ond na, dim diferyn, dim eto. Bydd digon o hwnnw i'w yfed yn nes ymlaen! Mae'n bwysig fod pob un dan reolaeth lwyr ac yn wyliadwrus er mwyn i hyn weithio." Oedodd am eiliad a chymryd cip sydyn ar y gaer y tu cefn iddo. "Dwi am i chi gadw golwg ofalus ar y castell, a phan welwch chi faner yn cael ei chodi uwch ei ben, mi fyddwch chi'n gwybod fy mod i'n feistr ar y lle ac wedi llwyddo. Bydd hyn yn arwydd i chi wedyn i anfon ugain o ddynion i'r lan ar unwaith i roi cymorth i ni. Oes unrhyw gwestiwn?"

Gwelodd ei griw cefnogol yn ysgwyd eu pennau'n fud.

Gwych, meddyliodd Capten Dafydd. Mae hyn am fod yn wych!

Wedi aros ar y llong yn ddigon hir i wneud i'w stori ymddangos yn wir i'r Llywodraethwr, rhwyfwyd Capten Dafydd ac ychydig ddynion yn ôl i'r lan unwaith eto. Roedd Topping gydag e'r tro hwn hefyd, ac yn gafael yn dynn yn yr hamper ar ei gôl. Eisteddai pob un yn ddistaw wrth baratoi eu hunain yn feddyliol at y cyffro oedd ar droed. Roedd Capten Dafydd wedi cuddio dau bistol yn ofalus o dan ei ddillad plyg, ac wedi gorchymyn i'w gyd-deithwyr wneud yr un peth.

"Pan gyrhaeddwn ni'r gwarchod-dŷ," eglurodd y capten wrth y lleill, a'i lais yn ddistaw a difrifol wrth i'w law bwyntio atynt, "dwi am i chi fynd i mewn a chynnal sgwrs gyda'r milwyr yno. Bydd angen i chi fân siarad am beth bynnag y gallwch chi feddwl amdano na fydd yn ein rhoi mewn sefyllfa beryglus. Y tywydd neu'r crwbanod môr 'ma sy dan draed, neu rywbeth fel yna. Bydd angen cynnal sgwrs nes y clywch chi fy mhistol yn saethu drwy ffenest tŷ'r Llywodraethwr. Ar yr eiliad honno, bydd angen i chi gymryd meddiant o'r arfau sydd yng nghongl y gwarchod-dŷ. Iawn?"

"Iawn, ie, iawn," daeth atebion y dynion, yn rhyfeddu bod eu capten wedi meddwl am gynllwyn mor drylwyr mewn amser mor fyr. "Dim problem."

Trodd y capten ei olygon at y gaer a chlicio'i fysedd cyn rhwbio'i ddwylo ar ei gôl. Roedd pawb yn ddistaw unwaith eto.

Ymhen dim, roedden nhw ar dir sych, yn sgwrsio'n ddistaw, ond yn llawn cyffro, wrth gyrraedd y gwarchod-dŷ. Roedd y milwyr yno wedi eu gweld yn gynharach, ac felly doedd ganddyn nhw ddim rheswm i amau na chwestiynu'r criw yma oedd ychydig yn wahanol.

"Dyma chi, syr." Trosglwyddodd Topping yr hamper hanner gwag i'w gapten.

"Diolch, Topping. Cofia beth ddwedais i nawr," ac aeth ei lais yn ddistaw, ddistaw rhag i'r milwyr ei glywed. "Sŵn pistol, yna gweithredwch," ailadroddodd Capten Dafydd y cyfarwyddiadau.

"Dim problem, syr," daeth ateb swta Topping, gan wybod yn iawn nad oedd angen iddo ddymuno lwc dda i'w gapten.

Pan gamodd Capten Dafydd i'r neuadd, sylwodd fod y tri arall yn edrych yn gyffyrddus braf yng nghwmni'r Llywodraethwr a'i fintai.

"A! Capten Dafydd! Ie, dwi wedi dysgu gan y rhain," a chwifiodd y Llywodraethwr ei fraich i gyfeiriad y tri môr-leidr, "mai dyna eich enw chi. Gwych, gwych iawn."

Wyddai Capten Dafydd ddim beth oedd yn wych iawn, ond rhoddodd wên gyfeillgar iddo beth bynnag!

"Mae'n ddrwg gen i, ond nid yw'r swper cweit yn barod, mae arna i ofn," aeth y Llywodraethwr ymlaen yn llithrig, yn amlwg wedi cael dracht neu ddau o ddiod feddwol yn ei absenoldeb.

"O, mae'n iawn, syr. Wrth gwrs, mae hynny'n iawn. Ry'n ni wedi hen arfer â pheidio cael bwyta pan fo'r boliau'n cwyno. Mae gweithio ar long yn golygu bod bwyta'n digwydd pan mae'n rhesymol i hynny ddigwydd, ac nid eiliad yn gynharach!"

Ceisiodd Capten Dafydd gynnal sgwrs hwyliog gyda'r Llywodraethwr, gan obeithio y byddai'n ymlacio ymhellach.

"Dyma'r hamper i chi, syr." Cyfeiriodd Capten Dafydd at y llwyth yn ei ddwylo.

"Aha, gwych iawn, Capten Dafydd, gwych iawn," meddai'r Llywodraethwr. "Rhowch e ar y ford fach fan'na, wnewch chi? Mi gaf i fwynhau hwnna yn nes ymlaen. Hihi!"

Chwarddodd y Llywodraethwr wrtho'i hun wrth i Gapten Dafydd osod yr hamper hanner gwag ar y bwrdd pren cerfiedig.

Diolch byth nad yw e wedi mynnu gweld cynnwys yr hamper, meddyliodd y capten. Rhyw stwff digon gwael sydd ynddo!

"Beth am i ni rannu powlennaid o bwnsh?" holodd y Llywodraethwr gan droi yn ei unfan a chlicio bys a bawd i ddal sylw gwas neu forwyn.

"Capten Dafydd," clywodd Hywel Dafydd lais Kennedy'n sibrwd yn ei glust wrth i'r Llywodraethwr restru gorchmynion i'w weithwyr, "aeth y Llywodraethwr â ni ar wibdaith o amgylch y castell tra aethoch chi'n ôl i'r llongau. Does dim llawer o warchodwyr i'w gweld. Does dim llawer o drefn yma, syr."

Trodd y Llywodraethwr yn ôl at y môr-ladron, a daeth geiriau Kennedy i stop yn sydyn.

Yr eiliad nesaf, cyn i neb gael cyfle i ddweud dim, na hyd yn oed meddwl am beth i'w ddweud nesaf, roedd Capten Dafydd wedi chwipio pistol o'i ddillad, a'i bwyso ar frest y Llywodraethwr!

"Rhaid i chi ildio'r gaer ar unwaith, a'r holl gyfoeth sydd yma, neu ry'ch chi'n ddyn marw," dywedodd Capten Dafydd mewn un anadl, a'i lais yn gadarn a sefydlog.

Lledaenodd llygaid y Llywodraethwr yn enfawr gan ofn, a thaflodd ei ddwylo i'r awyr wrth brosesu geiriau'r capten.

"I... Iawn... Dim problem... Dwi'n ildio... ar unwaith...

Cymerwch beth y mynnwch chi, ond plis peidiwch â'm lladd i." Daeth y geiriau'n grynedig o enau'r Llywodraethwr, wrth i ddagrau gronni yn ei lygaid.

A'i bistol yn dal wedi'i anelu at frest y Llywodraethwr, chwipiodd Capten Dafydd yr ail bistol o'i ddillad, a saethodd fwled drwy'r ffenest. Neidiodd y Llywodraethwr i'r llawr, gan blygu'n bêl fel crwban, a gosod ei ddwylo dros ei ben. Edrychodd Capten Dafydd arno, a gwenu'n fuddugoliaethus. Trodd ei olygon at ei gyd fôr-ladron, ac roedd gwên ar eu hwynebau hwythau hefyd, er gwaetha'u syndod – doedd ganddyn nhw ddim syniad fod eu capten am wneud hyn! Camodd Capten Dafydd oddi wrth ei brae.

"Rhy hawdd, bois!" chwarddodd y geiriau o'i enau. "Hahaaa! Mae hyn mor hawdd!"

Yna, clywyd sŵn twrw a chyffro y tu allan.

"Be chi'n neud?" Clywyd gwaedd gan un o'r milwyr y tu hwnt i'r porth.

Cyn gynted ag y clywodd y môr-ladron yn y gwarchod-dŷ sŵn pistol eu capten, roedden nhw wedi neidio i'r bwlch rhwng y milwyr a'u harfau, gan godi eu pistolau at y milwyr. Roedd Topping wedi cario'r holl arfau allan o'r adeilad, tra oedd y milwyr yn syfrdan ac yn methu symud rhag i'r pistolau gael eu defnyddio. Ar ôl i Topping orffen cludo'r arfau o'r gwarchod-dŷ, baciodd y môr-ladron allan, a'u pistolau wedi'u hanelu at y milwyr. Clodd Magness a Moody'r drws ar y milwyr oddi mewn!

Yn y cyfamser, brysiodd Kennedy i godi baner i frig y castell gan ddilyn gorchymyn ei gapten.

Ymhen dim, roedd llwyth o fôr-ladron wedi dod i'r lan,

wedi'u gwasgaru ar hyd y gaer, ac wedi meddiannu pob un o'r gynnau heb unrhyw wrthwynebiad na ffwdan.

Daeth Capten Dafydd i'r maes agored. Erbyn hyn, roedd pob arf a ddarganfuwyd yn y castell wedi'i drosglwyddo'n ddestlus i'r *Royal James*. Wedi hynny, rhyddhawyd y milwyr o'r gwarchod-dŷ a'u gwthio i eistedd ar y maes o flaen capten y môr-ladron.

"Filwyr! Filwyyyyr! Dewch ynghyd!" bloeddiodd yn ddigon uchel i bob un yn y gaer a thu hwnt ei glywed. Yn araf bach, gwelwyd degau o filwyr eraill yn ymlwybro tuag ato, a'u pennau'n isel, a'u cynffonnau rhwng eu coesau. Eisteddodd pob un yng nghanol y sgwâr, a'u pennau am i fyny tuag at Gapten Dafydd, fel plant bach yn aros i wasanaeth yr ysgol ddechrau.

"Nawr 'te, dwi'n meddwl eich bod chi i gyd yma, filwyr," anerchodd Capten Dafydd. "Dwi'n gorchymyn i chi ildio i ni fel mae'ch Llywodraethwr wedi ei wneud – mae e wedi gosod esiampl dda i chi." Crwydrodd ei lygaid ar hyd y wynebau oedd yn edrych yn syfrdan arno, gan chwilio am unrhyw wyneb dig. "Oes unrhyw wrthwynebiad?"

"Ewch i grafu, y diawled digywilydd!" daeth llais un dyn. "Dwi ddim mor wan â'r Llywodraethwr. Dwi ddim am ildio i ddihirod diawl fel chi!"

"Na fi!" galwodd ambell un o'r lleill, yn cydsynio bod ildio i fôr-ladron haerllug yn eu tanseilio fel dynion.

"O'r gore, o'r gore. Dwi'n ddyn teg," atebodd Capten Dafydd y gwrthwynebwyr. "Mae croeso i chi wrthsefyll."

Trodd y capten a cherdded yn hamddenol at rai o'r môr-ladron oedd wedi casglu wrth ochr y maes. Sibrydodd rywbeth na allai'r milwyr ei glywed. Wedi i'r capten stopio siarad, gwyliodd y milwyr wrth i ddwsin o'r môr-ladron blêr a budr yr olwg ddod tuag atynt. Cydiodd y môr-ladron yn y milwyr gwrthryfelgar, a'u hyrddio ar eu traed. Gwthiwyd hwy i gyfeiriad allanfa'r gaer. Wedi gwylio'r milwyr eofn yn gadael y maes, trodd Capten Dafydd yn ôl at weddill ei gynulleidfa swil.

"Mewn munud, ddynion bach, pan fydd y dynion ffôl yna wedi'u clymu ar fy slŵp fechan, y *Buck*, ry'ch chi'n mynd i fynd ar y *Buck* a thynnu pob un o'r hwyliau a'r rhaffau oddi arni," eglurodd. "Bydd fy nynion i'n cadw llygad barcud arnoch chi, cofiwch. Felly, peidiwch â hyd yn oed ystyried rhyddhau eich cyd-filwyr, neu mi gewch chithau eich cosbi hefyd. Fydd dim gobaith ganddyn nhw ddianc nac achosi poendod o unrhyw fath i ni unwaith i'r llong gael ei gwagio.

"Peidiwch â phoeni. Chewch chi ddim eich trin yn wael gen i," aeth ymlaen. "Ry'ch chi wedi ildio, a sdim modd i chi wneud pethau'n anodd i ni nawr heb arfau. Cawn ni i gyd wledda gyda'n gilydd heno tra bo'r ffyliaid eraill 'na'n sownd ar long ddi-fwyd, ddi-arfau, a di-hwyliau. Hahaa!"

Gwenodd Capten Dafydd arnynt, ac edrychodd pob un yn syn arno gan feddwl bod y dyn o'u blaenau yn hollol wallgo.

19
GWLEDD A SIOM

Yn wir, cadwodd Capten Dafydd at ei air, a'r noson honno cafodd pob un yn y gaer amser bendigedig yn gwledda ar fwydydd a diodydd o bob math. Gallai'r milwyr ystyfnig oedd wedi'u clymu ar y *Buck* glywed eu cyd-filwyr a'r môr-ladron yn cael amser wrth eu bodd ar y lan, tra oedden nhw'n llwglyd ac yn sychedig, ac yn anghyffyrddus dros ben. Heblaw am y *Royal James*, doedd dim llong arall i'w gweld yn yr harbwr y noson honno, er mawr siom i'r milwyr oedd yn ysu am i rywun eu gollwng yn rhydd.

"Rhagorol! Mi lwyddon ni heb i neb hyd yn oed gael ei anafu, heb sôn am ei ladd!" cyhoeddodd Capten Dafydd yn uchel ei gloch, a'r gwin yn amlwg yn dechrau cael effaith arno.

Edrychodd Capten Dafydd o amgylch neuadd y gaer, a gwenodd yn orfoleddus wrth wylio'r holl ddynion yn cael amser wrth eu bodd. Teimlai'n hyderus ac yn bwerus. Roedd wedi llwyddo, heb achosi anaf na llawer o ddifrod. Roedd wedi addo amser da i'w ddynion, a dyma nhw'n ei gael! Sylwodd hefyd fod y Llywodraethwr a'i warchodwyr yn edrych yn gartrefol ac yn gyffyrddus ymysg y môr-ladron.

Dyn call iawn, meddyliodd Hywel Dafydd. Ymuno yn yr hwyl, yn hytrach na cheisio ildio a dioddef! Dyn call iawn.

"Mae'r ddiod 'ma'n dda, Capten." Roedd Kennedy wedi crwydro draw ato wrth iddo fyfyrio ar ei gampwaith.

"Mae'n fendigedig, Kennedy, bendigedig!" cytunodd Capten Dafydd, ei lygaid yn sgleiniog dan ddylanwad y gwin. "Mae'n well gan forwyr fel ni wirod da na dillad cynnes, on'd oes? Mae'r ddiod yn anfon gwres hyfryd drwy'r holl gorff."

"Gwir, Capten Dafydd. Gwir iawn," atebodd y Gwyddel gan gymryd dracht arall o'i ddiod. "Faint o ffortiwn sydd yn y gaer 'ma y'ch chi'n meddwl, Gapten?"

"Ffortiwn go dda, alla i warantu i ti," atebodd Capten Dafydd, a'r wên yn lledu ymhellach ar draws ei wyneb. "Os oes bwyd a diod da yn rhywle, wel mae cyfoeth da yno hefyd, Kennedy!"

Bu'r capten a'i gyfeillion yn sgwrsio fel hyn am oriau lawer. Yn wir, parhaodd yr yfed a'r gwledda hyd oriau mân y bore. Efallai i'r ddiod gynhesu'r corff a'r enaid yn gynharach, ond erbyn hynny, roedd sawl un yn sâl fel hen gi.

"Dyw yfed fel pysgodyn byth yn syniad rhy dda, bois!" meddai Capten Dafydd wrth gamu allan o'r neuadd am awyr iach.

Edrychodd ar y trueiniaid o'i gwmpas, a gwnaeth benderfyniad i adael i'w ddynion wledda fel y mynnent am y pedair awr ar hugain nesaf. Roedd ei ddynion yn haeddu hwyl a phartïo. Roedden nhw wedi gweithio'n ddiflino yn ddiweddar, perswadiodd y capten ei hun. Cawson nhw bob math o fwydydd – gan gynnwys y ffefryn, lobsgóws cartref – a pharhaodd yr yfed dros ben llestri (yn llythrennol!).

Ar fore'r ail ddiwrnod, cyhoeddodd y capten ei fod am i'r môr-ladron adael llonydd i'r ddiod y diwrnod hwnnw a sobri, fel bod modd iddyn nhw hwylio oddi yno cyn iddi nosi.

Ar glywed hynny, sobrodd y môr-ladron mor gyflym ag y gallent. Prysurodd pob un i ysbeilio'r castell – doedden nhw ddim am adael unrhyw gyfoeth ar ôl felly doedd dim amser i'w wastraffu. Os oedden nhw'n llygadu rhywbeth gwerth chweil, roedden nhw'n ei gludo ar fwrdd y *Royal James*. Os oedden nhw'n dod ar draws rhywbeth nad oedd ganddynt ddefnydd parod iddo, roedden nhw'n ei gludo ar fwrdd y slŵp lai, y *Buck*. Byddai defnydd i bopeth yn hwyr neu'n hwyrach!

Wedi i'r capten wylio'i ddynion yn gweithio'n ddiwyd gyda'r ysbail, aeth i gyfrif y cyfoeth ar ei longau wrth i'r darnau lleiaf gwerthfawr o ysbail barhau i gael eu cludo i'r *Buck*. Rhoddodd ganiatâd i Magness a Moody, y ddau forwr dibynadwy, i roi cymorth iddo gyda'r cyfri – roedd tipyn o waith mynd drwy'r cwbl!

Sylweddolodd ymhen dim bod yn rhaid iddo gael gair gyda'r Llywodraethwr hael ar unwaith, a gadawodd i Magness a Moody gyfri'r manion oedd ar ôl. Gorchmynnodd bàs cyflym i'r lan, a chamu'n ddigwmni ond yn benderfynol yn ei flaen am y neuadd. Cafodd hyd i'r Llywodraethwr yno, yn yfed fel ych o hyd, a nifer o'i filwyr swil bellach yn uchel eu cloch.

"Esgusodwch fi, Lywodraethwr," torrodd Capten Dafydd ar draws sgwrsio trigolion y gaer yn gwrtais. "Oes modd cael gair cyflym... yn breifat?"

"Wrth gwrs, Capten Dafydd." Neidiodd y Llywodraethwr

i'w draed ansefydlog ar unwaith. Ymlwybrodd y ddau yn araf o'r dorf i gyfeiriad y maes agored a haul poethaf y dydd.

"Diolch i chi am ildio mor rhwydd i ni. Ry'ch chi wedi gwneud pethau'n haws i ni nag y bydden ni fyth wedi breuddwydio," meddai'r capten, a nodiodd y Llywodraethwr yn gytûn. "Diolch i chi hefyd am ein diddanu ni mor dda dros y deuddydd diwethaf. Ry'ch chi wedi bod yn garedig iawn wrth fodloni'n llwnc a'n boliau ni!"

"O, dim problem, Capten Dafydd. Fyddai fy mywyd ddim gwerth byw pe byddwn i wedi gwneud pethau'n anodd i chi, mi wyddwn i hynny. Efallai na fyddai gen i fywyd i'w fyw o gwbl, wedi meddwl am y peth!" Llithrodd y geiriau'n aneglur o enau'r Llywodraethwr.

"Yr unig beth yw, syr," aeth Capten Dafydd ymlaen, yn gwgu ar y meddwyn o'i flaen, "ro'n i wedi addo i'r môr-ladron fod cyfoeth enfawr yma yn y castell. Ac ry'n ni wedi bod yn brysur yn gwagio'r lle, gan gymryd popeth sydd o werth i ni. Ond does dim cymaint o werth ariannol yma ag yr oeddwn wedi'i ddisgwyl." Edrychodd Capten Dafydd ar y Llywodraethwr yn ymbilgar, gan obeithio ei fod am roi cyfarwyddiadau at drysorau di-ri.

"O, wel, ie. Chi'n gweld, mi anfonwyd y rhan fwyaf o'r cyfoeth oddi yma ryw bythefnos yn ôl. Cludwyd y trysorau i fan mwy diogel."

"Wir?" holodd Capten Dafydd yn syn. "Ble mae'r trysorau felly? Bydd yn rhaid i ni fynd yno ar unwaith!"

Edrychodd Capten Dafydd o'i gwmpas, fel petai'n disgwyl gweld llond lle o drysorau o flaen ei drwyn.

"O, wel, dy'ch chi ddim yn deall, syr," atebodd y Llywodraethwr yn araf, fel petai wedi sobri'n sydyn iawn. "Mae'r cyfoeth wedi mynd i fan anhysbys i mi a phob un arall yma... Fyddan nhw ddim yn dweud wrthon ni ble mae'r trysorau'n cael eu cadw'n ddiogel, rhag ofn i ni gael ein harteithio nes dweud wrth rai fel chi."

"Go dratia!" Roedd llais Capten Dafydd wedi codi a dechreuodd droi ei gefn ar y Llywodraethwr a chamu i ffwrdd. Poethodd ei waed a'i dymer wrth i'r gwirionedd ei daro. Ble ddiawl oedd yr holl drysorau drudfawr, hardd? Sut fyddai e'n egluro hyn wrth ei ddynion? Roedd e wedi gwarantu cyfoeth i bob un cyn gadael Castell Gambia!

Ond cofiodd am ei foesau, a'r modd roedd y Llywodraethwr wedi gwneud pethau'n hawdd iddo, a sylweddolodd ei fod wedi bod yn lwcus tu hwnt er gwaetha'r newyddion drwg yma.

"Ta waeth, Lywodraethwr," aeth ymlaen gan droi'n ôl i'w wynebu, a'i lais wedi gostegu eto, "ry'n ni wedi cymryd gwerth rhyw ddwy fil o bunnau mewn bariau aur, a nwyddau eraill sy'n ymddangos yn werthfawr – platiau ac yn y blaen. Mi gymrwn ni weddill y gynnau hefyd, ac yna mi wnawn ni adael llonydd i chi."

"O'r gorau," atebodd y Llywodraethwr, yn ansicr a oedd y môr-leidr gogoneddus a'i wynebai am newid ei dôn garedig, a gwneud iddo ddioddef wedi'r cwbl.

"Ry'ch chi wedi bod yn dda iawn gyda ni," aeth Capten Dafydd ymlaen yn bwyllog. "Ry'ch chi'n haeddu cyfle i adfer eich hunan-barch a'ch bri yma. Mae'r hyn ry'n ni wedi'i ennill yma'n llawer gwell na dim byd, wedi'r cwbl!"

Ddywedodd y Llywodraethwr ddim byd. Poenai y byddai ymateb mewn unrhyw ffordd yn gallu arwain at drwbwl gan y capten cyhyrog a safai a'i ben yn isel o'i flaen.

"Diolch," meddai Capten Dafydd gan gymryd camau yn ôl. "Mae'r dyddiau diwethaf wedi bod yn bleser. Pob hwyl i chi gyda'r gwaith atgyweirio."

Cododd Capten Dafydd ei law yn simsan ar y dyn o'i flaen, yna trodd ar ei sawdl, a hercio drwy'r bwlch yng nghongl y sgwâr i gyfeiriad ei longau.

"Codwch yr angor, ac i ffwrdd â ni!" bloeddiodd Capten Dafydd y cyfarwyddiadau wrth i'r prynhawn ddynesu at ei derfyn. Roedd wedi gorchymyn i'r milwyr ar y *Buck* gael eu gadael yn rhydd – wedi'r cwbl, roedd cael eu clymu heb fwyd na diod am ddyddiau'n ddigon o gosb iddyn nhw! Rhoddwyd yr hwyliau'n ôl yn eu lle yn weddol ddiffwdan hefyd, ac arfogwyd y criw a'r *Buck* yn helaeth.

Roedd y capten yn poeni y byddai'i griw yn ddig ag ef am wneud iddynt gredu bod mwy o gyfoeth yng Nghastell Gambia nag oedd mewn gwirionedd. Roedd e unwaith eto wedi'u harwain at gist drysor wag, teimlodd. Ond cafodd ei siomi ar yr ochr orau – doedd neb i'w weld yn hidio rhyw lawer. Roedd y rhan fwyaf o'i ddynion yn dioddef â phen mawr ar ôl yr holl yfed, ac yn ddigon bodlon gyda'r deuddydd diwethaf heb fod eisiau meddwl am gyfoeth pellach. Ond synnai Capten Dafydd nad oedd Anstis wedi cwyno mwy. Yn wir, synnai nad oedd hwnnw wedi'i gyhuddo o fod yn gelwyddgi, ac wedi annog y morwyr eraill i weithredu'r gosb arferol i gelwyddgi, sef gwneud iddo sefyll wrth y prif fast a datgan mai celwyddgi ydoedd cyn cael ei roi ar waith i sgrwbio'r cadwyni a phig-ben y llong.

Wrth hwylio o Gastell Gambia, aeth ei feddwl yn ôl at y tro cyntaf hwnnw iddo hwylio allan o borthladd Aberdaugleddau. Am newid byd, meddyliodd! Roedd bron i bedair blynedd ar ddeg ers hynny. Pedair blynedd ar ddeg! Ac yntau wedi addo i'w rieni a'i gariad y byddai yn ei ôl ar ôl un fordaith! Doedd dim syniad ganddo ar y pryd beth oedd o'i flaen. Yn sicr, doedd dim clem ganddo y byddai'n gwneud y penderfyniad tyngedfennol i fod yn fôr-leidr! Roedd wedi clywed cymaint o straeon drwg am ladron y môr, ac yn wir, roedd e wedi meddwl mai nhw oedd gelynion pennaf y byd. O, am gael bod yn ifanc a diniwed unwaith eto, meddyliodd.

Tybed sut oedd ei rieni? Oedden nhw wedi clywed am ei hynt a'i helynt? Tybed oedd Elen yn dal i aros amdano, neu a oedd hi wedi priodi dyn arall, a chael llond tŷ o blant erbyn hyn? Gobeithiai'n fawr nad dyna oedd y gwir. Roedd e'n dal i ddyheu bob dydd am ei chael yn ei freichiau. Meddyliodd am y cwtsh cynnes, hir, olaf hwnnw gawson nhw. Roedd e'n teimlo mor hapus yr adeg honno, wrth iddynt gerdded law yn llaw wedyn, heb yngan gair, yn fodlon eu byd. Feddyliodd yr un ohonynt y bydden nhw ar wahân am fwy nag ychydig wythnosau, neu fisoedd ar y mwyaf. Tybed fyddai modd iddo ddychwelyd adref ymhen rhai misoedd? Byddai gweld y wên falch ar wynebau ei rieni yn toddi ei galon. Ond a oedden nhw'n falch ohono, tybed? Bydden nhw'n sicr yn falch o weld ei fod yn fyw ac yn iach. Ond tybed a fydden nhw'n falch o'r hyn roedd e wedi bod yn ei wneud â'i fywyd? Gallai ddychwelyd adref yn gyfoethog, penderfynodd, ac egluro wrth ei rieni mai gwneud daioni oedd ei fwriad – cymryd oddi ar y gor-gyfoethog, a rhannu ymysg y bobl gyffredin. Dyna i gyd roedd e'n ei wneud mewn gwirionedd, onid e?

"Llong, syr! Llong yn dynesu!"

Deffrodd y capten yn sydyn o'i synfyfyrio. Rhedodd i'r pŵp i gael gweld yn well.

"Dyw hi ddim yn hedfan baner, Kennedy," nododd Capten Dafydd, gan ddal ei law ar ei dalcen i gysgodi ei lygaid rhag yr haul.

"Nac ydy, syr," atebodd Kennedy. "Ac mae'n morio'n eithriadol o gyflym tuag aton ni, syr!"

20
CYFEILLION NEU ELYNION?

Prysurodd y llong ddieithr tuag at y *Royal James*, heb i'r môr-ladron fod yn siŵr ai llong fasnach neu *man-o'-war* oedd hi. Gwyliodd y môr-ladron a Chapten Dafydd yn ofalus wrth i'r llongau ddod yn nes at ei gilydd. Gwelwyd dyn yn dod i flaen y llong arall, gan godi ei fraich yn yr awyr. Yna, clywyd sŵn byddarol pistol. Ymhen chwinciad chwannen, gwelwyd y llong yn codi baner ddu.

"Môr-ladron y'n nhw!" cyhoeddodd Capten Dafydd yn uchel. "Kennedy, saetha bistol i'r awyr. Magness a Moody, codwch y faner ddu! Brysiwch!"

Dilynwyd hyn gan eiliadau hirion o lonyddwch ar y llongau – doedd neb yn siŵr iawn beth oedd am ddigwydd nesaf! Yna, gwelodd y môr-ladron ar y *Royal James* a'r *Buck* y môr-ladron ar y llong arall yn prysuro i wneud rhywbeth. Ymhen dim, roedd cwch bychan wedi cael ei ollwng i'r dŵr.

"Kennedy, Anstis, dewch gyda fi!" gorchmynnodd Capten Dafydd gan gerdded at eu cwch bach hwythau. "Mi awn ni i'w cyfarfod nhw!"

Dringodd Capten Dafydd, Kennedy ac Anstis i'w cwch yn eu dillad cain – roedd hi'n amlwg nad dynion masnach oedden nhw! Wrth nesáu at gwch y môr-ladron eraill, gallai Capten Dafydd weld bod y capten arall yn gwenu'n gyfeillgar arnynt. Fe sylwodd hefyd mai dim ond un llygad oedd ganddo. Roedd craith gas ar draws y llall, a'r amrannau wedi'u gludo ynghau.

"Ahoi!" galwodd Capten Dafydd arnynt, yn ymdrechu'n galed i ymddwyn yn hyderus a di-ofn.

"*Bonjour!*" daeth ateb y capten arall.

Ffrancwyr y'n nhw, meddyliodd Capten Dafydd ar unwaith. Gall hyn fynd un ffordd neu'r llall, felly.

"Dydd da," atebodd Capten Dafydd yn gwrtais. Roedd e ar dân eisiau gwybod a oedd y Ffrancwyr yma'n rhai cyfeillgar ai peidio. Doeddech chi byth yn gwybod wrth ddod i gwrdd â môr-ladron eraill – un ai roedden nhw'n gyfeillgar tu hwnt ac yn barod i gydweithio a chydfwynhau, neu roedden nhw'n filain ac yn gandryll fod môr-ladron eraill yn dod o hyd i drysorau o'u blaenau nhw. Ond roedd y Ffrancwr hwn yn gwenu'n glên, felly edrychai pethau'n addawol.

"Capten Olivier La Bouse ydw i. Ymddiheuriadau mawr am fy nghamgymeriad – mi ddylwn i fod wedi bod yn siŵr o fy mhethau cyn saethu pistol yn fyrbwyll fel'na."

Teimlai Capten Dafydd ryddhad mawr ar unwaith. Diolch byth fod y dyn newydd ymddiheuro, meddyliodd. "Dim problem o gwbl, Capten La Bouse, does dim yn bod ar gyflymu curiad calon dyn bob hyn a hyn!"

"Ha! Gwir. Er, dwi'n gweld mai môr-ladron y'ch chi hefyd, felly mae'ch calonnau chi wedi hen arfer â'r curiadau cyflym ddwedwn i!"

"Ydyn! Ha! Gwir iawn," atebodd Capten Dafydd, wedi ymlacio'n llwyr wrth glywed tôn hwyliog y Ffrancwr. "Capten Dafydd ydw i, o Gymru."

"O Gymru, ai e?" daeth ymateb La Bouse. "Fe fues i

yno unwaith – lle hyfryd iawn, a phobl garedig iawn. Ond roedd hynny ymhell cyn fy amser fel môr-leidr wrth gwrs. Mae bywyd y môr-leidr yn bell o Gymru!"

"Ydy… ydy, yn anffodus," meddai Capten Dafydd a'i lais yn isel wrth gofio'i hiraeth am ei famwlad a'r Cymry. "Wel, yn ffodus ddylwn i ddweud – fyddwn i ddim eisiau i'r Cymry ddioddef gweithredoedd dynion fel ni!"

"Na," cytunodd La Bouse gan symud ei olygon o'r cwch i'r llong y tu ôl iddo.

"Ry'n ni newydd fod yng Nghastell Gambia, gyda llaw." Sylwodd Capten Dafydd ar olwg ymholgar y Ffrancwr. "Doedd dim llawer o werth yno, felly sdim pwynt i chi fynd ymlaen i'r cyfeiriad hwnnw."

"O, iawn. Wel, diolch i chi am arbed ein hegni ni felly… Hei!" meddai La Bouse yn sydyn a'i wyneb yn goleuo. "Dwi newydd gael syniad. Beth am i ni hwylio gyda'n gilydd am sbel? Gall dau griw o fôr-ladron wneud llawer mwy o ddifrod a gwneud llawer mwy o elw nag un criw ar ei ben ei hun."

Edrychodd Capten Dafydd ar wyneb Kennedy ac yna ar Anstis. Roedd am gael eu barn nhw am y syniad hwn – oedd e'n un campus, neu'n un hurt bost? Yn anffodus iddo, doedd Kennedy nac Anstis yn fodlon ei helpu i benderfynu. Doedden nhw ddim am gael y bai yn nes ymlaen pe bai popeth yn mynd o chwith! Edrychodd Capten Dafydd yn ôl ar ddec y *Royal James*, a gweld wynebau awchus nifer o'i griw. Doedden nhw ddim yn gallu clywed y sgwrs ar y cwch wrth gwrs, ond roedden nhw fel plant bach yn aros i glywed oedd Siôn Corn wedi bod ar fore Nadolig ai peidio!

"Pam lai?" meddai Capten Dafydd, gan edrych yn ôl ar La Bouse.

"Gwych!" Ymledodd gwên hapus ar wyneb y Ffrancwr. Trodd y sgwrs wedyn at drafod pethau ymarferol – faint o ddynion oedd ar y llongau, beth oedd cryfderau a gwendidau'r dynion, faint o ynnau oedd ganddynt, beth oedd cryfderau a gwendidau'r llongau, ac yn y blaen.

Wrth rwyfo'n ôl at y *Royal James* ymhen rhai munudau, pendronodd Capten Dafydd am ei benderfyniad i gydweithio â'r llong Ffrengig.

"Mae angen byw bywyd," meddai Capten Dafydd wrth Kennedy ac Anstis. "Mae angen i mi sicrhau bod fy nynion yn byw bywyd i'r eithaf – mi rown ni dro ar gydweithio â'r môr-ladron yma. Os aiff pethau o chwith – wel, mae'n well difaru rhoi tro ar rywbeth, na difaru peidio, sbo!"

Ddywedodd Kennedy ac Anstis ddim byd o hyd – doedden nhw ddim yn awyddus i roi eu barn y naill ffordd na'r llall.

Casglodd Kennedy ddynion y *Royal James* ynghyd er mwyn i Gapten Dafydd gael rhoi'r newyddion diweddaraf iddynt.

"Pnawn da, fechgyn," cyfarchodd Capten Dafydd. "Mi fyddwch chi'n falch o glywed mai môr-ladron cyfeillgar sydd ar y llong Ffrengig draw fan'na." Gwyliodd wrth i wynebau syfrdan y dynion o'i flaen ymlacio. "I ddweud y gwir, maen nhw mor gyfeillgar fel eu bod nhw am gydweithio. Ry'n ni wedi bod yn trafod, ac wedi penderfynu anelu am Sierra Leone. Gan fod llong Capten La Bouse yn weddol fychan ac ychydig yn wan, dwi wedi cytuno i'w helpu i gael llong well. Unwaith ry'n ni wedi llwyddo i wneud hynny, mi gawn ni drafodaeth arall i weld ydyn ni am barhau i gydweithio ai peidio. Does dim angen i chi boeni – mae'n amlwg fod cefnogaeth mwy o ddynion yn beth da i ni. Gobeithio, hefyd, y byddwn ni'n gwneud ffortiwn fach arall yn eu cwmni – ac mae hynny'n siŵr o fod yn haws gyda mwy o rym. Os oes gennych chi bryderon, dewch i ddweud wrtha i – dwi ddim am i neb fod yn anhapus nac yn ddig. Ry'ch chi, bob un ohonoch chi, yn bwysig i mi, ac yn bwysig i'n dyfodol ni i gyd – cofiwch chi hynny."

Edrychodd Capten Dafydd o un wyneb i'r llall, ond ni welodd ddwylo'n codi, na lleisiau'n mynegi barn, felly camodd i lawr ac aeth i roi'r un neges i ddynion y *Buck*, cyn dychwelyd i'w gaban am ychydig o heddwch.

"Mae'n un da am siarad," meddai Anstis ar ôl i'r capten fynd allan o glyw. "Gobeithio'n wir ei fod e'n gwybod beth mae e'n ei wneud, neu bydd y dynion 'ma'n gandryll."

Wrth i Anstis gerdded i ffwrdd a dechrau galw gorchmynion ar y criw, meddyliodd Kennedy: Pah, Anstis – mae e wastad yn amheus, ac yn meddwl ei fod e'n gwybod yn well!

A phrysurodd i wneud ei ddyletswyddau'i hun.

Treuliodd y ddau griw rai dyddiau yn gwledda gyda'i gilydd – yn clodfori bywyd gwych y môr-leidr, ac yn rhannu straeon di-ri. Roedd La Bouse wedi cyfaddef bod Capten Dafydd yn well morwr nag ef gan ei fod wedi clywed hanesion amdano. Ar sail hynny, roedden nhw wedi cytuno mai Capten Dafydd oedd i ymosod ar unrhyw un y bydden nhw'n dod ar ei draws.

Wedi'r gwledda a chryfhau cyfeillgarwch, dynesodd y llongau at Sierra Leone, a sylwodd Topping ar long wrth angor. Wrth nesáu ati, gwelodd Capten Dafydd nad oedd hi'n ceisio dianc.

"Mae hynny'n rhyfedd," nododd. "Pam nad yw hi'n symud, tybed?"

"Dim syniad, syr, mae'n rhyfedd iawn," atebodd Kennedy. "Awn ni ymlaen ati beth bynnag, ie?"

"Ie, ie, Kennedy. Mae'n siŵr mai'r fyddin y'n nhw," atebodd Capten Dafydd, a golwg ddryslyd ar ei wyneb.

Wrth agosáu a dod yn gyfochrog â'r llong, cafodd pob un ar longau Capten Dafydd a Chapten La Bouse sioc enfawr.

Bang! Bang! Crash! Bang!

Neidiodd sawl un o'u crwyn wrth glywed y sŵn byddarol.

"Maen nhw wedi saethu brôdseid!" gwaeddodd Magness yn groch.

"Mae pob un o'r gynnau yr ochr yma i'w llong nhw newydd saethu aton ni!" ychwanegodd Moody.

Rhedodd Capten Dafydd i ymyl bwrdd y llong, gan bwyso drosodd i weld a oedden nhw wedi'i difrodi. Roedd y *Royal James* wedi ysgwyd yn y dŵr yn ofnadwy, nes peri i ambell un o'r dynion llai cryf gael eu taflu i'r llawr a rholio i ben arall y dec.

"Diolch byth," meddai Capten Dafydd. "Dy'n nhw ddim ond wedi saethu i'r llinell ddŵr."

"Eisiau'n dychryn ni maen nhw, felly," ychwanegodd Anstis.

"Ie, dy'n nhw ddim am achosi difrod... Ddim eto, ta beth," atebodd Kennedy.

Wrth i'r *Royal James* lonyddu rywfaint, ac wrth i draed y dynion deimlo'n fwy diogel ar y dec, edrychodd pawb draw at y llong wrth eu hochr, ar bigau'r drain eisiau gwybod beth oedd ei bwriad a beth fyddai hi'n ei wneud nesaf. Allen nhw ddim gweld yn glir iawn – roedd y gynnau wedi achosi i fwg ymddangos rhwng y ddwy long, ac roedd y mwg yn codi o'r neilltu yn araf.

Topping, a'i lygaid craff, oedd y cyntaf i allu gweld unrhyw arwydd o'r llong.

"Capten! Capten!" gwaeddodd i lawr i'r dec o'i olygfan. "Maen nhw wedi codi'r faner ddu!"

Allai Capten Dafydd ddim credu ei glustiau.

"Wyt ti'n siŵr, Topping?" gwaeddodd yn ôl arno.

"Ydw, dwi'n reit sicr erbyn hyn. Mae'r mwg yn clirio'n dda. Mae eu llong nhw mor dal, galla i weld y faner ddu yn weddol glir bellach," eglurodd Topping.

"Alla i ddim credu bod hyn yn digwydd eto!" trodd at Kennedy ac Anstis. "Dwedwch wrth y dynion am saethu un gwn i ochr gysgodol eu llong."

Ymhen dim, clywodd y capten eiriau Anstis, "Saethwch *leeward*, bois. Brysiwch nawr, a brysiwch i godi'n baner ddu ni, cyn iddyn nhw benderfynu'n chwalu ni'n rhacs jibidêrs!"

Teimlai Hywel Dafydd fel pe bai mewn breuddwyd. Pa

mor debygol oedd hi i hyn ddigwydd unwaith, heb sôn am ddwywaith?

Ar ôl ychydig eiliadau, clywodd un o'r gynnau'n saethu. Beth wnaiff pedair llong fôr-ladron yng nghwmni ei gilydd, tybed? meddyliodd. A fydd hon yn gyfeillgar fel llong y Ffrancwyr?

Ar ôl ychydig funudau, cliriodd y mwg, a sylwodd Capten Dafydd eu bod wedi drifftio'n agos at y llong ddieithr. Gwelodd mai *Mourroon* oedd ei henw, ond doedd hynny ddim yn rhoi cliwiau am gefndir na thymer y criw arni. Safodd yn dalsyth, a mentro cyfathrebu.

"Ahoi!" galwodd Capten Dafydd. "Môr-ladron y'ch chi, ai e?"

Ni ddaeth smic o'r llong arall am eiliadau hirion. Yna, clywyd llais dwfn, cryf yn ymateb.

"Dydd da," daeth y llais. "Ie! Môr-ladron y'n ni! Capten Thomas Cocklyn ydw i. Pwy ydych chi?"

"Fel y gwelwch chi, môr-ladron y'n ni hefyd," atebodd Hywel Dafydd ef. "Capten Dafydd ydw i... O Gymru," ychwanegodd.

"Sais ydw i," atebodd Cocklyn. "Ro'n i'n barod i ymosod arnoch chi a'r llongau y tu ôl i chi!"

"Lwcus i chi beidio, felly. Neu fe fydde gyda chi long llawn cyrff marw erbyn hyn," galwodd Capten Dafydd draw ato, gan deimlo ychydig yn ddig gyda'r dyn eofn o'i flaen.

"Ho! Wn i ddim am hynny, mae gen i ddynion da iawn yma!" chwarddodd Cocklyn.

"Beth yw'ch bwriad chi nawr 'te?" holodd Capten Dafydd ymhen ychydig eiliadau. Am ryw reswm, doedd e ddim am fod yn or-gyfeillgar gyda'r dyn hyderus hwn. Roedd rhywbeth am ei hunanhyder di-ofn yn gwneud iddo deimlo'n anghynnes.

"Gadewch i ni feddwl nawr," daeth y llais o'r llong arall. "Ry'ch chi newydd sbwylio'n hwyl ni! Ro'n i am chwalu'ch llongau chi'n rhacs. Ro'n i'n bwriadu bod yn gwledda ar eich ysbail chi erbyn hyn!"

Penderfynodd Capten Dafydd aros yn ddistaw am ateb call gan y Sais – roedd hyfdra'r dyn yn mynd o dan ei groen go iawn.

"A, ta waeth! Daw eto haul ar fryn!" aeth y Sais yn ei flaen yn groch. "Beth am i chi gapteiniaid ddod draw am ddiod gyda mi, ac mi gawn ni drafod y dyfodol gyda'n gilydd?"

21
TRI GŴR DOETH

Cyn gynted ag y camodd Capten Dafydd a Chapten La Bouse ar long Capten Cocklyn, sylweddolodd y Ffrancwr a'r Sais eu bod yn adnabod ei gilydd! Wrth iddo hanner gwylio a gwrando ar y sgwrs rhwng y ddau, brysiodd dyn oedrannus at Gapten Dafydd cyn iddo gael cyfle i ddeall beth oedd perthynas y ddau gapten arall.

"Syr, Gapten, mae'n rhaid i chi glywed sut ddyn yw Cocklyn," dywedodd y dyn dieithr, a'i wynt yn ei ddwrn. Trodd Capten Dafydd yn araf tuag ato, ychydig yn flin fod y dyn hwn yn torri ar draws ei glustfeinio. Roedd e'n ceisio dyfalu a oedd La Bouse a Cocklyn ar delerau cyfeillgar â'i gilydd ai peidio – gallai eu perthynas effeithio ar dynged pob un o'r môr-ladron. Os oedden nhw wedi bod yn hwylio ar yr un llong, tybed pam y gwahanwyd nhw? Os oedden nhw wedi bod yn fôr-ladron gyda'i gilydd o'r blaen, pam nad oedden nhw wedi parhau i gydweithio? Oedden nhw'n gweld lygad yn llygad neu a oedd hanes ci a chath rhyngddyn nhw?

"Y… syr?" Clywodd Capten Dafydd yr hen ddyn wrth ei ochr yn ymbilio am ei sylw unwaith eto, gan ei dynnu'n ôl o'r synfyfyrio.

"Ie? Beth?" holodd ychydig yn siarp, gan edrych i lawr ar y dyn yn ei gap gwlân Trefynwy.

"Sori, syr, ond dwi'n meddwl bod angen i chi glywed beth sydd gen i i'w ddweud."

"Ti wedi dweud hynny unwaith yn barod, ddyn! Dere mlaen, dwed beth sydd gen ti i'w ddweud, 'chan." Roedd Capten Dafydd yn amlwg yn colli ei amynedd yn weddol gyflym.

"Dwi wedi clywed llawer amdanoch chi, Capten Dafydd. Dwi'n siŵr y bydd modd i chi roi trefn ar y diawl Cocklyn 'ma."

"Diawl?" meddai Capten Dafydd yn syn, a hoelio ei sylw ar y dyn. "Wel, dere, brysia at dy bwynt, wnei di?" mynnodd Capten Dafydd, a'i lygaid yn gwylio'r capteiniaid eraill bob yn ail ag edrych yn ddig ar y dyn bychan wrth ei ochr.

"Mae Cocklyn yn ddyn aflan." A phenderfynodd y Cymro glustfeinio'n fwy gofalus ar y geiriau roedd y dyn yn eu sibrwd yn ei glust. "Yn un peth, ddylwn i ddim bod yma – dwi wedi cael fy ngorfodi i fod yn fôr-leidr, syr."

"Nid ti yw'r cyntaf," atebodd Capten Dafydd.

"Na, na, dwi'n gwybod hynny," brysiodd yr hen ddyn i ateb. "Nid dyna roeddwn i am ei ddweud, mewn gwirionedd... Ta beth, mae e'n ddyn erchyll!"

"Ym mha ffordd? Brysia gyda'r hyn sydd gen ti i'w ddweud 'nei di? Dwi'n dechrau colli amynedd, ddyn!"

"Wel, syr," prysurodd yr hen ddyn eiddil i ychwanegu, "dyma *un* enghraifft i chi – hanes dyn o'r enw William Hall. Doedd Hall ddim am fod yn fôr-leidr chwaith, ond gorfodwyd ef i ymuno gan Cocklyn. Doedd e ddim ond wedi bod ar y llong am ddiwrnod pan orchmynnodd

Cocklyn iddo ryddhau'r hwyl uchaf. Prysurodd Hall i wneud hynny. Ond roedd e'n rhy araf i Cocklyn, yn rhy araf yn dringo'r rhaffau, mae'n debyg. Y peth nesaf oedd i Cocklyn orchymyn i'r bosn saethu Hall! Ac fe wnaeth e! Fe wnaeth e!"

Edrychodd Capten Dafydd yn syn ar y dyn bychan, ei lygaid wedi eu hoelio arno, ac yn gwrando'n astud ar y stori a sibrydai.

"Wnaeth y bosn ddim llwyddo i ladd Hall wrth ei saethu. Felly, dywedodd Cocklyn wrtho am ddringo ar ei ôl. Fel mwnci llon, aeth y bosn i fyny'r rhaffau. Cyn pen dim, roedd ei gytlas allan. Dechreuodd ddefnyddio'i gleddyf i rwygo'r rhaffau roedd Hall yn gorffwys yn llipa arnyn nhw. Roedd Hall, wrth gwrs, yn sgrechian mewn poen ac ofn. Roedd e'n ymbil ar i'r dyn creulon ei helpu. Roedd e'n erfyn arno i stopio torri'r rhaffau. Ond wnaeth hwnnw ddim gwrando. A'r peth nesaf welon ni oedd Hall yn disgyn drwy'r awyr, ac i'r dŵr. Cwympo fel carreg drom. Ac roedd e'n dal i sgrechian wrth daro'r dŵr. Ddaeth e ddim i'r golwg wedyn. Doedd dim gobaith ganddo wrth gwrs. Roedd e wedi'i saethu. Fe suddodd ar unwaith. Ond roedd ei waed yn gymysg â'r dŵr hallt am amser hir wedyn."

Edrychai Capten Dafydd yn gandryll wrth wrando ar yr hanes. Roedd ei feddwl ar chwâl. Wyddai e ddim sut i deimlo am yr hyn roedd newydd ei glywed. Edrychodd yn gyflym ar y ddau gapten arall, a sylwi eu bod yn dal i sgwrsio – nid yn hollol fel dau hen ffrind, ond yn ddigon cyfeillgar. Yna, edrychodd yn ôl ar y dieithryn a oedd wedi bod yn ddigon hyderus i ddechrau sgwrs. Os oedd y dyn hwn yn dweud y gwir, yna roedd Cocklyn yn ddiawl yn wir.

"Syr," ychwanegodd yr adroddwr. "Plis, helpwch ni, syr. Mae'r dyn yn hollol wallgo! Dim ond un stori yw honna; mae degau mwy! Beth sy'n ei stopio fe rhag gwneud penderfyniadau fel'na bob dydd? Ry'n ni i gyd yn ofni am ein bywydau. Bob eiliad, o bob dydd."

Wnaeth Capten Dafydd ddim ymateb i'r dyn wrth ei ochr. Yn hytrach, trodd at y ddau gapten arall.

"Y blydi mochyn diawl!" gwaeddodd Capten Dafydd, gan gymryd camau breision, brysiog i gyfeiriad y ddau gapten, a'i olygon wedi'u hoelio ar lygaid Cocklyn. Roedd yr olwg ar wyneb Hywel Dafydd yn gandryll ac yn anifeilaidd, a'i fys yn yr awyr yn pwyntio at y capten dieithr.

"Pwy yffarn wyt ti'n meddwl wyt ti, ddyn? Y Sais diawl!"

Edrychodd Cocklyn a La Bouse yn syn ar y Cymro, a stopiodd eu sgwrs ar unwaith.

"Be... be sy?" holodd y Sais, gan sylwi ar ddyn eiddil yn sleifio i ffwrdd yn frysiog.

"Be sy?" daeth bloedd uchel Capten Dafydd. "Rwyt ti'n ddyn erchyll, Cocklyn. Dyna be sy! Rwyt ti wedi torri cyfraith y môr. Fwy nag unwaith, fwy na thebyg, y diawl hyll! Be sy gen ti i'w ddweud am William Hall, e?"

Edrychodd Capten La Bouse bob yn ail ar y capteiniaid o'i flaen, heb syniad beth oedd y newid mawr oedd wedi digwydd yn yr eiliadau diwethaf, ac mewn gormod o sioc i wneud mwy na syllu o un i'r llall.

"P... pwy?" gofynnodd Cocklyn, ei wyneb yn ddryslyd

ac yn ofnus ar yr un pryd – pwy oedd y capten gwyllt yma, a pham oedd e'n ymateb mor rhyfedd?

"Ha!" chwarddodd Capten Dafydd yn flin. "Dwyt ti ddim yn cofio, wyt ti?"

Roedd y Cymro wedi mynd yn agos i wyneb y Sais, a'r Ffrancwr yn ceisio gwneud synnwyr o'r sgwrs, ac yn ceisio dyfalu â phwy y dylai ochri. Taw piau hi am eiliad, penderfynodd, wrth i'w lygaid saethu'n ôl a blaen o un wyneb i'r llall!

"Ti'n gorfodi dynion i fod yn fôr-ladron," aeth Capten Dafydd ymlaen yn gynddeiriog, a'i fys yn dal i bwyntio at Cocklyn, "ac yna, yn eu lladd os nad ydyn nhw'n plesio. Mochyn, dyna wyt ti! Dihiryn! Diawl! Cachgi! Mochyn! Ti'n gwybod yn iawn fod cyfraith y môr yn dweud nad oes hawl gwneud niwed i ddyn os yw e'n dilyn gorchmynion."

Roedd Capten Dafydd yn pwnio'i fynegfys ar frest Cocklyn, a'i boer yn chwistrellu i wyneb y Sais ofnus.

"William Hall," eglurodd Capten Dafydd. "Cafodd fyw am ddiwrnod gen ti. Diwrnod! Ildiodd i fod yn fôr-leidr. Gwnaeth fel roeddet ti am iddo'i wneud. Ond beth wnest ti? Gorchymyn i ddiweddu ei fywyd. Y ffŵl! Y diawl!"

Yn sydyn, roedd Capten Dafydd wedi camu'n ei ôl, ac roedd cytlas yn ei law, wedi'i godi i lefel wyneb Capten Cocklyn. Gyda hynny, ymddangosodd cytlas yn llaw'r Sais hefyd, a dechreuodd y ddau gylchu'i gilydd ar y dec, y cleddyfau bron iawn yn cyffwrdd ei gilydd.

"Peidiwch!" gwaeddodd La Bouse, yn gwybod yn iawn y gallai degau o ddynion golli eu bywydau yn yr oriau nesaf pe bai'r ddau gapten yma'n dechrau ymladd â'i gilydd. Parhaodd y Cymro a'r Sais i gylchu, eu llygaid wedi'u hoelio ar ei gilydd, a'r casineb yn fflachio o'u hwynebau.

"Peidiwch!" Daeth gorchymyn arall gan y Ffrancwr, a chamodd ymlaen, gan afael yng ngarddyrnau'r ddau arall. Gobeithiai'n arw fod ei gryfder yn ddigon i gadw cleddyfau'r ddau oddi wrth ei gilydd. Edrychodd yn ddifrifol o un i'r llall, ac ymhen ychydig eiliadau, teimlodd y ddau yn llacio'u breichiau cadarn wrth i'r gynddaredd lonyddu ychydig.

Serch hynny, roedden nhw'n dal i syllu'n ddig ar ei gilydd.

"Pam ddiawl ddyle'r holl ddynion yma ddioddef am nad y'ch chi'ch dau'n cytuno?" mentrodd La Bouse. "Dwi ddim yn siŵr beth sy newydd ddigwydd, na pham. Ond, dwi'n erfyn arnoch chi'ch dau i gallio am eiliad. Ry'n ni'n tri yn gapteiniaid, ac mae'n rhaid i ni ddangos esiampl dda. Chi'n gwybod yn iawn nad oes ymladd i fod ar fwrdd llong. Os y'ch chi wir am ladd eich gilydd, rhaid i chi aros nes y byddwn ni ar dir cadarn."

Gwyliodd La Bouse yn ddau arall yn ofalus, yn gobeithio'n arw fod ei neges yn cyrraedd eu clustiau a'u hymennydd!

"Nawr, calliwch! Ry'ch chi i fod i arwain, nid herio a ffraeo fel dwy gath wyllt!" Aeth La Bouse ymlaen. "Rhowch y cytlasau i gadw, a gadewch i ni gael y ddiod 'na gynigiodd Capten Cocklyn i ni. Gallwn ni drafod ein gwahaniaethau dros ddiod fach, siawns? Capten Dafydd?"

Yn araf, gostyngodd y ddau gapten blin eu cleddyfau, a'u cadw'n ddestlus yn eu beltiau lledr. Ond roedden nhw'n dal i syllu'n hyll ar ei gilydd wrth ddilyn La Bouse i'r caban islaw.

Dridiau'n ddiweddarach, roedd y tri môr-leidr yn hwylio gyda'i gilydd i fyny'r afon tuag at gaer Sierra Leone. Yng nghanol yr holl brysurdeb, fe anghofiodd Capten Dafydd bopeth am holi sut roedd La Bouse a Cocklyn yn adnabod ei gilydd. Ond daeth pethau diddorol iawn i'r amlwg. Roedd Moody wedi hwylio gyda'r tri chapten yma yn eu tro. Yn wir, daeth i'r amlwg fod Moody yn gyn-gapten ei hun! Roedd e wedi cadw hynny'n ddistaw . Bu hyd yn oed yn gapten ar La Bouse a Cocklyn un tro! Bois bach – roedd hanes difyr a chymhleth i fywyd dynion ar y môr!

Oedd, roedd Capten Dafydd yn gandryll â Chapten Cocklyn am fod yn ddyn mor greulon. Ac roedd Capten Cocklyn yn gandryll â Chapten Dafydd am fod mor haerllug ac am dynnu cyllell arno. Ond, fel arweinwyr cyfrifol, roedd Capten La Bouse wedi'u darbwyllo bod cydweithio am ychydig yn syniad da. Roedd y ddau wedi sylweddoli bod ymladd yn syniad ffôl... am y tro beth bynnag! Roedd yn rhaid iddyn nhw fod yn gyfrifol am eu criwiau, ac am eu dyfodol, felly os nad oedden nhw am frwydro â'i gilydd, yr unig beth y gallen nhw ei wneud oedd cydweithio. Fe laciodd y ddiod eu gwylltineb, ac wedi deuddydd o gydyfed, fe benderfynon nhw greu mordaith ar y cyd. Yn wir, roedd yn lwcus iddyn nhw benderfynu cydweithio, neu fyddai'r un ohonyn nhw wedi llwyddo gyda'u hantur nesaf.

22

MEWN ~~UNDOD~~ MAE NERTH

"Dyma ni – dwi'n mynd amdani!"

Clywodd y tri chriw o fôr-ladron waedd Capten La Bouse. "Bydd y llanw gorlif yma'n ein cario ni ymhellach i fyny'r afon, yna bydd hi'n llanw uchel, a bydd hynny'n ein cynorthwyo ni i aros yno heb orfod gweithio yn erbyn y dŵr. Amdani felly. Sdim amser i'w wastraffu."

"Pob lwc, mi fyddi di ei angen e," meddai Capten Dafydd yn ddistaw.

Trodd ar ei sawdl, ac aeth i lawr i'w gaban o'r dec. Doedd ganddo ddim llawer o ddiddordeb yn yr hyn oedd am ddigwydd yn yr oriau nesaf – roedd arno awydd gorffwys a chael llonydd. Os oedd La Bouse eisiau ymosod ar gaer Sierra Leone, roedd pob croeso iddo wneud hynny, a byddai Capten Dafydd yn cefnogi ei benderfyniad, ond gorffwys oedd ar ei feddwl am y tro. Roedd holl gyffro a gwledda'r tridiau diwethaf wedi ei flino.

Yn gynharach y diwrnod hwnnw, roedd y tri chapten wedi cael cyfarfod i drafod y camau nesaf. Roedd La Bouse a Cocklyn yn awyddus i Hywel Dafydd fod yn rheolwr ar y llongau am ychydig gan mai ef oedd â'r profiadau dewraf dan ei felt. Ac wedi tri chwarter awr o berswadio, fe gytunodd Capten Dafydd i fod yn gomodor arnynt oll – yn Uwch-Gapten ar y degau o fôr-ladron oedd wedi treulio'r deuddydd diwethaf yn diddanu a diogi. Ond, doedd e ddim yn rhy hapus gyda'r penderfyniad.

Wrth orwedd yn ei gaban, meddyliodd am y tridiau diwethaf, a dechreuodd restru'r digwyddiadau yn ei ben:

- Dod ar draws Capten La Bouse, a chytuno i gydweithio am sbel.
- Dod ar draws Capten Cocklyn, dysgu am ei ddrygioni, gwylltio'n llwyr â Chapten Cocklyn a theimlo'i fod eisiau lladd y dihiryn yn y fan a'r lle.
- Cael ei ddarbwyllo gan Gapten La Bouse fod hynny'n beth ffôl. Pwyllo, callio ac ildio, gan gytuno i drafod yn rhesymol gyda Chapten Cocklyn.
- Cytuno i anghofio am y gorffennol, a pheidio ffraeo ymhellach.
- Parhau i deimlo'n ddig gyda Chapten Cocklyn am drin dynion diniwed mor anifeilaidd, ond penderfynu gwthio'r teimladau atgas i gefn ei feddwl am y tro.
- Capten Cocklyn yn dod i ddeall mwy am gefndir Capten Dafydd, ac yn sylweddoli ei fod yn arweinydd nerthol a dewr.
- Dysgu bod La Bouse a Cocklyn wedi rhannu llong yn y gorffennol, a bod ganddyn nhw reswm da i anghytuno, ond eu bod yn fodlon rhoi'r gorffennol hwnnw y tu cefn iddyn nhw.
- Cael ei berswadio bod dod yn gomodor yn syniad doeth.
- Teimlo'n ansicr am y dyfodol, am y tro cyntaf ers cryn amser.

Cododd ar ei eistedd, ac estyn am wydraid o ddiod. Wrth lymeitian yn araf, trodd ei feddwl eto at Gymru. Meddyliodd am yr amser oedd wedi mynd heibio ers iddo adael ei rieni a'i ffrindiau. Dychmygodd y tristwch yn llygaid ei rieni pan sylweddolon nhw fod eu Hywel bach nhw am barhau i fyw ar y môr. Dychmygodd y dryswch yn eu llygaid wrth iddyn nhw gael gwybod ei fod bellach yn fôr-leidr. Oedden, meddyliodd, roedden nhw'n siŵr o fod wedi clywed erbyn hyn ei fod yn lleidr ar y môr – roedd newyddion drwg yn teithio'n gyflym, yn anffodus! Synnodd ato'i hun am feddwl bod môr-leidr yn rhywbeth drwg – doedd e heb feddwl yn negyddol am ei fywyd anturus ers amser maith. Bywyd y môr-leidr – doedd e ddim yn fywyd gonest, gweddus, na pharchus, a doedd e ddim yn byw fel roedd ei rieni wedi'i fagu i fyw. Roedd e wedi colli'i lwybr a'i foesau yn rhywle ar hyd y daith. Corddodd ei feddwl wrth iddo gysidro'r pethau hyn. Dyheai yn awr am gael dychwelyd i fywyd tawel yng nghefn gwlad Cymru. Ond gwyddai'n iawn na fyddai hynny'n bosib. Os oedd yr hanes amdano ar led, byddai'r gosb am ddilyn gêm y môr-leidr yn ei daro pe ceisiai ddychwelyd i fywyd cyffredin.

Yn sydyn, clywodd gnoc ar ddrws ei gaban.

"Ie?" galwodd yn ddioglyd, gan obeithio'n wir nad oedd angen iddo ddod o hyd i egni i ymladd eto. Cwsg oedd yr unig beth a ddymunai.

"Capten Dafydd." Daeth Kennedy drwy'r drws, a'i gau ar ei ôl. "Wn i ddim ydych chi'n gallu clywed yr hyn sy'n digwydd y tu allan, ond mae La Bouse wedi dechrau ymosod ar gaer Sierra Leone o'r diwedd."

Edrychodd Capten Dafydd ar y Gwyddel, ond doedd ganddo ddim amynedd nac awydd ymateb o gwbl.

"Ry'n ni am gadw llygad arnyn nhw o'r fan hon, syr," aeth Kennedy yn ei flaen. "Mae'n bosib y bydd La Bouse yn llwyddiannus ac yn eu trechu, fel roedd e'n ei gredu. Ond os ddim, mae Topping a minnau wedi bod yn trafod gyda Chapten Cocklyn, ac ry'n ni'n gytûn y byddwn yn barod i roi help llaw iddo os oes angen... Hynny ydy, os ydych chi'n cytuno, Capten Dafydd," prysurodd i ychwanegu. "Chi yw'r comodor, wrth gwrs, a chi sydd â'r gair olaf."

"Ie, iawn, beth bynnag y'ch chi'n meddwl sydd orau," atebodd Hywel Dafydd a'i lais yn fflat. "Dwi am gael llonydd i geisio cysgu rhyw ychydig nawr, ond deffrwch fi pan fyddwch fy angen i."

"Wrth gwrs, syr, dim problem o gwbl."

Ac ar hynny, gadawodd Kennedy'r caban gan gau'r drws yn ysgafn ar ei ôl.

Annwyl Mam a Dad

Rwy'n sgwennu hwn a minnau ymhell bell o gartre. Fel ry'ch chi siŵr o fod wedi clywed erbyn hyn, ydw, rwy'n fôr-leidr. Rwy'n foi ofnadwy. Rwy'n arwain degau o ddynion at fyd o ddrygioni a marwolaeth cyn pryd. Ie, fi yw'r capten – nid môr-leidr bach cyffredin ydw i. Rwy ymhell o fod yn fôr-leidr bach – rwy'n gomodor ar bedair llong a channoedd o ddynion ar hyn o bryd! Fi yw'r môr-leidr mwyaf mewn hanes!

Ond, dy'ch chi ddim yn frowd ohona i, y'ch chi? Allwch chi ddim bod yn frowd o'r hyn rwy wedi tyfu i fod. Rwy'n warth, on'd ydw i? Rwy'n greadur afiach, sy'n achosi trafferth.

Dwi ddim yn deall beth aeth o'i le. Sut newidiais i gymaint? Sut alla i fyw gyda fy hunan a'r ffordd rwy'n dewis byw. Mae'n ofnadwy.

Rwy'n eich colli chi, Mam a Dad, bob eiliad o bob dydd, wir i chi. Rwy'n meddwl amdanoch chi drwy'r amser. O, am gael bod gartre gyda chi. Cael mynd i bysgota gyda'r nos. Cael crwydro lawr i'r pentre. Cael bwyta cawl ac yfed te. Amdanoch chi rwy'n meddwl pan fydda i'n methu mynd i gysgu bob nos. . .

Deffrodd Hywel Dafydd yn gyflym i sŵn taro. Cymerodd rai eiliadau iddo gofio lle'r oedd e. Roedd wedi bod yn breuddwydio am fod yn ôl yng nghartref ei rieni – ei gartref ei hun. Ond nid ei hen wely oedd yr un roedd e'n gorwedd arno. Mae'n rhaid 'mod i wedi bod yn cysgu'n drwm eithriadol, sylwodd wrth i'r cnocio barhau.

"Ie? Dewch mewn!" galwodd wrth godi ei hun i bwyso ar ei benelinoedd.

"Syr, dwi'n meddwl ei bod hi'n bryd i ni gamu i mewn a rhoi cymorth i Gapten La Bouse." Daeth geiriau Kennedy yn un llif cyflym.

"Beth ydw i wedi'i golli, Kennedy?"

"Dim llawer, syr. Ond mae oriau wedi pasio bellach, a dyw hi ddim yn ymddangos fel petai'r môr-ladron yn ennill tir o gwbl," eglurodd Kennedy wrth i'w gapten godi'n araf o'i wely, a gwisgo'i got wych a'i gap godidog. "Mae'n amlwg fod gwarchodwyr y gaer wedi bod yn barod amdanyn nhw, ac yn gwybod mai môr-ladron oedden nhw. Maen nhw'n chwarae'r gêm o saethu'n ôl a blaen ers dros ddwy awr..."

"Hm, reit," atebodd Capten Dafydd gan deimlo mwy fel ef ei hun erbyn hyn. "Amdani felly. Fydd dim siawns gyda'r gwarchodwyr unwaith bydd tri chriw o fôr-ladron yn ymosod arnyn nhw!" Gwenodd wrth gamu allan o'r caban a Kennedy wrth ei gwt. "Gwna'n siŵr fod Cocklyn yn cael y neges cyn gynted ag y bo modd. Mi rown ni gymorth i'r Ffrancwr druan!"

Prysurodd Kennedy i ffwrdd, ac astudiodd Capten Dafydd ei long. Oedd, roedd ganddo griw da o ddynion, meddyliodd. Tra oedd e wedi bod yn cysgu'n drwm, roedden nhw'n amlwg wedi bod yn gweithio'n galed yn sicrhau bod y llongau'n barod ar gyfer beth bynnag fyddai'n eu hwynebu. Teimlai falchder mawr. Teimlai'n falch o'i longau, ac yn falch o'i ddynion. Roedd e unwaith eto'n teimlo'n bwerus ac yn bwysig. Roedd yr ychydig oriau o gwsg wedi gwneud byd o les, a theimlai dinc o awydd ymladd!

Ymhen dim ond dwy awr, roedd Capten Dafydd a Chapten Cocklyn wedi llwyddo i ddychryn gwarchodwyr y gaer a gorfodi'r garsiwn i ildio. Gan sylweddoli bod Capten La Bouse wedi bod yn ymladd yn ddi-baid am oriau, roedd y

Sais a'r Cymro wedi cydhwylio at y Ffrancwr i'w gefnogi yn ei ymdrechion.

"Hahaaa!" chwarddodd Capten Dafydd. "On'd ydyn ni'n wych, ddynion? On'd ydyn ni'n wych?"

Eisteddai'r criw ar fwrdd y llong, yn nodio ar eu capten. Oedden, roedden nhw wedi cael prynhawn bach da. Roedd trigolion y gaer wedi'u dychryn o weld cynifer o longau a dynion oedd wedi dynesu at Sierra Leone. Roedden nhw wedi sylweddoli'n gyflym iawn nad oedd pwrpas ceisio dal cymaint ohonynt hyd braich. Doedd dim digon o ddynion ganddyn nhw.

"Welsoch chi nhw'n rhedeg mewn ofn? Haha!" aeth Capten Dafydd ymlaen â'i atgofion. "Hoffwn i fod wedi bod yn ddigon agos i weld y braw ar eu hwynebau nhw! Ha! Wedyn, welsoch chi nhw'n neidio mewn rhyw saith neu wyth canŵ a'i heglu hi o'r gaer?"

"Dylen ni fod wedi'u dychryn nhw ymhellach," cyfrannodd Anstis at y sgwrs. "Saethu atyn nhw'n uniongyrchol wrth iddyn nhw rwyfo i ffwrdd. Falle fydden ni wedi dinistrio'u cychod bach pathetig nhw wedyn, ac wedi gwneud iddyn nhw ddioddef mwy am wneud pethau'n anodd i La Bouse yn y lle cyntaf."

"Na," atebodd Capten Dafydd yn dawelach. "Byddai hynny wedi bod yn rhy greulon. Mae dychryn yn ddigon. Sdim angen mynd dros ben llestri ac anafu a difrodi heb reswm nawr, oes e?"

Nid atebodd Anstis na neb arall – dim ond parhau i ddrachtio'u diodydd a phendwmpian ar y dec yng ngwres cynnes diwedd y dydd. Edrychodd Capten Dafydd ar wynebau a chyrff blinedig y dynion o'i flaen, cyn parhau â'i ymffrostio. Roedd ei dôn wedi newid yn llwyr ers y bore hwnnw, pan nad oedd ganddo ddiddordeb o gwbl yng nghynllun La Bouse.

"On'd ydyn ni'n wych, e?" meddai eto. "Roedd y Ffrancwr yn ei chael hi'n anodd eu trechu nhw tan i ni ymuno yn yr hwyl. Fe ddaethon ni, ac fe ddihangodd trigolion y gaer ar unwaith fel llwyth o lygod bach ofnus, haha! A pheth arall, meddyliwch am yr hyn sydd o'n blaenau ni pan ddaw'r haul bore fory – cawn ni ryddid i ysbeilio Sierra Leone, a chyfle arall i wledda a dathlu ein bywydau gwych ni! Be chi'n ddweud am hynny?"

Nid atebodd yr un ohonynt eu capten unwaith eto. Ar hyn o bryd, allen nhw ddim meddwl am bartïo a mwynhau – doedd ganddyn nhw ddim egni! Roedden nhw wedi blino'n lân ar ôl ymdrechion y prynhawn, ac roedd pob un yn barod am noson arall o gwsg yn y gwres clòs. Pob un heblaw Capten Dafydd – roedd y cyntun bach gafodd e'r bore hwnnw wedi bwydo egni ffres i fêr ei esgyrn!

Pan ddychwelodd i'w gaban ymhen hir a hwyr, bachodd y llythyr roedd e wedi hanner ei sgwennu at ei rieni, a'i losgi mewn un fflam.

23
DIWEDD Y DRINDOD

Mai 1719

"Ry'n ni wedi bod yma'n ddigon hir nawr," dywedodd La Bouse wrth Cocklyn a Hywel Dafydd. "Mae'n hen bryd i ni adael."

"Dwi'n cytuno," meddai Capten Dafydd. "Ddaw dim da o hongian o gwmpas yn rhy hir yma."

Roedd y môr-ladron wrthi'n ysbeilio ac yn mwynhau cyfoeth Sierra Leone ers wythnosau erbyn hyn. Yn ogystal â hynny, roedd y Ffrancwr wedi cael gafael ar long newydd iddo'i hun. Ryw wythnos ynghynt, sylwodd Topping ar long fawr yn teithio i fyny'r afon. Cofiodd Capten Dafydd iddo addo y byddai'n helpu La Bouse i gael llong well, felly dyna fel y buodd hi. Ymosodwyd ar y llong wrth iddi gyrraedd ceg y gaer, a threchwyd y dynion arni. Stripiodd y Ffrancwr hanner ei dec a gosod pedwar gwn ar hugain arni. Roedd hi bellach yn edrych fel llong fôr-ladron, ac yn barod i'w defnyddio yn y ffordd honno.

"Ond ry'n ni'n cael amser mor dda, bois! Pam fyddech chi eisiau gadael pan y'ch chi'n mwynhau, heb i neb amharu ar y nefoedd yma o fywyd?" holodd Capten Cocklyn, yn methu'n glir â deall barn y ddau gapten arall. Roedd wrth ei fodd yn Sierra Leone – yn cymryd mantais o'r merched, yn cysgu'n hwyr bob dydd, ac yn gwledda ar y bwydydd a'r diodydd parod oedd mor amrywiol a blasus o gymharu â'r hyn roedd e wedi arfer ag ef wrth hwylio'r tonnau.

"Fel ry'n ni wedi dweud, Cocklyn," eglurodd La Bouse, "ry'n ni wedi bod yma'n ddigon hir, a ddaw yna ddim da o aros yn hirach. Ti'n gwybod na fyddai modd i ni ymdopi pe bai'r awdurdodau'n penderfynu cael gwared arnon ni, ac yn rhoi eu holl ymdrechion i gael gwared arnon ni. Os gwnân nhw drio'n ddigon caled, fe fyddan nhw'n llwyddo. Ac i ddweud y gwir wrthot ti, galla i feddwl am sawl ffordd well o farw!"

"Yn union, *môr*-ladron y'n ni, beth bynnag," cefnogodd Hywel Dafydd eiriau'r Ffrancwr, "nid dihirod sy'n cymryd cartrefi pobl ar dir sych, ac yn cymryd mantais o'r ffaith fod gyda ni arfau a'r gallu i wneud llawer mwy o niwed. Mae wythnosau wedi mynd heibio nawr, a dwi'n ysu am fod 'nôl ar y môr. A dwi'n cytuno gyda La Bouse – mi fyddai'n well gen i farw ar y môr mewn brwydr na marw ar dir sych gyda bol gorlawn ac alcohol yn gryf yn fy ngwaed."

"Iawn! Iawn! Dwi'n ildio i'ch syniad *campus* chi!" gwawdiodd y Sais y ddau gapten arall. "Dwi'n sicr ddim yn mynd i allu ymdopi yma os ydych chi'ch dau'n gadael. Felly, dyna ni, mi awn ni i gyd gyda'n gilydd, ac mi gaiff y Cymro 'ma barhau i fod ar flaen y gad."

Teimlai Capten Dafydd ryddhad fod Cocklyn wedi gweld synnwyr o'r diwedd, ond teimlai ychydig yn ddig gydag e am siarad mor goeglyd, â thôn annifyr i'w lais – pwy oedd e'n meddwl oedd e, mewn difrif calon? Roedd Hywel Dafydd wedi colli cyfrif ar yr wythnosau roedden nhw wedi byw'r bywyd diofal yn Sierra Leone. Oedd

Cocklyn wir eisiau parhau i fyw fel hyn? Dechreuodd Capten Dafydd ddifaru unwaith eto iddo gytuno i fod yn gomodor. Byddai pethau'n llawer haws pe bai ganddo neb ond criw'r *Royal James* a'r *Buck* i'w perswadio.

"O'r diwedd! Ti wedi gweld synnwyr!" atebodd Capten La Bouse. "Awn ni yn y bore felly. Mae'r llongau wedi cael digon o ofal ac wedi'u glanhau'n dda tra'n bod ni yma, felly sdim angen oedi."

"Fory?! Oes rhaid mynd mor fuan?" cwynodd Capten Cocklyn yn syn wrth glywed geiriau'r Ffrancwr.

"Oes!" atebodd y ddau arall ar yr un pryd, a cherdded i ffwrdd gan ysgwyd eu pennau.

"Clywch!"

Cododd Capten Dafydd ei lais ac estyn ei law i fyny rhwng wynebau'r ddau arall. Roedd dyddiau wedi mynd heibio ers gadael Sierra Leone, ac roedd e wedi cael llond bol. Teimlodd y briw ar ei law yn llosgi unwaith eto, a theimlai wedi'i fradychu.

Yn gynharach y diwrnod hwnnw, roedd Cocklyn wedi sylwi ar un o fechgyn ieuengaf Capten Dafydd yn ceisio agor casgen o gwrw ar y slei. Heb eiliad i feddwl yn ddoeth am ei ymateb, roedd Cocklyn wedi chwifio cleddyf ar y bachgen tenau, gwan. Roedd yntau wedi rhedeg at Gapten Dafydd a oedd yn yfed yn ei gaban gyda La Bouse. A'i gleddyf yn dynn yn ei law, roedd Cocklyn wedi mynd ar ei ôl, ac wrth chwifio arno am yr eilwaith, roedd wedi torri bawd y bachgen i ffwrdd. Yn waeth na hynny, ym marn nifer o'r criw, roedd y cleddyf wedyn wedi sleisio trwy groen cefn llaw Capten Dafydd, a'r gwaed coch wedi llifo ar unwaith. Roedd wedi ymateb yn grac – lle Capten Dafydd oedd hi i gosbi'r bachgen ifanc, nid lle Cocklyn, ac roedd hwnnw newydd rwygo'i law!

Cofiai iddo wylltio gyda'r Sais yn syth, a'r Ffrancwr wedi gorfod camu i mewn unwaith eto i'w gwahanu a'u pwyllo. Nid dyma'r unig dro i'r Cymro a'r Sais ddod wyneb yn wyneb wrth anghytuno ers gadael Sierra Leone – roedd y diwrnodau diwethaf wedi bod yn gyfres o ffrae a chweryl ar ôl ffrae a chweryl. Roedd Capten Dafydd wedi gorfod cnoi ei dafod fwy nag unwaith, ac wedi gorfod dysgu dal yn ôl a ffrwyno'i gynddaredd dro ar ôl tro.

Yn wir, roedden nhw wedi bod yn cydforio'n llwyddiannus. Roedden nhw wedi ymosod ar sawl llong ar hyd yr arfordir prysur, ac wedi rhannu ysbail ar ôl ysbail. Ond doedd y cydweithio ddim yn gweithio ar unrhyw lefel arall – doedd 'run ohonyn nhw'n gallu cytuno ble i fynd nesaf, ac roedd yr yfed tan berfeddion bob bore yn gwneud pawb yn flin ac yn fyr ei amynedd drwy'r amser.

"Clywch!" Cododd Capten Dafydd ei lais fymryn yn uwch eto wrth i'r tri eistedd yn ei gaban gyda'u diod arferol. "Ti, Cocklyn, a thithau, La Bouse! Dwi'n deall fy nghamgymeriad nawr... Trwy roi cymorth i chi a'ch gwneud chi'n gryfach, dwi wedi rhoi ffon yn eich dwylo i fy chwipio i. Er hynny, dwi'n dal i deimlo y gallwn i ddelio â chi'ch dau."

Oedodd, a thynnu ei law yn ôl at ei wydr, gan edrych bob yn ail ar y ddau gapten meddw o'i flaen. Teimlai

Capten Dafydd ei bod yn bryd i hyn i gyd ddod i ben, cyn iddyn nhw wneud mwy o niwed iddyn nhw eu hunain. "Gan ein bod ni wedi cyfarfod ar delerau da, gadewch i ni wahanu ar delerau da... Dwi'n grediniol erbyn hyn na all y tri ohonon ni fyth gytuno â'n gilydd."

Gyda hynny, drachtiodd weddillion ei wydr, codi ar ei draed a mynd i agor y drws led y pen. Safodd yna am eiliadau hirion, yn edrych ar y Ffrancwr a'r Sais wrth ei fwrdd yn syllu'n syn arno. Cododd ei fraich, a gwneud ystum iddyn nhw fynd drwy'r drws. Edrychodd La Bouse a Cocklyn ar ei gilydd, cyn codi eu hysgwyddau i ddangos eu bod yn ildio i eiriau'r Cymro cyhyrog. Gwagiodd y ddau eu gwydrau mewn un llwnc, a chodi i gyfeiriad y drws. Rhoddodd Capten La Bouse nòd cadarn i Gapten Dafydd wrth groesi'r trothwy, ond nid edrychodd Capten Cocklyn arno o gwbl. Roedd e'n amlwg wedi siomi'n fawr. Dilynodd Capten Dafydd nhw i'r dec, a gwylio'r ddau'n dringo i'w llongau eu hunain. Ymhen munudau, roedd y ddau gapten wedi rhoi gorchmynion distaw i'w dynion, a'r ddwy long yn hwylio'n araf i ffwrdd oddi wrth y *Royal James* a'r *Buck* ac i ddau gyfeiriad gwahanol. Teimlai Capten Dafydd ryddhad enfawr – gallai fod yn ef ei hun unwaith eto.

"Diolch byth fod y bennod yna yn fy mywyd wedi dod i ben," meddai Capten Dafydd wrth sefyll yn dalog ar fwrdd ei long ychydig oriau'n ddiweddarach, a'i olygon tua phenrhyn Apollonia, ymhellach i lawr yr arfordir. Doedd e ddim wedi disgwyl i'r ddau arall ildio mor rhwydd. Ond mae'n rhaid eu bod hwythau wedi cael hen ddigon hefyd, a'r ddiod feddwol wedi'u blino gormod i ddadlau.

"Dwi'n llawer gwell ar fy mhen fy hun," meddai wrtho'i hun. "Does dim angen pobl eraill dan draed arna i. Dwi'n llwyddiannus ar fy mhen fy hun. Pa ots am gydweithio gydag eraill llai llewyrchus?"

Edrychodd tua'r gorwel, a cheisio dychmygu pa ffawd oedd o'i flaen.

Dros y dyddiau nesaf, heb La Bouse na Cocklyn wrth ei gynffon, llwyddodd Capten Dafydd i ysbeilio dwy long Seisnig ac un Albanaidd.

"Ond Kennedy," myfyriodd Capten Dafydd yn dilyn y trydydd ymosodiad, "mae hyn yn rhy hawdd, ac os alla i fentro dweud, mae'n rhy ddiflas."

Edrychodd Kennedy'n syn ar ei arweinydd, yn methu deall pam roedd e'n anfodlon ei fyd. Roedden nhw mor anhygoel o lwyddiannus y dyddiau hyn. Doedd dim rheswm gan unrhyw aelod o'r criw dros fod yn anhapus â'u sefyllfa.

"Dyma'n bywyd ni, syr," atebodd Kennedy. "Mynd o le i le, ymosod ar longau, eu gwagio nhw o'u cynnwys defnyddiol a gwerthfawr." Cymerodd saib, gan gymryd darn mawr o gaws a bara o un o'r platiau gorlawn ar y bwrdd rhyngddo ef a'i gapten. "Edrychwch, mae'r math o fwyd ry'n ni'n ei gael o'r llongau 'ma'n wych, yn enwedig os ydyn ni'n eu dal nhw yn fuan ar eu taith. Cig, caws, llysiau ffres, wyau, menyn, a beth bynnag arall allwch chi feddwl amdano! A'r holl ddiod ry'n ni newydd ei gael oddi ar y llong Seisnig – rỳm, cwrw, sieri, brandi, port, bombo, a dŵr ffres! Heb sôn am y cynnyrch gwerthfawr ry'n ni'n ei gymryd – cynnyrch y gallwn ni ei werthu neu ei gyfnewid am bethau gwell, neu arian a phethau gwerthfawr go iawn!"

Cododd Capten Dafydd ei law i roi taw ar ei gyfaill.

"Dwi'n gwybod, dwi'n gwybod. Sdim angen i ti fynd mlaen a mlaen fel'na. Dwi'n gwybod sut mae pethau..." meddai'r capten yn feddylgar. "Nid cwyno am foethusrwydd ein bywyd ydw i... Dim ond, wel, dim ond teimlo wedi diflasu rhywfaint, ac eisiau bach mwy o gyffro. Mae hyn jyst ychydig yn rhy rhwydd. Hoffwn fwy o sialens, fel bod rheswm go iawn gyda ni i ddathlu. Wyt ti'n fy neall i?"

"Wn i ddim, Capten Dafydd. Ry'ch chi'n gofyn am drwbwl os y'ch chi'n dymuno sialens, dyna i gyd ddweda i."

Cododd Capten Dafydd ar ei draed, a chamu i ffwrdd o'r wledd o fwydydd ffres ar y bwrdd rhyngddynt. Dechreuodd gylchu'r ystafell, un llaw'n chwarae â'i farf a'r llall yn gafael yn dynn mewn gwydraid o win coch.

"Efallai dy fod ti'n iawn, Kennedy. Ond dwi'n ysu am antur gyffrous. Rhywbeth fydd yn gwneud i mi deimlo'n fyw eto. Dwi am deimlo'n wirioneddol fyw. Dwi am deimlo fy ngwaed yn berwi, ac yna'n tawelu. Dwi am deimlo panig ac yna ryddhad. Mae'r teimladau yna'n gwneud i mi deimlo fy mod i'n byw bywyd, yn hytrach na derbyn beth bynnag a ddaw, a gadael i'r dyddiau fynd gyda'r gwynt. Wyt ti'n deall be sy gen i?"

"Dwi'n deall, ydw, syr," ysgydwodd Kennedy ei ben wrth ateb. "Ond dwi ddim yn meddwl ei bod hi'n syniad doeth temtio ffawd. Dwi'n credu mai'r peth doethaf i ni ei wneud yw mwynhau'r hyn sydd ganddon ni mor hir ag y gallwn ni. Os awn ni i chwilio am antur, mi fyddwn ni'n nesáu at drwbwl."

Eisteddodd Capten Dafydd yn ôl, a chysidro geiriau'r Gwyddel. Mae'n siŵr ei fod e'n siarad yn gall, meddyliodd, ond teimlai'r Cymro braidd yn ddigalon a blinedig â'i fywyd o hyd.

24
LLOND LLAW

"Y tir agosaf at nunlle," meddai Capten Dafydd yn synfyfyriol wrth wylio Penrhyn Tri Phwynt yn nesáu.

"Sori?" holodd Dennis wrth lygadrythu drwy'i finocwlar.

"Lledred? Dim. Hydred? Dim. Uchder? Dim," eglurodd y capten.

"O, reit, ie syr," atebodd Dennis heb lawer o ddiddordeb. "Rhywbeth fel *Marquis del Campo* mae'n dweud ar ei hochr hi, syr," ychwanegodd, wrth lygadu'r llong fawr oedd yn angori yng nghysgod y bae llydan.

"Hen long ryfel Brydeinig ddweden i," meddai Capten Dafydd. "Alli di weld faint o ynnau sydd arni?"

"Mmm…" cyfrodd Dennis a'i lygaid wedi'u glynu wrth y binocwlar. "Dwi'n reit siŵr 'mod i'n gweld deg ar hugain, Capten Dafydd."

"Hmmm…" atebodd y capten. "Fe af i gael gair â'r lleill nawr."

Ymhen eiliadau roedd Capten Dafydd yn sgwrsio ag Anstis a Kennedy ar y dec, a'u lleisiau'n prysur godi wrth iddyn nhw ddechrau anghytuno.

"Ond, syr," meddai Kennedy, "ry'ch chi'n gwybod sut rai yw'r masnachwyr Iseldiraidd. Ry'ch chi, fel fi, wedi clywed yr hanesion."

"Dewch, dewch, bois. Beth yw pwynt y bywyd 'ma os na gymerwn ni sialens fach bob hyn a hyn?"

"Syr," tro Anstis oedd hi i roi ei farn nawr, "dwi'n cytuno'n gryf gyda Kennedy ar hyn... am unwaith. Mae ganddyn nhw enw fel ymladdwyr penigamp. I beth awn ni i beryglu'n bywydau? Mae'n syniad hollol ffôl, os caf i ddweud."

"Ffôl neu beidio, dwi wir eisiau ymosod arni... A chi'n gwybod fel mae hi – gair y capten sy'n cyfrif. Sdim angen pleidlais ar hyn, dim ond penderfyniad bach yw e. Fel dwi wedi dweud o'r blaen, a dwi'n siŵr o'i ddweud e eto hefyd, rhowch eich ffydd yndda i. Mi edrycha i ar eich holau chi bob un. Dwi'n gyfrifol amdanoch chi," gwenodd Capten Dafydd ar y ddau o'i flaen. "Pob un ohonoch chi," ychwanegodd gan chwifio'i fraich a'i gorff mewn cylch i gyfeirio at bob un oedd o fewn clyw.

Roedd y cyffro a deimlai Capten Dafydd yn wefreiddiol wrth iddo ddychmygu'r antur o'u blaenau. Edrych ar ei gilydd yn anobeithiol wnaeth Anstis a Kennedy, gan wybod yn iawn nad oedd pwrpas dadlau ymhellach. Roedden nhw wedi trio'u gorau, ac roedd hi'n bryd iddynt gefnogi penderfyniad eu capten, a hynny er mwyn eu bywydau hwy eu hunain.

"Dwi ddim yn hoffi dweud hyn, syr," gwaeddodd Anstis ar ei gapten dros dwrw'r gynnau a'r sgrechfeydd, "ond mi wnaethon ni eich rhybuddio chi!"

"Mi fydd popeth yn iawn, Anstis!" gwaeddodd Capten

Dafydd yn ôl arno, gan geisio cadw'i gydbwysedd wrth i'r llong ysgwyd fel cwpan mewn dŵr. "Mi wnawn ni eu curo nhw ymhen dim."

Dechreuodd Capten Dafydd deimlo ychydig yn betrus wrth iddo sylweddoli ei fod, o bosib, wedi gwneud camgymeriad. Roedd Magness a Moody newydd ddod ato ef ac Anstis i gyhoeddi bod naw o'u dynion wedi'u lladd gan ergyd brôdseid gyntaf y gwrthwynebwyr.

Yn gynharach, roedd y *Royal James* wedi brysio drwy'r tonnau tuag at y llong fawr oedd wedi'i hangori ger y penrhyn, ac wedi codi'r faner ddu cyn gynted ag y gwelon nhw ddynion y llong arall yn eu gwylio. Yn anffodus i'r môr-ladron, ymatebodd yr Iseldirwyr yn gyflym iawn, a chyn i'r môr-ladron sylweddoli beth oedd yn digwydd, roedd llond llaw o'u dynion wedi wynebu diwedd eu hoes mewn dim o dro.

"Daliwch ati i ymladd yn gryf, ddynion!" bloeddiodd Capten Dafydd nerth esgyrn ei ben, yn benderfynol o weld ei ddynion yn brwydro hyd eu heithaf. "Dwi eisiau gweld y llong 'na'n suddo, chi'n fy nghlywed i? Suddwch y diawled!"

Synnodd Anstis o glywed y capten yn gweiddi mor groch, ac yn bloeddio cyfarwyddiadau mor wallgo. Ni chlywodd ef erioed o'r blaen yn dymuno cymaint o ddinistr. Fel arfer, difetha cyn lleied â phosib oedd y cyfarwyddyd, er mwyn ysbeilio yn unig. Ond roedd tôn y capten wedi newid – roedd e'n swnio fel petai e wirioneddol eisiau gweld y gwrthwynebwyr yn dioddef y tro yma. Yn gyflym, ac o ganol mwg yng nghefn y llong, rhedodd Kennedy atynt.

"Capten! Capten!" Roedd Kennedy'n fyr ei anadl, yn amlwg wedi bod yn gweithio'n galed gyda'r dynion oedd ar y dec. "Ry'n ni'n dioddef nawr, syr. Mae angen i ni ddianc, allwn ni ddim parhau fel hyn."

"Nonsens!" Daeth ateb y capten ar unwaith. "Mi gurwn ni nhw mewn chwinciad chwannen nawr. Rho gyfle i ni ddangos iddyn nhw pwy sy'n rheoli!"

"Syr! Dwi'n erfyn arnoch chi, syr!" crefodd Kennedy. "Ry'n ni wedi colli bywydau, ac os ydyn ni'n parhau fel hyn, fydd dim bywydau ar ôl ymhen rhai oriau. Mi fyddwn ni i gyd yn cusanu gwely'r môr, Capten Dafydd! Plis! Gadewch i ni droi a mynd o 'ma nawr."

Edrychodd y Gwyddel ar ei gapten yn ymbilgar, ei lygaid yn llawn anobaith ac yn pledio ar Gapten Dafydd i ildio. Gwyliodd Capten Dafydd ef, yna ysgydwodd ei ben gan edrych o'i gwmpas unwaith eto.

"Na. Ry'n ni am wneud hyn... ac ry'n ni am wneud job dda ohoni hefyd," atebodd Capten Dafydd yn benderfynol.

"Anstis," trodd Kennedy at y Sais, "plis, siarad bach o synnwyr ag e. Mae'n dynion ni'n gwingo fel mae hi. Does dim gobaith gyda ni."

"Kennedy, cer nawr!" gorchmynnodd Capten Dafydd. "Cer 'nôl i reoli rhai o'r dynion. Dwi ddim eisiau gweld dy wyneb di eto nes byddwn ni wedi'u curo nhw ac yn barod i ddathlu. Cer! Dwi ddim am glywed gair arall o dy ben di!"

Edrychodd Kennedy'n anobeithiol ar ei gapten, yna ar Anstis, a chododd hwnnw ei ysgwyddau mewn ystum o ildio.

"Anstis, cer di hefyd! I lawr at ddynion y gynnau. Gwna'n siŵr ein bod ni'n saethu cymaint ag sydd angen i ni ennill y frwydr yma. Dwi ddim am weld dy wyneb di eto chwaith – dwi wedi cael llond bol ar eich agwedd negyddol chi heddiw. Bant â chi!"

Trodd Capten Dafydd ei gefn ar y ddau, a dechrau gweddïo i Dduw nad oedd e wedi gwneud camgymeriad erchyll. Roedd e'n casáu bod mor gas gyda'i ddynion ei hun, yn enwedig y rhai oedd mor gefnogol a dibynadwy fel arfer. Ond roedd rhaid iddo gadw at ei benderfyniad. Allai e ddim wynebu ei hun nac unrhyw un arall pe byddai e'n ildio nawr, fel llwfrgi bach. Na, yr unig ffordd ymlaen oedd ennill y frwydr, neu farw wrth geisio gwneud hynny.

"ETOOOO!" bloeddiodd Capten Dafydd ar un o'r gynwyr, a'r chwys yn diferu i lawr ei wyneb. "UN ARAAAAALL!"

Roedd pob un yn chwys diferol erbyn hyn. Cymerodd y capten gip o'i amgylch. Gwelodd nifer o'i ddynion yn hanner eistedd neu'n gorweddian gan ochneidio mewn poen. Allai e ddim credu ei lygaid – roedd wedi arwain ei ddynion at hyn. Roedd wedi arwain rhai at ddiwedd eu bywydau, ac roedd eraill yn edrych fel petai diwedd eu bywydau'n agosáu. Teimlai'n ddig ag ef ei hun. Teimlai'n siomedig ag ef ei hun. Ond yn bennaf, teimlai nad oedd amser i feddwl felly – teimlai fod yn *rhaid* parhau i frwydro nes bod y gwrthwynebwyr yn ildio. Trodd yn ôl at y gynwyr, a'u gwylio'n llwytho, anelu, a saethu, cyn ailosod a glanhau'n gyflym yn barod at y llwyth nesaf.

"ETO!" bloeddiodd y capten drachefn, a golwg wyllt yn ei lygaid. Roedd y llong yn dal i siglo'n ddifrifol oherwydd effaith y ffrwydradau oedd yn taro'r dŵr ger y llong, yn ogystal â'r ffrwydradau oedd yn llwyddo i gyrraedd y *Royal James* a'r *Buck* a'u chwalu. Teimlai'r capten fel pe bai mewn hunllef, yn clywed y pren derw cryf yn cael ei falurio dro ar ôl tro – allai e ddim meddwl am sŵn mwy trist na'r sŵn hwnnw. Clywodd atsain nifer o'i griw yn griddfan mewn poen ac anghrediniaeth. Gwelodd eu meddyg yn symud fel dyn gwyllt o un claf i'r nesaf, yn ceisio trin y rhai oedd waethaf yn gyntaf, gan adael y lleill i ddioddef heb gymorth.

Teimlai Capten Dafydd yn sydyn fel pe bai'n boddi, a'r sŵn byddarol wedi diflannu. Edrychodd o'i gwmpas gan ymdrechu'n galed i aros ar ei draed. Sylweddolodd nad oedd e'n boddi – roedd yr olygfa yn union yr un peth ag yr oedd hi ychydig eiliadau ynghynt. Yr unig wahaniaeth oedd y tawelwch. Teimlai ddryswch llwyr – beth oedd yn digwydd? Yn araf, sylwodd nad oedd raid iddo ymdrechu mor galed rhag disgyn. Roedd fel pe bai mewn breuddwyd, ei gorff yn teimlo'n ysgafn, bron fel pe bai'n arnofio. Edrychodd i'r llawr, gan sylwi bod y llong yn dal i siglo. Yr unig wahaniaeth oedd bod y siglo'n llai sionc. Teimlai ddryswch llwyr unwaith eto – beth oedd yn digwydd?

Trodd ei olygon at y gynnwr gorau, a gweld bod hwnnw wedi llwyr ymlâdd, ac yn hanner gorwedd a'i gefn at bostyn. Beth oedd e'n ei wneud? Pam nad oedd e'n llwytho ac yn saethu? Agorodd y gynnwr ei lygaid a sylwi ar ei gapten yn edrych yn syn arno. Gwyliodd y capten wrth iddo godi ei fraich yn araf deg, ac yna cododd y gynnwr ei fawd arno. Gwibiodd llu o bethau trwy ei feddwl, ac yna daeth ei feddwl i stop yn sydyn. Sylweddolodd beth oedd yn digwydd. Roedd y cyfan ar ben. Roedd y gwrthwynebwyr wedi stopio saethu. Roedden nhw wedi ildio. Roedd Capten Dafydd a'i griw wedi ennill!

Roedd yr ymladd wedi para o un o'r gloch y prynhawn tan naw o'r gloch y bore wedyn! Doedd dim syndod fod y môr-ladron yn chwys domen ac wedi blino'n llwyr erbyn i'r brwydro ddod i ben. Roedd y rhyddhad o sylweddoli bod y gwrthwynebwyr wedi ildio yn iasol.

Roedd y llongau ar ddwy ochr y frwydr wedi'u niweidio'n wael, yn enwedig ail long Capten Dafydd, y *Buck*. Roedd gwaith atgyweirio anferth i'w wneud ar y llongau. Pan aeth Capten Dafydd i astudio'r llong Iseldiraidd oedd wedi bod yn ymosod arnynt, penderfynodd ei bod yn well llong na'r *Royal James*. Roedd deuddeg ar hugain o ynnau ar y llong arall, nid deg ar hugain fel yr oedden nhw wedi'u cyfrif wrth ddynesu ati. Felly dros yr wythnosau nesaf, cymerodd y llong dan ei adain i'w hatgyweirio, a phenderfynodd adael y *Buck* i'w hynt a'i helynt ei hun – roedd hi wedi'i niweidio'n rhy wael.

Aethpwyd â'r holl fôr-ladron oedd wedi'u hanafu i'r lan, ac fe ofalodd y meddygon amdanyn nhw yno cyn iddyn nhw ddychwelyd i fwrdd y llongau. Yn y cyfamser, stripiodd Capten Dafydd ei long newydd, a'i gwneud yn llong well ar gyfer ymladd. Cymerodd y llong o'r Iseldiroedd fel ei long ei hun, ac fe'i galwodd hi yn *Rover*. Hon fyddai ei brif long o hyn allan, ac ar ôl i'r *Royal James* gael ei hatgyweirio, honno fyddai ei ail long.

Roedd e'n flin iawn ag ef ei hun am adael i'r frwydr ddiweddaraf ddigwydd – roedd wedi bod yn ffôl yn meddwl mai antur gyffrous fyddai'r ymosodiad. Teimlai'n drist ei fod wedi colli naw o ddynion o fewn eiliadau cyntaf y frwydr, a theimlai'n eithriadol o drist pan glywodd fod rhai o'r dynion clwyfedig hefyd wedi marw'n ddiweddarach. Roedd yr euogrwydd yn ei fwyta'n fyw, ac ni allai feddwl beth oedd y peth gorau i'w wneud nesaf. Yr unig beth a wyddai oedd bod angen sicrhau bod ganddo brif long a oedd yn gallu delio â mwy o frwydro pe bai angen. Ond cafodd ei hun unwaith eto'n dyheu am fywyd tawel morwr cyffredin. Roedd y bywyd yma'n rhy greulon, ac roedd e wedi cymryd mwy o gegaid nag oedd e'n gallu'i llyncu.

25

SYNDOD MAWR!

Mehefin 1719

Cafodd y môr-ladron ar y *Rover* a'r *Royal James* dridiau braf iawn yn hwylio i'r dwyrain ar hyd Arfordir Aur gorllewin Affrica. Roedd y *Rover* yn plesio Capten Dafydd yn fawr iawn, a heddiw roedd ei long newydd yn edrych yn fendigedig wrth i'w hwyliau gwyn chwyddo gyda'r gwynt a llithro drwy'r tonnau'n hawdd. Edrychodd yn ôl ar ei hen long, y *Royal James*, a oedd yn hwylio fel ail long iddo erbyn hyn, ac yn edrych yn gryf wedi'r holl waith atgyweirio. Tywynnai haul diwedd y bore ar y ddwy long wrth iddyn nhw sleifio i mewn i harbwr Anomabu. Wrth weld y traethau diddiwedd ar hyd yr arfordir, meddyliodd Capten Dafydd fod y bywyd yma'n dda wedi'r cwbl – hwylio'n rhwydd o le i le, cael gweld y byd, a chael teithio gyda'r haf bob tro. Yr unig beth oedd yn ei boenydio oedd y ffaith nad oedd ganddo ddigon o ddynion ar ei longau pe baen nhw'n wynebu brwydr. Roedd hen ddigon o ddynion ganddo i weithio'r llongau, ac roedd hynny'n iawn am y tro, ond poenai y byddai eu bywydau'n dod i ben pe byddai rhaid ymladd â chriw arall.

Cerddodd i'r pŵp ac edrych yn falch ar ei ddynion yn gweithio llong mor brydferth. Gwelodd Walter Kennedy yn cerdded tuag ato, a llamodd ei galon, ond sylweddolodd yn ddigon cyflym na fyddai gan Kennedy newyddion drwg neu byddai ar lawer mwy o frys.

"Dydd da, Capten Dafydd," cyfarchodd Kennedy yn gwrtais.

"Dydd da, Kennedy. Sut mae pethau'n edrych heddiw?"

"Popeth yn edrych yn iawn, syr," atebodd y Gwyddel. "Mae tair llong wedi angori yn yr harbwr. Llongau Seisnig yn ôl pob tebyg, syr."

"Och. Dwi'n eu casáu nhw, Kennedy. Dwi'n casáu'r llongau caethweision sydd fel cynrhon ar hyd yr arfordir 'ma. Pwy maen nhw'n feddwl ydyn nhw, yn masnachu dynion? Dynion!" ebychodd Capten Dafydd gan ysgwyd ei ben yn isel.

"Ie, syr," meddai Kennedy mewn ymateb. "Mae cannoedd ohonyn nhw, siŵr gen i."

"Oes. Cannoedd o longau! A faint o filoedd o ddynion diniwed yn cael eu gorfodi i fynd arnynt, eu trin yn wael am wythnosau diddiwedd, ac yna'u gwerthu i ddynion anfoesol eraill a'u gorfodi i weithio fel gweision ar dir wedyn? Mae'r peth yn erchyll, hollol erchyll!"

"Ydy, syr," atebodd Kennedy, ddim yn siŵr o ble daeth yr araith flin hon, ac i ble'r oedd hi'n mynd nesaf. "Ym... beth bynnag am y caethweision am eiliad, syr. Beth hoffech chi i ni ei wneud wrth nesáu atyn nhw?"

Pendronodd y capten am rai eiliadau, ei fysedd yn chwarae ag un ochr bigog ei fwstás.

"Mi godwn ni'r faner ddu mewn ychydig ... A gweld beth ddigwyddith wedyn. Dwi ddim yn rhagweld y byddan nhw mewn sefyllfa i ymladd gan mai cargo llawn dynion wedi'u clymu sydd ganddyn nhw, nid ymladdwyr ac arfau!"

"O'r gorau, Capten, dim problem o gwbl. Mi af i ddweud wrth y criw."

Wrth ddynesu at yr harbwr am hanner dydd, gallai Capten Dafydd ddarllen enwau'r llongau – *Morris*, *Hink*, a *Princess* – enwau digon hurt a Seisnig, meddyliodd! Does dim urddas, cryfder, na gwroldeb yn perthyn i'r enwau! Cododd ei fraich i'r awyr i roi arwydd i'r faner ddu gael ei chodi, yna cododd ei fraich arall i roi arwydd i rai o'i ddynion chwarae'r drymiau. Dyma arferiad oedd wedi tyfu dros amser – sŵn drymiau a thrwmpedi wrth godi'r faner ddu er mwyn ychwanegu at yr ymdeimlad o ofn ac arswyd roedd e'n gobeithio roedd criwiau'r llongau eraill yn ei deimlo, a sŵn ffidil a ffliwt wedyn pan fo rheswm i ddathlu a gwledda. Gwyliodd yn ofalus wrth i'r dynion ar y llongau llonydd sylwi arnynt yn dynesu, ac yna sylwi ar y faner ddu a chlywed eu sŵn brawychus. Gwyliodd wrth i fwy a mwy o bennau dynion ddod i'r golwg fel pys yn saethu i wyneb dŵr berw mewn sosban. Gwyliodd wrth i ambell un redeg ar draws byrddau'r llongau, yn cario'r neges am eu dyfodiad. Teimlodd gynnwrf cynnes yn tyfu oddi mewn iddo wrth feddwl mai ef oedd yn gyfrifol am hyn i gyd – ef oedd yn gyfrifol am ddeffro ofn yn y dynion yma, ef oedd yn gyfrifol am orfodi'r dynion yma i ymateb, i symud, i siarad, i weithredu.

Daeth Anstis i sefyll wrth ei ochr, a gwylio'r olygfa gydag e.

"Alla i'm diodde'r llongau caethweision 'ma, Anstis," meddai'r capten. "Alla i'm eu diodde nhw."

"Dim ond gwneud bywoliaeth maen nhw. Mae angen i bob un wneud arian rywfodd."

Aeth Capten Dafydd ddim i ddadlau gydag Anstis – gwyddai'n iawn fod hwnnw'n fodlon anghytuno â'i farn ar bob cyfrif, felly doedd dim pwynt ceisio newid ei feddwl, na chyffroi dros y mater.

"Edrych! Mae'r faner gynta'n dod i lawr!" meddai Anstis yn llon.

"Ydy, un i lawr, a dwy i fynd," atebodd Capten Dafydd.

"A dyna'r nesaf, syr – maen nhw siŵr o fod yn dilyn ei gilydd, on'd y'n nhw? Bydd y trydydd lawr whap, gewch chi weld."

"Bydd..." meddai'r capten yn obeithiol.

Ymhen eiliadau, gwylion nhw'r drydedd long yn gostwng ei baner Brydeinig.

"Mae'r tair wedi streicio'u lliwiau," cyffrôdd Capten Dafydd. "Gostwng eu baneri i ddangos eu bod nhw'n ildio. Campus! Mae hyn mor rhwydd... Gobeithio bydd rhywbeth mwy na chaethweision ganddyn nhw ar eu llongau. Hoffwn i gryfhau fy nghriw."

Camodd i'r dec islaw, ac ymgasglodd nifer o'r criw i glywed beth oedd y camau nesaf i fod.

Wrth hwylio'n araf drwy'r dŵr mewn cwch gyda dwsin o ddynion, gwelodd Capten Dafydd rai o griw'r *Princess* yn dianc ar gychod bychain i'r lan. Feddyliodd e ddim llawer am y peth – os oedden nhw'n llwfrgwn doedd e mo'u heisiau nhw yn aelodau o'i griw ei hun. A beth bynnag, roedd ganddo ddewis eang o ddynion oddi ar dair llong o'i flaen! Roedd y capten wedi anfon Kennedy mewn cwch at y *Morris*, ac Anstis mewn cwch arall at yr *Hink*. Anfonodd ei brif ynnwr, Henry Dennis, yn un o'r criw a aeth gydag Anstis – gwyddai fod Dennis yn ddyn call ac y byddai'n cadw llygad barcud ar Anstis gan sicrhau na fyddai'n ceisio gwneud rhywbeth ffôl. Gadawodd Magness a Moody i gadw llygad ar y *Rover* a'i chriw yn ei absenoldeb, a pharhaodd Topping, y gwyliwr, i arwain ar y *Royal James*.

Wrth ddynesu at y *Princess*, clywodd Capten Dafydd leisiau'r dynion ar ei bwrdd yn tawelu â phob metr yr ymlwybrai'n nes ati.

"Ahoi!" gwaeddodd, unwaith roedden nhw'n ddigon agos. "Pwy ydych chi?"

Bu ennyd o ddistawrwydd ar y llong Seisnig, ac fe glywodd y môr-ladron sŵn siarad distaw, brysiog ar y dec.

"Peidiwch ag ateb 'te," meddai Capten Dafydd wedi iddo aros rhai eiliadau. "Ry'n ni am fyrddio'ch llong chi nawr. Peidiwch symud modfedd. Ddaw dim niwed i chi os dilynwch chi'n cyfarwyddiadau ni."

Ar hynny, dringodd hanner dwsin o'r môr-ladron arfog fel mwncïod o'r cwch i fwrdd y *Princess*. Roedd rhaffau'n crogi dros ochr y llong, ac ar ôl i'r cyntaf gyrraedd y dec, roedd modd iddo daflu ysgol o raffau a phren i lawr at y gweddill yn y cwch. Cyn eu dilyn, cymerodd Capten Dafydd gip ar y ddau gwch arall, a gweld bod Kennedy ac Anstis yn gwneud yn union yr un peth i'r ddwy long arall.

Pan gyrhaeddodd Capten Dafydd y bwrdd, sythodd ei ddillad, trodd ei gap i bwyntio'r ffordd gywir unwaith eto, a gwiriodd fod ei fwstás yn berffaith cyn codi ei olygon at y dynion o'i flaen. Roedd rhyw ddeg ar hugain ohonynt yn sefyll yno, yn edrych yn betrus, a'r ofn yn amlwg yn eu llygaid. Roedden nhw'n amrywio o ran oedran – o rai yn eu harddegau hwyr i rai yn eu pedwardegau a'u pumdegau. Sylwodd Capten Dafydd fod eu breichiau'n siglo wrth eu hochrau – doedden nhw ddim yn gafael mewn arfau nac yn bwriadu ymladd felly, diolch byth, meddyliodd! Ni chlywodd ddim cyffro o'r ddwy long arall, felly tybiai fod ei gyd-arweinwyr yn cael amser yr un mor hawdd ag yntau.

"Ry'ch chi ar long Seisnig, a dy'ch ddim yn deall Saesneg, nag y'ch chi?" holodd Capten Dafydd y dynion amheus o'i flaen. "Gofynnais i rai munudau yn ôl pwy y'ch chi, a ches i ddim ateb. Dy'ch chi ddim yn deall Saesneg neu beth?"

Yn Saesneg byddai Capten Dafydd bob tro yn cyfarch dieithriaid ar y môr. Byddai wedi hoffi gallu cyfarch yn Ffrangeg neu Sbaeneg, neu Bortiwgaleg hyd yn oed, ond yn anffodus, dim ond Cymraeg a Saesneg y gallai Hywel Dafydd siarad, heblaw am ambell air o'r tair iaith arall.

Ni ddaeth smic o gyfeiriad y dynion diniwed ac roedden nhw i gyd yn edrych ar eu traed erbyn hyn, yn rhy ofnus i edrych ar y môr-ladron dychrynllyd o'u blaenau, a phob un yn awyddus i osgoi llygaid y cawr o ddyn oedd yn siarad â hwy. Yna, camodd un dyn mawr, tywyll o'r cefn ac i flaen y dynion ofnus.

"Hy-hym!" pesychodd cyn codi ei olygon a dal llygaid Capten Dafydd. "John Roberts ydw i, a fi yw mêt y llong."

Oedd Capten Dafydd yn clywed yn iawn? Allai e ddim credu'i glustiau – roedd y dyn cyhyrog â'i wallt du, trawiadol, newydd ei ateb yn Gymraeg! Cymraeg ar arfordir tir mawr Affrica!

"Mi wnes i ddyfalu o'ch acen chi wrth siarad Saesneg mai Cymro y'ch chi," aeth y dyn sgwâr ymlaen, a gan na ddaeth ateb gan Gapten Dafydd a oedd yn edrych yn syn arno, meddai, "Ydw i'n iawn? O Sir Benfro y'ch chi hefyd...?"

Teimlodd Capten Dafydd fel pinsio ei hun – oedd hyn yn digwydd go iawn, neu ai breuddwyd ryfedd oedd y cwbl?

"Hy-hym," pesychodd yntau hefyd, mewn ymgais i ddod o hyd i'w lais a thawelu ei nerfau. "Ie," atebodd yn Gymraeg. "Ie! Cymro ydw i... un o Sir Benfro yn wir!"

Camodd ymlaen yn frysiog, a lledodd gwên dros ei wyneb. Estynnodd ei law at y dyn dewr o'i flaen. Cydiodd hwnnw ynddi, ac fe ysgydwon nhw ddwylo fel pe baen nhw'n hen ffrindiau.

"Beth ddwedaist ti oedd dy enw di eto?" holodd y capten, ei law'n dal i ysgwyd llaw'r dyn golygus yn frwd.

"Roberts... John Roberts ydw i," meddai eto. "O Gasnewy' Bach," prysurodd i ateb.

"Wel y myn yffarn i, pwy feddylie?!" Roedd y capten yn dal i ysgwyd ei law yn frwd, ac yna edrychodd ar rai o'r dynion diniwed a'r môr-ladron o'u cwmpas – pob un wan jac yn edrych yn hollol ddryslyd ar yr olygfa o'u blaenau!

"Dwi'n dod o Filffwrt fy hun… er, dwi ddim wedi bod yno ers amser maith erbyn hyn," meddai ychydig yn dawelach. "Yn anffodus."

Gollyngodd Capten Dafydd law John Roberts o'r diwedd. Trodd at y môr-ladron y tu ôl iddo, a dechrau rhoi gorchmynion.

"Ewch i weld pa fath o ysbail sy 'ma. Ewch i chwilio am unrhyw beth gwerthfawr – dwi'n siŵr y cawn ni hyd i ifori ac aur. Trosglwyddwch bopeth i'n llongau ni. Chi'n gwybod y drefn, bant â chi!" galwodd arnynt, gan chwifio'i freichiau mewn ystum arnynt i brysuro â'u gwaith.

"O!" ychwanegodd. "Ac ewch i ryddhau'r caethweision o'r howld. Gadewch iddyn nhw fynd i'r lan ar y cychod 'ma." A phwyntiodd at res o dri chwch ger ei ochr.

Yna, trodd yn ôl at y Cymro o Gasnewydd Bach ac meddai'n awyddus, "Dere gyda fi. Awn ni'n ôl i fy llong ar y cwch cyntaf, ac fe gawn ni sgwrs wedi i ni gyrraedd!"

26
TYFU A CHRYFHAU

Bu John Roberts a Chapten Dafydd yn hel atgofion am Sir Benfro a Chymru wrth aros i'r cwch cyntaf fod yn barod i fynd yn ôl am y *Rover* â rhywfaint o ysbail. Dal i drafod Cymru wnaethon nhw ar y daith fer ar y cwch hefyd, gan geisio dod o hyd i bobl gyffredin roedd y ddau'n eu hadnabod. Er y sgwrsio hawdd, poenai John Roberts am yr hyn oedd am ddigwydd nesaf – oedd y môr-leidr yma mor filain â'r môr-ladron roedd e wedi clywed amdanynt? Beth oedd e'n bwriadu ei wneud ag ef unwaith roedden nhw ar y *Rover*?

Pan gyrhaeddon nhw'r dec, synnodd John Roberts o weld y prysurdeb gwallgof o'i flaen – diflannodd Capten Dafydd yn sydyn, wedi'i fachu gan ddyn byr, tew oedd yn siarad bymtheg y dwsin wrth ei arwain i gyfeiriad y pŵp.

Ond beth dwi i fod i'w wneud nawr? meddyliodd John Roberts. Beth am ein sgwrs ni? Beth os wnaiff un o'r môr-ladron yma rywbeth dychrynllyd i mi?

Gwyliodd y Cymro'r môr-ladron yn cludo nwyddau'n gyflym o un lle i'r llall. Gwelodd rai'n pentyrru casgenni a chewyll yn ddestlus, ac eraill yn prysuro at Gapten Dafydd, a gwên fawr ar eu hwynebau – yn amlwg wedi llwyddo i ddod o hyd i ysbail werthfawr ac yn ysu am gael adrodd hynny wrth eu capten. Parhaodd y prysurdeb yma am gryn amser, a chafodd John Roberts ei hun yn camu o un rhan o'r dec i'r nesaf, yn benderfynol o beidio â bod dan draed rhag iddo gael ei gosbi. Doedd ganddo ddim syniad sut fôr-ladron oedd y rhain, ond roedd wedi clywed digon o straeon am weithredoedd erchyll môr-ladron i wybod mai doeth oedd cadw ar yr ochr iawn iddyn nhw!

Ymhen tipyn, daeth sŵn dychrynllyd o gyfeiriad y gaer, a'r funud nesaf gwyliodd pob un wrth i ergyd daro'r dŵr ryw ganllath oddi wrthynt. Edrychodd y Cymro ar y capten yn gyflym – beth oedd hyn yn ei olygu?

"Pa!" clywodd hwnnw'n chwerthin yn ddiysgog. "Roedd honna'n ergyd druenus!"

"Beth yw ystyr hyn, syr?" holodd Dennis ychydig yn boenus.

"Mae'n rhaid bod y dynion gwan wnaeth ddianc o'r *Princess* wedi lledaenu'r stori ein bod ni yma, bois," daeth ateb parod Capten Dafydd. "Sdim angen poeni. Yn amlwg, does dim gynnau digon cryf gyda nhw i saethu'n ddigon pell aton ni... Sdim modd iddyn nhw ein niweidio ni, felly sdim angen cythruddo."

Yna, trodd y capten i edrych o'i gwmpas, fel pe bai'n chwilio am rywun.

"Magness, Moody," galwodd y capten, a'i lygaid wedi stopio cyffroi, "sicrhewch fod y faner yna'n hedfan mor uchel â phosib. Dennis, cer i saethu'n ôl atynt gwpwl o weithiau, ond paid ag anelu'n rhy dda – dim ond eu dychryn nhw sydd ei angen! Dwi ddim yn meddwl bod angen i ni boeni – ddaw dim byd o hyn, gewch chi weld. Maen nhw'n rhy bell i wneud difrod i ni, ac yn ormod o gachgwn i ddod ar ein holau ni! Haha!"

Yn wir, ymhen munudau yn unig, doedd dim smic

yn dod o'r lan – roedd Capten Dafydd wedi rhagweld yn gywir!

Wedi awr dda o wylio'r môr-ladron wrth eu gwaith, rhaid oedd i John Roberts gyfaddef wrtho'i hun fod trefnusrwydd y dynion wedi creu argraff arno – roedden nhw'n gwybod beth roedden nhw'n ei wneud, chwarae teg! A doedd dim smic arall wedi dod o gyfeiriad caer yr harbwr chwaith.

Yn wir, yr unig ymgais i herio'r môr-ladron oedd pan geisiodd dau o griw'r *Princess* godi'r hwyliau er mwyn symud y llong i ffwrdd. Ond roedd nifer o ddynion Capten Dafydd yn dal arni wrth gwrs, felly doedd dim gobaith ganddynt lwyddo yn eu hymgais sâl. Pan gludwyd hwy at Gapten Dafydd ar y *Rover*, cafodd y capten dipyn o syndod am yr eilwaith mewn ychydig oriau.

"John Owen a Thomas Rogers, ai e?" holodd Capten Dafydd wedi iddo dderbyn yr wybodaeth gan ddau o'i griw oedd wedi tywys y dynion ato.

Ni ddaeth ymateb gan y ddau o'i flaen – roedden nhw'n llawer rhy ofnus am yr hyn oedd am ddigwydd i ystyried agor eu cegau. Doedd wybod pa fath o erchyllterau fyddai o'u blaenau, a hwythau wedi ceisio dianc o grafangau môr-ladron!

Ond doedden nhw ddim yn adnabod Capten Dafydd. Doedd ganddyn nhw ddim syniad fod y dyn cyhyrog o'u blaenau'n gapten gwahanol iawn i fôr-ladron eraill.

"Ry'ch chi'n union fel gweddill y Saeson 'ma," chwarddodd Capten Dafydd. "Digon i'w ddweud pan fo pethau'n dda, a chnoi tafod pan fo'ch cynffonnau rhwng eich coesau, ha!"

Tagodd un o'r dynion cyn mentro agor ei geg.

"Ym, Cymry y'n ni a dweud y gwir, syr," meddai cyn tewi'n gyflym eto. Synnodd Capten Dafydd o glywed y geiriau – oedd e wedi clywed yn iawn?

"Cymry?" holodd. "Chithau hefyd? Wel, pam na wnaethoch chi sôn ynghynt? Ie, ie, mae'n gwneud synnwyr sbo, gydag enwau fel'na. Mae'n siŵr fod mwy o Gymry ar y llongau 'ma hefyd, on'd oes? O Loegr y daethoch chi wedi'r cwbl. Mae'n siŵr fod degau o Gymry yn eich plith chi."

Yna cofiodd y capten am yr hyn roedd y ddau o'i flaen wedi ceisio'i wneud.

"Fe wnaethoch chi beth ffôl yn ceisio dianc yn gynharach. Ha! Ffôl iawn, iawn." Ddywedodd y ddau o'i flaen ddim byd, er bod eu golygon bellach ar y dyn hyderus o'u blaenau yn hytrach na'r llawr cadarn dan eu traed. "Ond sdim amser i feddwl am gosbi na rhyw lol felly. Dwi'n edmygu eich dewrder chi! Dewr iawn, chwarae teg. Nawr, peidiwch trio unrhyw ffwlbri arall, neu fe fydda i'n meddwl am gosb arbennig i chi. Ymunwch â'r lleill ar y dec. Ewch mas o 'ngolwg i!"

Erbyn hyn, roedd nifer o ddynion y tair llong Seisnig wedi cyrraedd bwrdd y *Rover*. Roedd y cychod bach wedi bod yn brysur yn cludo dynion ac eiddo i'r môr-ladron. Doedd gan fwyafrif y dynion ddim awch am ymladd, ac roedden nhw wedi dilyn gorchmynion y môr-ladron yn ddi-gŵyn ac yn ddigyffro. Morwyr cyffredin oeddent, heb brofiad o fôr-ladrata na herio'r drefn. Wedi dweud hynny, doedd ganddynt chwaith ddim llawer o awydd ymladd dros eu harweinwyr ar y llongau Seisnig. Doedden nhw ddim wedi cael gofal da iawn ganddynt, felly doedd dim ganddynt i'w warchod, mewn gwirionedd.

"Distawrwydd!" Daeth bloedd fawr o enau Anstis, a oedd yn sefyll i'r chwith o'i gapten ar y pŵp, a Kennedy'n sefyll ar ochr dde'r capten. Edrychai'r tri dyn yn hynod o bwysig, meddyliodd John Roberts – y tri'n sefyll yno fel cewri mewn gwisgoedd o liwiau crand, eu gwalltiau hirion, cyrliog yn sgleinio o dan yr hetiau godidog a oedd yn diogelu eu llygaid rhag pelydrau cryf yr haul.

Daeth y mân siarad i ben. Safai'r môr-ladron ar hyd ochrau'r llong, gyda'r holl ddynion o'r llongau Seisnig wedi'u casglu i ganol y bwrdd, a John Roberts yn eu mysg. Dechreuodd Capten Dafydd annerch y dyrfa o'i flaen, ei lais yn gadarn ac yn ddisgybledig.

"Fel ry'ch chi i gyd yn gwybod, môr-ladron y'n ni." Edrychodd i lawr ar yr holl wynebau petrusgar o'i flaen cyn mynd ymlaen â'i gyfarchiad. "Rai wythnosau'n ôl, buon ni mewn brwydr greulon. Cipiodd y frwydr honno fywydau nifer o fy nynion i. Dwi'n ddig iawn am i mi adael i hynny ddigwydd. Ond dwi wedi dysgu fy ngwers, ac ni fydd hynny'n digwydd eto. Beth bynnag, y rheswm dwi'n dweud hyn yw fy mod i'n brin o ddynion. Mae angen mwy o griw arna i os ydw i am barhau gyda fy nhaith. Ac, wrth gwrs, parhau gyda fy nhaith yw fy mwriad i! Dwi erioed wedi bod yn un am orfodi pobl i ymuno gyda ni fel môr-ladron. Ond, os nad oes digon ohonoch chi'n fodlon gwirfoddoli, yna bydd yn rhaid i mi ystyried eich gorfodi chi – cadwch chi hynny mewn cof.

"Dwi'n siŵr eich bod chi wedi clywed straeon hurt am fôr-ladron, ac fe hoffwn i'ch sicrhau chi mai celwydd yw'r rhan fwyaf ohonynt." Oedodd y capten yma, cyn mynd ymlaen â'i araith yn gadarn wrth i'w lygaid symud o un wyneb i'r llall.

"Dy'n ni ddim yn bobl ddrwg, dy'n ni ddim yn bobl aflan, a dy'n ni ddim yn mwynhau lladd nac achosi niwed. Felly, anghofiwch y syniadau yna ar unwaith. Mi wnaethon ni benderfynu bod yn fôr-ladron gan ein bod ni am gael rhyddid i fyw ein bywydau fel ry'n ni eisiau – nid dilyn rheolau na threfn rhyw awdurdodau hunanbwysig. Fel y gwyddoch chi dwi'n siŵr, mae cyfoeth y byd yma yn nwylo nifer fechan iawn o bobl. Ac ydy, mae hynny'n hollol annheg.

"Mae mwyafrif pobl y byd yn byw heb y pethau angenrheidiol sydd eu hangen arnynt i fyw o ddydd i ddydd. Ac ydy, mae hynny'n hollol annheg hefyd. Felly, yr hyn ry'n ni fôr-ladron yn ei wneud ydy cymryd ychydig, o dro i dro, o gyfoeth y bobl gyfoethog. Dy'n nhw'n malio dim amdanoch chi na fi. Dim! Dim o gwbl! Pa hawl sydd gyda nhw i fod fel hyn, e? Dim! Dim o gwbl! Mae angen i ni newid y drefn, a rhannu cyfoeth y byd yn deg!"

Cymerodd saib, yna aeth ymlaen gan gadw'i lais yn gryf a phenderfynol.

"Felly, pwy ohonoch chi, oddi ar y *Morris*, yr *Hink*, a'r *Princess*, sy'n fodlon ymuno gyda ni er mwyn gwneud y byd yma'n lle gwell? Ry'n ni'n byw bywyd da – bywyd llawen... Er, rhaid i ni weithio'n galed er mwyn llwyddo, a gall pethau boethi a bod yn beryglus ar adegau. Ond, ar y cyfan, ry'n ni'n byw'n dda iawn. Ac ar fy llongau i, er mai fy ngair i fel capten yw'r ddeddf, mae pob un yn gyfartal – dwi'n trin pob un yn deg, a chaiff pob un gyfran o bob ysbail. Beth ddwedwch chi, ddynion?"

Deallodd Capten Dafydd yn nes ymlaen yn y prynhawn fod capteiniaid y tair llong Seisnig wedi mynd i'r lan i ffeirio am gaethweision pan ddaeth y môr-ladron i'r harbwr. Ffieiddiodd y capten at y fath greaduriaid.

"Damia nhw! Damia'u bod nhw'n bodoli! Damia nad oedden nhw ar eu llongau pan gyrhaeddon ni – mi hoffwn i fod wedi sicrhau eu bod nhw'n dioddef!"

Ysgydwodd ei ben yn isel a blin, gan gymryd camau bychain, cyflym o un pen i'w gaban i'r llall. Gwyliodd Kennedy, Anstis, Dennis, a'r Cymro John Roberts y capten trwsiadus yn tynnu ei het, ac yn sychu'i dalcen â chefn ei law.

Oedd, roedd John Roberts wedi ildio i'r môr-ladron, ac wedi penderfynu bod yn well ganddo gadw'i fywyd a pharhau i fyw ar y môr, fel yr oedd wedi breuddwydio am wneud ers pan oedd yn fachgen ifanc, na chael ei gosbi am beidio ag ymuno â'r môr-ladron. Roedd wedi clywed si y byddai'r môr-ladron yn llosgi'r tair llong Seisnig – felly pa obaith oedd ganddo o fyw os nad oedd e'n penderfynu cyd-fyw â nhw?

Roedd nifer dda o'r dynion eraill wedi eu perswadio gan eiriau Capten Dafydd hefyd, ac wedi penderfynu dewis bywyd y môr-leidr. Roedd y capten yn ddigon hapus â'r niferoedd, yn ogystal â'r arian parod a'r llwch aur roedden nhw wedi'u cael yn rhan o'r ysbail.

Erbyn hyn, roedden nhw'n hwylio i lawr yr arfordir tuag at ynys Príncipe. Roedd hi'n ddiwedd y prynhawn bellach, a John Roberts yn methu credu'r newid oedd wedi dod i'w fywyd yn yr oriau diwethaf. Yn bennaf, ni allai gredu bod ei gapten newydd yn ystyried ei fod yn ddigon pwysig i fod yn rhan o'r cwmpeini a yfai gyda'r capten yn ei gaban!

"A, ta waeth!" meddai Capten Dafydd, gan sodro ei hun ar y fainc ger ei gyfeillion. "Sdim pwrpas meddwl am yr hyn sydd wedi bod. Y presennol sy'n bwysig – byw i'r eiliad, a pharhau i fyw i bob eiliad!"

Yfodd pob un ohonynt i hynny, a pharhaodd y cwmni i yfed a sgwrsio tan oriau mân y bore.

27

COLLI'R ROYAL JAMES

Treuliodd y môr-ladron wythnos yn hwylio i gyfeiriad ynys Príncipe a oedd dan reolaeth y Portiwgeaid. Doedd Capten Dafydd ddim yn cytuno bod gan y Portiwgeaid hawl i fod ar yr ynys fechan hon – roedden nhw mor bell o Bortiwgal! Ac roedd Capten Dafydd yn ysu am adael olion y môr-ladron ar yr ynys fynyddig, goediog yn ogystal ag ar y Portiwgeaid a drigai arni. Roedd yr wythnos gyntaf hon yn un ddistaw iawn iddyn nhw – ddaethon nhw ddim ar draws yr un llong a oedd yn cymryd ffansi'r capten a'i griw.

Roedd Capten Dafydd wedi cymryd at y Cymro John Roberts yn fawr, ac roedden nhw wedi treulio llawer o amser yng nghwmni ei gilydd. Gyda'r dydd, fe fydden nhw'n rhannu eu profiadau morwrol – Capten Dafydd yn dysgu John Roberts am grefft hwylio llong ar gwrs penodol, a John Roberts yn rhannu ei arbenigedd ar drin yr hwyliau a'r rigin. Gyda'r nos wedyn, fe fydden nhw'n eistedd yng nghaban y capten yn hel atgofion am Gymru ac yn cyd-ddyheu am ddychwelyd i'w mamwlad.

Roedd y dynion i gyd wedi sylwi ar y cyfeillgarwch mawr yma, ac roedd ambell un, megis Anstis, yn flin gan genfigen. Pa hawl oedd gan y capten i roi cymaint o sylw i ryw ddyn oedd heb brofiad o gwbl fel môr-leidr? Dim ond achos mai Cymro oedd e!

Ond, ar ochr arall y geiniog, roedd John Roberts wedi dechrau mwynhau'r bywyd cysurus ar y *Rover*. Cafodd ei synnu dro ar ôl tro gan garedigrwydd a haelioni ei gapten newydd. Ar yr ail ddiwrnod, roedd Hywel Dafydd wedi rhoi'r hawl iddo chwilota drwy'r cistiau cywrain am ddillad newydd. Cafodd drowsus du heb dyllau, crys glân, a chot goch foethus, ac roedd y cyfan yn ei ffitio'n berffaith! Doedd y Cymro erioed wedi gwisgo dillad mor grand o'r blaen. Yna, ar y trydydd diwrnod, cafodd ei synnu unwaith yn rhagor gan hynawsedd Capten Dafydd.

"Dere gyda fi," meddai'r capten wrth y Cymro arall ar ddiwedd y prynhawn hwnnw. Dilynodd John Roberts y capten â'i lygaid, wrth iddo fynd i ben pellaf ei gaban, ac agor cwpwrdd mawr gyda goriad a oedd wedi'i glymu am ei arddwrn.

"Dere," meddai'r capten wrth weld nad oedd y dyn iau wedi symud modfedd. Llamodd hwnnw i'w draed wrth i Gapten Dafydd agor drysau'r cwpwrdd cadarn.

"Waw!" ebychodd John Roberts wrth weld cynnwys y cwpwrdd.

Ynddo roedd cyfres o gleddyfau a chytlasau. Gwenodd Hywel Dafydd ar ei gasgliad, a gwenu ymhellach wrth weld wyneb syn ei gyfaill newydd.

"Pa un yw dy hoff gleddyf o'r rhain o dy flaen?" holodd y capten.

"Wn i ddim, syr. Maen nhw i gyd mor hardd a chywrain..." atebodd John Roberts, a'i lygaid wedi'u gludo ar yr arddangosfa o'i flaen.

"Dere nawr, gwed pa un yw dy ffefryn."

Edrychodd y Cymro o un cleddyf i'r llall, gan geisio

penderfynu pa nodweddion oedd yn gwneud un da. Yna, daliwyd ei lygad gan un mwy prydferth na'r lleill, a'r addurniadau ar glust y carn yn sgleinio. Sylwodd Capten Dafydd ar ei gyfaill yn syllu ac estynnodd y cleddyf o'i gartrefle.

"Hwn, ie?" holodd wrth ddal y cleddyf o'i flaen.

"Mae'r un yna'n hardd iawn, Capten Dafydd."

"Hywel, 'chan, galwa fi'n Hywel," meddai Capten Dafydd a gwenodd wrth wylio'r Cymro arall yn dal i syllu ar y cleddyf o'u blaenau.

"Dyma ti," estynnodd y capten y cleddyf i John Roberts, a chymerodd yntau'r arf yn ofalus. "Fe gei di honna gen i," meddai Capten Dafydd wrth wylio'i gyfaill yn byseddu'r cleddyf gyda gofal a pharch.

"Beth?" atebodd John Roberts yn syn, gan godi'i lygaid o'r cleddyf am y tro cyntaf ers eiliadau hirion.

"Ti sydd bia hwnna nawr," eglurodd Capten Dafydd. "Fe gei di hwnna gen i. Dim ond i ti gymryd gofal ohono. Mae'n un o fy ffefrynnau i hefyd."

Allai John Roberts ddim credu ei glustiau. Doedd e erioed wedi cael ei drin fel hyn o'r blaen. Roedd y dyn o'i flaen yn anhygoel o garedig!

Dros yr wythnos honno, sylwodd John Roberts hefyd fod y môr-ladron yn ddynion llawer mwy tawel eu meddyliau na'r morwyr roedd e wedi arfer hwylio gyda nhw. Er bod y môr-ladron yn brysur yn sicrhau bod y llong yn edrych ar ei gorau bob amser, a'r arfau bob amser yn barod i'w defnyddio, doedden nhw ddim yn cael eu gorfodi i weithio'n ddi-baid, a doedd neb yn cerdded o gwmpas gyda chwip yn gweiddi gorchmynion. Ar ben hynny, câi'r môr-ladron gyfleoedd i ymlacio, ac fe hoffai John Roberts y cyfnod ar ddiwedd y prynhawn pan fyddai nifer o'r criw yn chwarae cardiau a dis ar y dec. Serch hynny, gwyddai'r Cymro nad oedd ymosodiad yn bell i ffwrdd, a theimlai frathiad o ofn bob hyn a hyn wrth feddwl am orfod wynebu brwydr a cholli gwaed.

Ar yr wythfed diwrnod, a hwythau ddim ymhell iawn o arfordir Benin yng Ngwlff Guinea, daeth cyfle cyntaf y newydd-ddyfodiaid i brofi ymosodiad môr-ladron. Topping, wrth gwrs, oedd y cyntaf i weld bod llong arall ar y gorwel, ac wrth nesáu penderfynodd Capten Dafydd ei fod am ei chipio. Heb oedi, cwrsodd y *Rover* a'r *Royal James* ar ôl y llong, a gwelwyd mai llong o'r Iseldiroedd oedd hi. Gan fod y llong rhwng y môr-ladron a'r tir, ceisiodd ddianc i'r lan am gysgod a chymorth, ond roedd y môr-ladron wedi hen arfer ag erlid llongau. Trwy weithio'r hwyliau bychain yn y ffordd gywir, llwyddon nhw i gau'r bwlch rhyngddyn nhw a'r llong Iseldiraidd.

Pan oedden nhw'n ddigon agos, gorchmynnodd Capten Dafydd i Magness a Moody saethu'r holl ynnau oedd yn wynebu'r llong arall ar unwaith. Mynnodd y capten eto nad oedden nhw'n saethu er mwyn taro'r llong, nac achosi niwed i neb. Felly, saethu gan anelu at y dŵr ryw ddeng metr o'r llong Iseldiraidd wnaethon nhw – dim ond digon i ddychryn y llong arall a gwneud i'r dynion arni sylweddoli y gallai'r môr-ladron saethu'r rigin a'r dynion pe bydden nhw'n dymuno gwneud hynny.

Ar unwaith, gwelson nhw'r faner yn cael ei gostwng ar y llong – roedden nhw wedi ildio'n hawdd! Teimlai'r môr-ladron newydd ryddhad enfawr – doedd dim rhaid iddyn nhw fod yn rhan o frwydr... ddim eto, beth bynnag. Roedd y llong gerllaw wedi ildio heb orfod tynnu gwaed, diolch byth!

"Roberts 'chan, dere gyda fi!" Roedd acen ddeheuol Capten Dafydd wedi cryfhau ers i'r Cymro arall fod yn aelod o'r criw. "Fe gei di fod yn un o'r *boarding party*!"

Ynghyd â dwsin o ddynion eraill, aeth John Roberts a'r capten ar y llong Iseldiraidd i weld beth oedd arni. Doedden nhw ddim yn disgwyl dod ar draws yr hyn wnaethon nhw. Ar y llong roedd dyn pwysig iawn a swm mawr iawn o arian! Llywodraethwr Acra oedd y dyn hwnnw – dyn cyfoethog, a oedd ar ei ffordd i'r Iseldiroedd gyda'i holl eiddo! Dim rhyfedd fod y llong wedi ildio mor rhwydd ac arni ddyn mor bwysig, meddyliodd y môr-ladron. Doedden nhw ddim am beryglu bywyd y Llywodraethwr.

Y noson honno, cafodd y môr-ladron wledd fendigedig ar y *Rover* a'r *Royal James*. Ynghyd â'r holl gynnyrch gwych a oedd ar y llong Iseldiraidd, roedden nhw wedi trosglwyddo gwerth £15,000 o bethau gwerthfawr. I John Roberts a nifer o'r môr-ladron eraill, roedd y swm yn amhosib i'w amgyffred – doedden nhw erioed wedi clywed am y fath gyfoeth, heb sôn am gael eu dwylo arno!

"Fe gewch chi i gyd eich siâr o'r cyfoeth, peidiwch chi â phoeni!" galwodd Capten Dafydd yn uchel cyn codi gwydraid o rỳm drudfawr at ei wefusau. Yna trodd at John Roberts a oedd yn eistedd nesaf ato, ac meddai'n ddistaw. "Ac fe gei di, fy ffrind bach bendigedig, y dewis cyntaf ar y pistolau newydd 'na!"

Gwenodd John Roberts ar ei gapten, gan feddwl mor lwcus oedd e fod ei gapten newydd wedi cymryd ato. Meddyliodd hefyd nad oedd bywyd y môr-leidr yn ymddangos yn ffôl o gwbl. Doedd dim ond angen codi tipyn bach o ofn ar griwiau llongau eraill, a byddai'r rheiny'n ildio'n ddiffwdan gan adael i'r môr-ladron gymryd fel y mynnent. Ddim yn ffôl o gwbl, meddyliodd eto, yn enwedig os oedd y capten yn parhau i ddangos ffafriaeth tuag ato!

Ychydig ddyddiau'n ddiweddarach, ac ambell un yn dal i ddioddef o ben mawr yn dilyn dathlu'r cyfoeth newydd, sylwodd Capten Dafydd fod y *Royal James* yn arafu y tu ôl iddyn nhw. Meddyliodd i ddechrau fod Topping, yr arweinydd arni ar y pryd, yn bwriadu ffarwelio'n dawel, dianc yn ddistaw, a'i gwneud hi ar ei ben ei hun gyda'r criw arni. Wrth gwrs, doedd gan Capten Dafydd ddim rheswm i feddwl y byddai Topping yn gwneud peth fel hynny – roedd e bob amser yn ddibynadwy ac yn gefnogol. Ond eto, dyna oedd miwtini, yntê? Fyddai gan y capten ddim syniad beth oedd ar droed fel arfer, a byddai dynion yn troi cefn weithiau, er mawr syndod i gapteiniaid.

Ond, wrth arafu a disgwyl i'r ail long ddal i fyny â nhw, daeth i weld ei bod hi'n gogwyddo, a deallodd fod y dynion islaw'n brysur ar y pympiau. Awgrymodd Capten Dafydd eu bod nhw'n carînio'r llong ym Mae Camerŵn – mynd â hi i dir, ei throi ar ei hochr ar y traeth, ac atgyweirio'r gragen bydredig â phren ffres. Ond yn anffodus, roedd y difrod mor wael nes iddyn nhw orfod gadael y *Royal James*, a throsglwyddo'r llwyth i'r *Rover*. Roedd hynny'n golygu rhoi Topping ar waith i sicrhau bod y bwydydd a'r cargo yn pasio o law i law yn drefnus. Dewisodd Capten Dafydd y gynnwr, Henry Dennis, i reoli'r gwaith o drosglwyddo'r gynnau a'r arfau, tra bo Magness a Moody'n gyfrifol am ddatod holl raffau a chadwyni'r rigin a'u trosglwyddo i fwrdd y *Rover* mewn da bryd. Wedi'r holl waith diwyd, yr unig beth oedd ar ôl i'w drosglwyddo yn y diwedd oedd y dynion cyhyrog eu hunain!

Wrth nesáu at ynys Príncipe o'r diwedd, dim ond un llong oedd gan Capten Dafydd. Ond roedd arni nifer fawr iawn o ddynion ac arfau, a digonedd o fwydydd a diodydd.

"Gadewch i ni ymosod ar yr ynys, Capten Dafydd," meddai Kennedy, ac Anstis yn sefyll y tu ôl iddo yn nodio.

"Does gen i ddim awydd ymladd gyda'r Portiwgeaid 'ma, bois," atebodd Capten Dafydd, yn prysur edrych ar y map ar y bwrdd o'i flaen. "Dwi'n deall bod yr ynys yn gyfoethog tu hwnt. Felly, dwi am eu twyllo nhw, a gwneud y gorau o'r cyfoeth sydd yma…"

Gydag amser, llwyddodd Capten Dafydd i ddarbwyllo'r ddau arall fod ei gynllwyn diweddaraf yn un campus, ac wrth egluro wrth weddill y criw, cafodd y capten ragor o gefnogaeth. Roedd mwyafrif y dynion yn hapusach peidio â gorfod ymladd, ac roedden nhw hefyd yn awyddus i weld a fyddai tric eu capten yn gweithio!

Wrth hwylio i mewn i'r harbwr, cododd y *Rover* faneri glas tywyll – roedd Capten Dafydd am i'r ynyswyr feddwl mai *man-o'-war* Seisnig oedd hi. Ymhen dim, daeth slŵp fechan atynt ac arni naw o ddynion ymholgar.

"Beth yw'ch busnes chi?"

Roedd Capten Dafydd yn barod iawn gyda'i ateb, wedi'i ymarfer a'i berffeithio yn ei feddwl ymlaen llaw.

"Ry'n ni'n hela môr-ladron," meddai mewn llais cadarn a chlir. "Saeson y'n ni, wedi'n hanfon yma i roi stop ar fôr-ladrata. Ry'n ni'n deall bod y môr-ladron aflan wedi bod yn distrywio'r rhan yma o'r byd, ac ry'n ni wedi addo i'r Brenin Siôr y gallwn ni wneud gwahaniaeth er gwell i bob un."

"Reit-o," daeth ateb o'r slŵp gerllaw. "Fe gewch chi ddod i mewn i'r harbwr gan eich bod chi'n gwneud gwaith da, ac fe gawn ni sgwrs bellach pan fyddwch chi yno."

Trodd Capten Dafydd ar ei sawdl ac ymledodd gwên fawr dros ei wyneb – hyd yn hyn, roedd y tric yn gweithio!

28

RHWYDD-HYNT

Yn nes ymlaen, wedi i'r *Rover* gael ei chlymu ar gildraeth a'i thwtio, daeth gwahoddiad swyddogol i Gapten Dafydd ymweld â Llywodraethwr yr ynys. Roedd y Llywodraethwr yn meddwl bod y capten yn ddyn pwysig iawn a oedd yn gweithio'n ddi-baid i wneud daioni i'r byd! Felly, y prynhawn hwnnw, cafodd Capten Dafydd ei arwain ar gwch ysgafn gan naw o ddynion mewn crysau gwynion, ysgafn a throwseri duon, llac. Gwisgodd y capten ei got orau – cot goch tywyll wedi'i gwneud o felfed, a'i hymylon wedi'u pwytho â phatrymau duon. Roedd am wneud yr argraff orau, wrth gwrs!

Hyd yn hyn, meddyliodd wrth deithio at y lan, does gan y dyn ddim clem faint o ddifrod y gallwn i ei achosi pe dymunwn i... Mae hyn am fod yn hwyl!

Gwyliodd wrth i'r bryniau uchel ddod yn nes, a sylwi mai planhigfeydd siwgr a choco oedd yn addurno'r olygfa ymysg y coedwigoedd glaw y tu hwnt i'r traeth. Rhifodd y criwiau o fechgyn croen-lliw-haul oedd yn gweithio'n brysur wrth y cychod pysgota ar y lan, a dechreuodd feddwl am ei fol!

Wedi glanio ar dir sych, neidiodd wrth i greadur bach rhyfedd redeg dros ei droed dde.

"Beth yffarn?" galwodd mewn sioc wrth i'w droed sboncio o'r llawr.

Ni ddaeth ymateb mwy nag ysgytwad i'r ysgwydd gan y dynion oedd yn arwain. Ceisiodd Capten Dafydd ymlacio. Doedd e ddim am ddangos bod arno ofn yr anifail bach. Ond doedd e erioed wedi gweld y fath beth o'r blaen. Roedd e fel llygoden dew gyda thrwyn hir, tenau a phigog, a sylwodd nawr fod degau ohonynt ar hyd y lle, a'u trwynau'n bownsio i fyny ac i lawr wrth iddynt sniffian o gwmpas y tir sych.

Gorfododd ei hun i droi ei sylw at rywbeth arall. Roedd angen iddo ymddangos yn hyderus, fel dyn gyda phwrpas a bwriad. Camodd ymlaen yn benderfynol, felly, a thua hanner y dynion o'i flaen, a'r hanner arall y tu ôl iddo.

Doedd e'n poeni dim ei fod ar ei ben ei hun yng nghwmni'r dieithriaid hyn. Roedd e'n siŵr fod ei dwyll wedi gweithio, ac y gallai ymddiried yn y dynion yn eu gwisgoedd crimp. Doedd dim rheswm ganddo i feddwl yn wahanol. Dim eto, beth bynnag!

Dringon nhw'r llwybr llychlyd o'r harbwr tua waliau caregog y gaer yn ddi-sgwrs. Wrth droi cornel, daeth porth y gaer i'r golwg, ac agorodd dau filwr y llidiart trwm wrth weld y dynion yn agosáu. Wedi mynd trwyddo, daethant at dir agored, llychlyd, cyn dilyn y llwybr at yr adeilad oddi mewn i'r waliau uchel. Agorwyd drws arall iddynt, cyn cael mynediad i gyntedd lle arhosai'r Llywodraethwr ei hun yn ddisgwylgar.

Fel yr oedd wedi gobeithio, cafodd Capten Dafydd groeso cynnes gan y Llywodraethwr, a gwydraid o win coch bendigedig. Wrth fwrdd crand mewn lolfa grandiach, sgwrsiodd y Llywodraethwr â'r môr-leidr am weithredoedd môr-ladron a'r hyn roedd angen ei wneud i'w gwaredu. Rhaffodd Hywel Dafydd gelwyddau am yr holl longau môr-ladron roedd wedi rhoi trefn arnynt hyd yn hyn, ac roedd edmygedd y Llywodraethwr ohono'n tyfu â phob gair.

"Peidiwch â phoeni dim, Lywodraethwr annwyl," meddai Capten Dafydd wrth godi o'i sedd pan ddaeth y gwin i ben. "Mi fyddwn yn glanhau'n llong yma, ac yna mi wnawn ni adael a pharhau gyda'n gwaith pwysig o glirio'r moroedd o ddihirod. Yn y cyfamser, fe gewch chi dawelwch meddwl – os bydd unrhyw fôr-ladron yn mentro'n agos i'r fan hon, mi wnawn ni ddelio gyda nhw, eich gwarchod chi, a'u gwaredu nhw, syr!"

"Perffaith, Capten Dafydd! Campus iawn!" atebodd y Llywodraethwr, a'i lygaid yn sgleiniog erbyn hyn. "Cewch chi rwydd hynt i grwydro'r ynys yma a'i mwynhau. Helpwch eich hunain i bopeth fyddwch chi ei angen."

"Diolch yn fawr iawn i chi, Lywodraethwr, ry'n ni'n ddiolchgar iawn am eich cefnogaeth a'ch haelioni," meddai Capten Dafydd. "Gyda llaw, bydd y Brenin Siôr yn fwy na pharod i dalu unrhyw gostau."

"Mi ofalwn ni am hynny, Capten Dafydd," atebodd y Llywodraethwr wrth gydgerdded â'r môr-leidr tuag at yr allanfa. "Diolch i chi unwaith eto am wneud gwaith mor gampus ar y moroedd. Mae gwir angen mwy o bobl fel chi yn y byd 'ma. Mae arna i ofn fod y môr-ladron aflan 'ma'n bla ar y moroedd a'r arfordiroedd. Does dim dal pryd fyddan nhw'n ymddangos ac yn dinistrio'n cyfoeth a'n bywydau ni. Dy'n nhw ddim yn deall eu bod nhw'n difetha pethau i eraill. Maen nhw mor hyll o hunanol, mae'n anhygoel!"

Gwenodd Capten Dafydd ar y Llywodraethwr wrth gyrraedd yr allanfa. Roedd wrth ei fodd fod ei gynllwyn yn gweithio! Nid yn unig roedd y dyn pwysig yma'n meddwl eu bod yn erlid môr-ladron, ond roedd e hefyd yn meddwl bod brenin Lloegr am ad-dalu'r holl gostau! Roedd e a'r môr-ladron yn mynd i gael amser bendigedig yma!

"Gwir, syr, gwir iawn," atebodd Capten Dafydd gan geisio cadw wyneb syth, ond yn piffian chwerthin ar y tu mewn!

"Fe gadwaf i gwmni i chi yn ôl i'r harbwr," meddai'r Llywodraethwr wrth arwain Capten Dafydd yn ôl at borth y gaer. "Mae'n braf cael awyr iach, ac mae'n bwysig ymestyn y coesau 'ma! Ha!"

Chwarddodd Capten Dafydd gyda'r Llywodraethwr, yn teimlo trueni dros y dyn am gael hiwmor mor ddiflas! Ta waeth, meddyliodd y capten, gallaf ei ddioddef ychydig yn rhagor – mi wnaiff dalu ffordd os wna i ei seboni a siarad yn glên ag e.

Wrth gydgerdded y canllath olaf i lawr am yr harbwr, sylwodd Capten Dafydd fod llong yn nesáu at y lan, a phenderfynodd gymryd y cyfle hwn i ymestyn ei dwyll ymhellach!

"Syr," meddai. "Mae'n ddrwg gen i am dorri ar draws eich stori ddifyr..." wrth gwrs, doedd y môr-leidr ddim wedi bod yn gwrando ar stori hynod ddiflas yr arweinydd, ond doedd dim drwg mewn celwydd golau! "Welwch chi'r llong yna'n dynesu?"

Cododd y Llywodraethwr ei ben, wedi bod yn canolbwyntio ar ble'r oedd e'n camu tan hynny.

"Ie?" holodd gan grychu'i drwyn wrth geisio ffocysu ei lygaid ar y llong oedd yn llifo i mewn i'r harbwr.

"Wel, mae'n edrych i mi fel llong dwi wedi'i gweld o'r blaen. Ie… dyna ni… dwi'n cofio nawr. Llong Ffrengig yw hi, syr, a dwi'n cofio nawr lle y gwelais i hi…" Safodd Capten Dafydd yn stond, ei law yn rhwbio'i ên a'i lygaid yn denau mewn ymgais i edrych fel pe bai'n ceisio cofio'r wybodaeth. "Fe'i gwelais ymhellach i fyny'r arfordir, ac fe ges i wybod yn ddiweddarach, gan ffynhonnell ddibynadwy iawn wrth gwrs, ei bod hi wedi bod yn masnachu gyda môr-ladron…"

Oedodd Capten Dafydd yma i weld beth oedd ymateb y Llywodraethwr. Roedd yr hyn roedd Capten Dafydd yn bwriadu'i ddweud nesaf yn dibynnu'n llwyr ar ymateb y Llywodraethwr i'r celwydd hwn. Gwelodd lygaid y Llywodraethwr yn agor led y pen, yn amlwg wedi dychryn â'r newyddion. Perffaith, meddyliodd Capten Dafydd, dyma'r union ymateb roedd e wedi gobeithio'i weld.

"Mi allwn i ei byrddio hi gyda fy nynion, syr, a'u gorfodi i ildio," meddai Capten Dafydd yn dawel a pherswadiol. "Gallwn ei chymryd yn iawndal gan y Goron."

"Gwnewch hynny!" daeth ateb cyflym y Llywodraethwr. "Mi af yn ôl i'm preswylfa ac egluro wrth y lleill. Gwnewch beth sydd angen, Capten Dafydd."

Gyda hynny, trodd y Llywodraethwr ar ei union a dechrau dringo'n gyflym yn ôl i fyny'r heol o'r harbwr. Gwenodd Capten Dafydd fel giât, a rhoi naid fechan o lawenydd cyn loncian i lawr i'r harbwr i rannu'r newyddion da.

Edmygai'r holl fôr-ladron eu capten hyd yn oed yn fwy erbyn hyn. Roedd e'n bencampwr ar gynllwynio a thwyllo! Y prynhawn hwnnw, roedden nhw wedi cymryd y llong Ffrengig ac wedi'i hysbeilio gan drosglwyddo nwyddau i'r *Rover* – a'r cwbl yn enw brenin Lloegr a chaniatâd Llywodraethwr ynys fechan Príncipe!

Sicrhaodd Capten Dafydd fod ei ddynion yn lledaenu'r celwydd eu bod wedi dod ar draws nifer o nwyddau môr-ladron ar y llong Ffrengig, a'u bod wedi cymryd meddiant ohonynt a'u cloi yn yr howld er mwyn eu trosglwyddo i ddwylo'r Brenin Siôr. Roedd pob un wrth eu bodd fod y stori yma'n dal dŵr, ond roedd Capten Dafydd yn dal i bwyso a mesur sut roedd e am ysbeilio'r ynys ei hun.

"Dwi'n gwybod beth wnawn ni," meddai Capten Dafydd yn gyffro i gyd un noson. "Ydych chi'n barod i glywed am y cynllwyn diweddaraf?"

Roedd pythefnos wedi mynd heibio ers i'r *Rover* lanio ar ynys Príncipe. Roedd pob un wedi cael amser wrth eu bodd – yn torheulo ac yn crwydro'r ynys dlos, yn fflyrtian gyda'r menywod prydferth, ac yn gwledda ar y bwydydd bendigedig bob nos. Roedden nhw hyd yn oed wedi dod i arfer â'r creaduriaid bach rhyfedd oedd yn bla yno, er nad oedd gan unrhyw un enw arnynt heblaw am 'y poen bach'! Ond drwy'r amser, roedd Capten Dafydd wedi bod yn meddwl sut roedd e am ddwyn holl gyfoeth yr ynys – dyma'i brosiect mawr. Casglodd y criw arferol o ddynion yn ei gaban er mwyn rhannu'i syniad.

"Dwi am wahodd y Llywodraethwr i'r *Rover* am bryd o fwyd a diod," meddai wrth gylchu'r dynion, un llaw yn gorffwys ar ei glun, a'r llall wedi'i chodi'n uchel a gwydraid o rym ynddi. "Galla i ddweud bod ganddon ni ryw fwyd arbennig sy'n blasu'n well ar fwrdd llong gydag awel y môr yn chwarae'n ein gwalltiau ni... neu ryw stori ramantus, wirion fel'na, haha!"

"Beth bynnag," aeth ymlaen, "mi feddylia i am sut i eirio hynny yn nes ymlaen."

Llygadodd y dynion ef, yn pendroni i ble'r oedd eu capten yn mynd gyda'r cynllwyn hwn, a oedd wedi dechrau'n rhyfedd iawn.

"Mi wnawn ni ei ddal mewn heyrn yn gaeth yma wedyn, a mynnu pridwerth gan yr ynyswyr amdano... Dwi'n meddwl bod £40,000 yn swm teg... Be chi'n feddwl?" holodd y lleill, gan fynd i eistedd rhwng John Roberts a Walter Kennedy ac ail-lenwi ei wydr â mwy o rym cryf. Roedd y ddau yma'n nodio'n araf wrth ystyried datganiad eu capten.

"Hmm..." Anstis ddaeth ag ateb gyntaf. "Dwi'n deall y cynllun, syr. Ond, dwi'n methu'n lân â deall pam na wnawn ni ymosod ar yr ynyswyr fel y môr-ladron ydyn ni. Pam mae angen i ni fod mor garedig o hyd? Dy'n ni ddim wedi tynnu gwaed ers wythnosau!"

"Anstis, dwi'n parchu'r hyn rwyt ti'n ei ddweud," atebodd y capten. "Ond dwi ddim yn gweld pwrpas gwneud i unrhyw un ddioddef yn ddiangen, ti'n gwybod hynny. Os y'n ni'n cael yr hyn ry'n ni ei eisiau, pa angen niweidio a distrywio bywydau?"

"Dwi'n cytuno gyda Chapten Dafydd ar hyn," meddai

Kennedy. "Os gallwn ni lwyddo i gael y pridwerth, gallwn ni ymddeol nawr a byw'n fras weddill ein hoes!"

"Ond dwi ddim yn barod am hynny," cododd Anstis ei lais. "Dwi eisiau mwy o antur yn fy mywyd na hyn. Dwi ddim yn barod i droi at fywyd tawel, moethus... Dwi am gael bywyd cyffrous, llawn ymladd a chyfoeth!"

"Wel," meddai'r capten, "gallwn ni drafod beth sy'n digwydd wedyn ar ôl i ni roi tro ar y cynllwyn yma. Sdim rhaid penderfynu nawr beth fydd ein dyfodol ni. Beth ddwedi di, Anstis? Gweithredu fel dwi am wneud ar hyn, ac wedyn penderfynu beth nesaf?"

"Hmm," mwmiodd Anstis yn dawel. "O'r gore... am y tro, dwi'n hapus. Ond dwi am weld mwy o gyffro wedi i ni lwyddo yn hyn, iawn?"

29

DIWEDD Y GÂN

Heb yn wybod i'r un o'r dynion yn y caban y noson honno, roedd un dyn bach wedi bod yn clustfeinio ar eu sgwrs, gan gyrcydu'r ochr draw i'r drws. Roedd e'n un o'r dynion tawel a oedd wedi ymuno â'r môr-ladron oddi ar un o'r tair llong Seisnig y cipion nhw. Doedd e ddim wedi mwynhau eiliad o fod yng nghwmni'r môr-ladron, ac er iddo gael ei drin yn dda a chael llonydd wrth ei waith, roedd yr ysfa i ddianc o afael y môr-ladron ac i dir sych wedi bod yn tyfu ac yn tyfu dros yr wythnosau. Doedd e ddim wedi ymuno yn y gwledda'r noson honno – roedd e wedi cael hen ddigon ar flas yr alcohol, ac ar sŵn aflafar y môr-ladron yn mwynhau. Roedd o gwmpas ei bethau ac yn ddigon cryf i ddringo dros ochr y llong a nofio i'r lan, a dyna'n union wnaeth e.

Tan y bore, cysgodd yng nghysgod gwrych ger y traeth, gan ddeffro'n gyson wrth i'w feddyliau wibio o un fersiwn o'i ddyfodol i'r llall. Doedd e ddim yn siŵr a oedd e'n gwneud y peth iawn – beth petai'r môr-ladron yn dod o hyd iddo ac yn ei gosbi? Ond, mewn gwirionedd, roedd e wedi cael llond bol ar ei fywyd fel môr-leidr, a doedd e ddim yn poeni rhyw lawer beth fyddai ei dynged, dim ond iddo gael cyfle bach i gosbi'r dynion newidiodd ei fywyd.

Wedi iddo ddeall bod arweinwyr yr ynys wedi gorffen eu brecwast, fe aeth i ofyn caniatâd i weld y Llywodraethwr. Gan dybio bod y dyn bach yn cario neges bwysig gan Gapten Dafydd, derbyniwyd ef i neuadd yr arweinydd. Yn anffodus i Gapten Dafydd a'r môr-ladron eraill, ac er syndod i'r Llywodraethwr, adroddodd y dyn eiddil beth oedd cynllwyn Capten Dafydd.

Tua'r un pryd, fe anfonodd Capten Dafydd negesydd i'r gaer â gwahoddiad i'r Llywodraethwr ymuno ag ef am ginio ar y *Rover*. Roedd y Llywodraethwr yn aros amdano, ac roedd ganddo ateb parod hefyd.

"Hyfryd!" meddai wrth y negesydd. "Mae gennych chi gapten caredig iawn. Wnewch chi fynd â neges yn ôl ato, os gwelwch yn dda? Dwedwch fy mod i'n dymuno cael ei gwmni am ddiod fach cyn y cinio... Yma, yn fy neuadd, wrth gwrs."

"Dim problem, syr," atebodd y negesydd, cyn troi a mynd â'r neges yn ôl at ei gapten.

Roedd Capten Dafydd wrth ei fodd fod y Llywodraethwr wedi cytuno i ymuno ag ef am ginio ar y *Rover*, a dechreuodd roi gorchmynion i'r cogyddion, ac egluro wrth y môr-ladron sut roedd e'n disgwyl iddyn nhw i gyd ymddwyn tra byddai'r Llywodraethwr ar eu llong. Trwy'r bore, roedd y cyffro ar y llong yn ffrwtian, a phob un o'r criw yn gwybod erbyn hyn pa mor gyfoethog fydden nhw cyn iddi nosi.

Gorchmynnodd Capten Dafydd i naw o ddynion fynd gydag ef i'r gaer – yn eu mysg roedd y meddyg, ac wrth gwrs y Cymro, John Roberts. Roedd y capten wedi penderfynu gadael rhai o'i brif ddynion eraill i gymryd gofal o'r llong, ac i sicrhau bod pob un yn barod i dderbyn y Llywodraethwr yn nes ymlaen.

Wrth nesáu at borth y gaer, roedd y capten a'i ddynion yn sgwrsio'n llon, a cherddediad pob un ohonynt yn sionc gan gyffro. Ond wrth gyrraedd drws y neuadd, sylwodd y capten ei bod hi'n anarferol o ddistaw yn y gaer. Rhoddodd gnoc ar y drws ac aros. Ni ddaeth ateb ar unwaith, felly rhoddodd gnoc arall, tra oedd ei ddynion yn parhau i barablu'n ddi-baid. Ni ddaeth ateb unwaith eto, ac wrth i'r dynion eraill sylweddoli hynny, aeth pawb yn ddistaw.

"Mi fentrwn i mewn, beth bynnag, ie?" holodd Capten Dafydd heb aros am ateb. "Maen nhw'n aros amdanon ni, a dwi'n siŵr y bydd y Llywodraethwr yn falch o'n gweld ni pan groeswn ni'r trothwy."

Gyda hynny, trodd ddolen y drws, a'i wthio ar agor. Safodd yn stond – roedd y neuadd fawr yn hollol wag. Doedd dim golwg o'r Llywodraethwr. Doedd dim golwg o unrhyw un. Doedd dim golwg o wydrau na diodydd. Am ryfedd, meddyliodd y môr-ladron.

"Efallai ein bod ni ychydig yn gynnar," meddai'r capten wrth ei ddynion. "Awn ni'n ôl am yr harbwr, a dychwelyd eto mewn awr… Maen nhw'n tueddu i giniawa yn hwyrach na ni, on'd y'n nhw?"

Wrth gerdded yn ddistaw i lawr o'r gaer, dechreuodd y môr-ladron deimlo'n anesmwyth – roedd pob man mor anarferol o dawel. Doedd dim enaid byw i'w weld yn unman erbyn hyn, a'r unig sŵn oedd i'w glywed oedd sŵn eu camau eu hunain yn erbyn y llwch dan draed. Dechreuodd Capten Dafydd chwysu go iawn – wyddai e ddim ai chwysu oherwydd y gwres tanbaid ar gefn ei war oedd e, neu chwysu gan ei fod yn synhwyro bod rhywbeth mawr ar droed. Dechreuodd gerdded yn fwy brysiog, yn awyddus i roi ei draed yn ôl yn gadarn ar fwrdd y *Rover*, a'i feddwl yn gwibio o un darlun i'r nesaf. Roedden nhw ryw hanner ffordd i lawr yr heol, a chyflymodd y gweddill eu cerddediad mewn ymgais i aros gyda'u capten.

Ond yn sydyn, daeth sŵn ergyd gwn, a chwifiodd pob un eu breichiau dros eu pennau, gan blygu eu cefnau a dechrau edrych o'u cwmpas yn wyllt.

"Beth yffarn?" meddai Capten Dafydd yn syn.

Daeth ergyd arall o gyfeiriad hollol wahanol, a sbonciodd y fwled yn y llwch rhwng eu traed.

"Woa!" arthiodd John Roberts wrth weld y llwch yn codi wrth i'r fwled sboncio o'r ddaear.

Dechreuodd un dyn redeg am ei fywyd i lawr yr allt, ei freichiau'n chwifio i bob man, a'i draed yn drybowdian ar y tir sych. Heb ddweud gair, chwipiodd Capten Dafydd a'r gweddill eu pistolau o'u beltiau a'u gwasgodau, a'u pwyntio i gyfeiriadau gwahanol.

Teimlai'r eiliadau nesaf fel oriau hirion wrth iddyn nhw ddal eu gwynt a chwilio am y saethwyr. Gwibiai eu llygaid mawr o un cyfeiriad i'r llall, a phawb yn troi yn eu hunfan, a'u pistolau i fyny yn barod i saethu. Bownsiodd ambell ddyn yn erbyn cefnau'r môr-ladron eraill, a neidio mewn dychryn. Roedd pawb yn dal eu hanadl wrth aros, eu calonnau'n pwmpio'r gwaed yn gynt nag erioed.

Yna, fel pe bai o nunlle, daeth ergyd arall, a syrthiodd un o'r môr-ladron yn syth i'r llawr gyda sgrech aflafar. Ar y llawr, gwingodd fel cath yn rhwbio'i ffwr ar y ddaear, ei law'n dal yn dynn yn ei frest, a'i lygaid yn banig llwyr.

Wedi cymryd cip ar eu cyfaill clwyfedig, dechreuodd y lleill redeg nerth eu traed, gan saethu i gyfeiriad yr ergydion cyntaf. Ar unwaith, dechreuodd ergydion ddod yn ôl atynt yn ddi-dor.

Fesul un, disgynnai'r dynion i'r llawr.

Llwyddodd ambell un i godi eto, a dal i redeg a saethu.

"BRAD!" gwaeddodd Capten Dafydd wrth redeg, a'r bwledi'n hedfan o'r pistolau oedd ganddo ym mhob llaw.

Ar bob ochr i'r stryd, roedd dynion yn pwyso'u penelinoedd ar waliau, pob un yn dal mwsged yn ei law, ac yn saethu atynt yn ddi-dor.

"Aaa!" clywyd y môr-ladron yn gweiddi, un ar ôl y llall.

"Aaa!" Daeth gwaedd o enau Capten Dafydd, a chloffodd gan ddisgyn ar ei ben-glin wrth i fwled daro cefn ei goes.

O fewn dim, roedd e'n ôl ar ei draed, ac yn rhedeg yn gloff, gan ddal i saethu gyda'i ddau bistol.

"Rhedwch!" llwyddodd Capten Dafydd i weiddi ar y dynion oedd yn dal ar eu traed. Ond, gyda hynny, disgynnodd y ddau agosaf ato i'r llawr, a'r bywyd wedi diflannu o'u llygaid yn syth bin. Stopiodd Capten Dafydd yn stond, plygodd i'r llawr at y ddau ddyn, taflodd ei bistolau gwag i'r naill ochr, ac estyn am ddau bistol arall o ddwylo'r dynion llonydd.

Gwibiodd bwledi i bob cyfeiriad, a neidiodd Capten Dafydd yn sigledig yn ôl ar ei draed. Cyflymodd ei loncian gymaint ag y gallai. Yn sydyn, cofiodd am eiriau ei dad a Prys William – dewr a balch, dyna sut un oedd e, a dyna'n union sut roedd e'n bwriadu parhau i fod.

Yna, unwaith eto o'r cefn, daeth bwled a'i daro yn ei ochr, a theimlodd boen annioddefol yn saethu trwy'i gorff. Peidiodd ei gorff â symud am eiliad. Ond yna gorfododd ei hun i barhau i lawr yr heol, y gwaed yn pistyllu o'i goes a'i ochr. Igam-ogamodd i lawr y stryd, y bwledi'n dal i daro'r muriau a'r llawr, a'r capten yn dal i anelu at y mysgedwyr, gan lwyddo i daro sawl un a rhoi stop ar eu hergydion.

Yna, tarodd ergyd arall Capten Dafydd – yn ei ysgwydd y tro yma, a disgynnodd i'r llawr unwaith eto. Gwingodd mewn poen, a sgrechiodd regfeydd ar y dynion bob ochr iddo. Llwyddodd i godi i'w bengliniau, a saethodd o'r ddau bistol, gan anelu at y mysgedwyr orau y gallai. Ond daeth dwy fwled arall, ac fe drawyd ef yn ei frest. Daeth dwy ergyd arall o bistolau Hywel Dafydd, cyn iddo lithro i'r llawr, a tharo'i ben yn galed ar y cerrig mân.

Fe gymerodd hi bum bwled i ladd Capten Hywel Dafydd. Hyd yr anadl olaf, saethodd at yr ynyswyr bradwrus, gan anafu neu ladd dim llai na deuddeg o ddynion.

Ni lwyddodd ei gynllwyn olaf, a chafodd e ddim gwireddu ei freuddwyd o ddychwelyd i Gymru at ei deulu, ei ffrindiau, nac Elen.

Pan glywodd y môr-ladron ar y *Rover* am yr hyn ddigwyddodd ar y lan, daeth sŵn llefain a hiraeth dirdynnol i'r harbwr tawel. Sgrechiodd rhai mewn galar, rhegodd eraill mewn gwylltineb, a chriodd eraill yn dawel mewn anghrediniaeth.

O'r naw dyn a aeth gyda'r capten i'r gaer y diwrnod

hwnnw, dim ond un dyn ddaeth yn ei ôl i'r *Rover* yn fyw.
Doedd e ddim wedi cael ei saethu un waith, ac yn nes
ymlaen cafodd ei alw'n *pistol proof* a'i wneud yn gapten
ar y *Rover* yn dilyn arweiniad campus Capten Hywel
Dafydd. Ei enw oedd John Roberts o Gasnewydd Bach, yr
un a ddaeth yn enwog fel y môr-leidr gorau erioed – Barti
Ddu.

LLYFRYDDIAETH

Mae stori Hywel Dafydd y nofel hon yn seiliedig ar hanes go iawn, ond y dychymyg sydd wedi rhoi cig ac esgyrn ar y cymeriadau a'r digwyddiadau. Dyma'r prif ffynonellau ddefnyddiwyd wrth ymchwilio:

Breverton, T., *The Book of Welsh Pirates & Buccaneers* (Llandybie: Glyndŵr Publishing, 2003)

Breverton, T., *Black Bart Roberts: The Greatest Pirate Of Them All* (Llandybie: Glyndŵr Publishing, 2004)

Johnson, Capt. C. (gyda Cordingly, D.). 1724. *A General History of the Robberies & Murders of the Most Notorious Pirates* (Chatham: Conway Maritime Press, 1998)

Jones, T. Ll., *Barti Ddu o Gasnewy' Bach* (Abertawe: Gwasg Christopher Davies, 1973)

Sanders, R., *If a Pirate I must be...* (Bodmin: Aurum, 2007)

Am restr gyflawn o lyfrau'r Lolfa, mynnwch
gopi am ddim o'n catalog
neu hwyliwch i mewn i'n gwefan

www.ylolfa.com

lle gallwch archebu llyfrau ar-lein.

TALYBONT CEREDIGION CYMRU SY24 5HE
ebost ylolfa@ylolfa.com
gwefan www.ylolfa.com
ffôn 01970 832 304
ffacs 832 782